ସବୁ ପ୍ରଶ୍ନର ଉତ୍ତର

ସବୁ ପ୍ରଶ୍ନର ଉତ୍ତର

ପ୍ରଫେସର ମଣୀନ୍ଦ୍ର କୁମାର ମେହେର

ସ୍ନାତକୋତ୍ତର ଭାଷା ଓ ସାହିତ୍ୟ ବିଭାଗ
(ଓଡ଼ିଆ, ଇଂରାଜୀ ଓ ଉର୍ଦ୍ଦୁ)
ଫକୀରମୋହନ ବିଶ୍ୱବିଦ୍ୟାଳୟ, ବାଲେଶ୍ୱର

ବ୍ଲାକ୍ ଇଗଲ୍ ବୁକ୍ସ
ଭୁବନେଶ୍ୱର, ଓଡ଼ିଶା
BLACK EAGLE BOOKS
Dublin, USA

ସବୁ ପ୍ରଶ୍ନର ଉତ୍ତର / ପ୍ରଫେସର ମଣୀନ୍ଦ୍ର କୁମାର ମେହେର

ବ୍ଲାକ୍ ଈଗଲ୍ ବୁକ୍ସ : ଭୁବନେଶ୍ୱର, ଓଡ଼ିଶା • ଡବ୍ଲିନ୍, ଯୁକ୍ତରାଷ୍ଟ୍ର ଆମେରିକା

BLACK EAGLE BOOKS

USA address:
7464 Wisdom Lane
Dublin, OH 43016

India address:
E/312, Trident Galaxy, Kalinga Nagar,
Bhubaneswar-751003, Odisha, India

E-mail: info@blackeaglebooks.org
Website: www.blackeaglebooks.org

First International Edition Published by
BLACK EAGLE BOOKS, 2023

SABU PRASANNARA UTTAR
by **Prof. Manindra Kumar Meher**

Cover & Interior Design: Ezy's Publication

ISBN- 978-1-64560-335-1 (Paperback)

Printed in the United States of America

ଉତ୍ସର୍ଗ

ଅକାଳରେ ଆମ ଗହଣରୁ ବିଦାୟ ନେଇଥିବା

ମୋର ପ୍ରିୟ ଭଣଜାମାନଙ୍କୁ

ପ୍ରଶାନ୍ତ(ପପୁ)

ଅଙ୍କୁର

ଜୟନ୍ତ

ଗୋବିନ୍ଦ

ଓକିଲଙ୍କୁ

ମାମୁ ଘରର ଅଶ୍ରୁଳ ଅର୍ଘ୍ୟଦାନ

ମଣୀନ୍ଦ୍ର ମାମୁ

ଭୂମିକା

ଗଭୀର ରାତିରେ ନିଦ ଭାଙ୍ଗିଯାଏ ଅଚାନକ । ହୃଦୟ ମଧ୍ୟରୁ ଉଦ୍‌ଗତ ହୁଏ ଅବାରିତ କୋହ । ବକ୍ଷସ୍ଥଳ ବିଦାରିତ କରି ବନ୍ୟାଜଳ ପରି ପ୍ରବାହିତ ହେବାକୁ ଯାଉଥାଏ ଯେଉଁ ଆକୁଳତା ଭରା କ୍ରନ୍ଦନର ସ୍ରୋତ, ତାକୁ ବହୁ ଚେଷ୍ଟା ଦ୍ୱାରା ଅଟକାଇବାକୁ ପଡ଼େ । ଯେଉଁମାନଙ୍କ ଅପୂର୍ବ ସ୍ନେହରେ ହଜିଯାଇଛି ମୁଁ ଗୋଟାପଣେ, ମୋର ଅନ୍ତଃସତ୍ତା, ସେମାନେ ଗଲେ କୁଆଡ଼େ - ଏ ପ୍ରଶ୍ନ ବ୍ୟତିବ୍ୟସ୍ତ କରିଥାଏ ସାରା ଚେତନାକୁ ।

ମୋର ପରମ ପୂଜ୍ୟ ପିତାମହଙ୍କଠାରୁ ଆରମ୍ଭ କରି ସମସ୍ତଙ୍କ ସ୍ମୃତି ଏହିପରି ମୋତେ ଉହଳ ବିକଳ କରିଆସିଛି ସର୍ବଦା । ଏପରି ନିଃସଙ୍ଗତାର ଅନୁଭବ ମଧ୍ୟରେ ମୋର ସ୍ନେହମୟୀ ମା'ଙ୍କ ଉପସ୍ଥିତି ମୋତେ ଦିବ୍ୟ ସାନ୍ତ୍ୱନା ପ୍ରଦାନ କରିଛି । ନିଜ ଅନ୍ତରର ଏହି ଆବେଗକୁ କାଗଜରେ ଢାଳିଦେଲେ, କାଳେ ଲାଭ କରିପାରିବି ସାମାନ୍ୟ ଆଶ୍ୱାସନା; ସେଥିପାଇଁ ଯାହା ଲେଖିହୋଇଯାଇଛି ତାକୁ ଗଳ୍ପ ବୋଲି ଗ୍ରହଣ କରିପାରନ୍ତି ଦରଦୀ ପାଠକମାନେ । ବାସ୍ତବରେ କିନ୍ତୁ ଗଳ୍ପ ରଚନାର ପ୍ରୟାସରୁ ମୁଁ ବହୁ ଦୂରବର୍ତ୍ତୀ ଅଥଚ ସାହିତ୍ୟର ଜଣେ ସାଧାରଣ ଛାତ୍ର ଭାବରେ ଜାଣେ ଯେ ଗଳ୍ପକଳାର କମନୀୟତା ରହିଛି ଏଇଠି । ମୋ ଅନୁଭବର କିୟଦଂଶ ପ୍ରକାଶ କରିପାରିଛି ବୋଲି ଅତୃପ୍ତିର ଦୀର୍ଘଶ୍ୱାସରେ ନିରନ୍ଧ୍ର ଅନ୍ଧକାର ଆଉ ଅଧିକ ଅଥୟ କରିନାହିଁ ମୋତେ । ବରଂ ସ୍ନେହସଜଳ ଆତ୍ମୀୟମାନଙ୍କୁ ସଯତ୍ନେ ସଂରକ୍ଷିତ କରି ରଖିଛି ହୃଦୟର ନିଭୃତ ନିଳୟରେ । ଏଥିରେ ସ୍ଥାନିତ ଗଳ୍ପଗୁଡ଼ିକ ସମ୍ପର୍କରେ ବିଶେଷ ବ୍ୟାଖ୍ୟା ବିଶ୍ଳେଷଣର ପ୍ରୟୋଜନ ନାହିଁ । ତେଣୁ ସେଥିରୁ ରହୁଛି ନିବୃତ୍ତ ହୋଇ । ଗଳ୍ପର ସୁନ୍ଦର ପ୍ରତିଲିପି ପ୍ରସ୍ତୁତ

କରିଦେଇଥିବା ମୋର ଅତି ପ୍ରିୟଛାତ୍ର, ଗବେଷକ ମାଧବାନନ୍ଦ ପାତ୍ର ଓ ଏଥିରେ ଶେଷସ୍ପର୍ଶ ପ୍ରଦାନ କରିଥିବା ଏମ୍‌ଫିଲ୍ ଶ୍ରେଣୀ ଛାତ୍ରୀ ବବେଷିକା ପୁଷ୍ପଲତା ନାୟକଙ୍କ ଉଦ୍ଦେଶ୍ୟରେ ନିରନ୍ତର ବର୍ଷିତ ହେଉଥିବ ମୋ ସଦିଚ୍ଛାର ଶିଶିରକଣା।

ଏହି ଗଳ୍ପ ପୁସ୍ତକଟିକୁ ପ୍ରକାଶ କରୁଥିବାରୁ 'ବ୍ଲାକ୍ ଇଗଲ୍ ବୁକ୍ସ'କୁ ମୋର ଆନ୍ତରିକ କୃତଜ୍ଞତା ଜ୍ଞାପନ କରୁଛି। ଆମ ସ୍ନେହସିକ୍ତ ପରିବାର ମଧ୍ୟକୁ ଆପଣମାନଙ୍କୁ ଆମନ୍ତ୍ରଣ କରୁଛି, ଯେହେତୁ ଏ ବିଶ୍ୱାସ ରହିଛି ଯେ ଆପଣମାନେ ମଧ୍ୟ ହେଉଛନ୍ତି ଏହାର ଏକ ଏକ ଅବିଚ୍ଛେଦ୍ୟ ଅଂଶ।

ବ୍ୟାସବିହାର,
ତା ୨୧/୦୯/୨୦୨୨

ବିନୟାବନତ
ମଣୀନ୍ଦ୍ର କୁମାର ମେହେର

ସୂଚୀପତ୍ର

ଦାଦା : ସବୁ ପ୍ରଶ୍ନର ଉତ୍ତର

(ଜେଜେବାପା କବିପୁତ୍ର ଭଗବାନ ମେହେର)

ପିତା ନିଜ ପୁତ୍ରକୁ ଯେଉଁ ସ୍ଥାନକୁ ନେଇଯାଇଥାଆନ୍ତି ପୁତ୍ର ନିଜ ପୁତ୍ର ଓ ପୌତ୍ରଙ୍କୁ ସେହି ସ୍ଥାନକୁ ନେଇଯିବା ସକାଶେ କିପରି ଅନ୍ତଃପ୍ରେରଣା ଲାଭ କରନ୍ତି ସେହି ରହସ୍ୟ ଉନ୍ମୋଚନ କରିଦେବା ସକାଶେ ଇଚ୍ଛା ହେଉଛି ଆଜି।

ଚେତନା ପାଇଲା ଦିନଠାରୁ ମୋର ପିତାମହ, ଯାହାଙ୍କୁ 'ଦାଦା' ସମ୍ବୋଧନରେ ଡାକୁଥିଲି ମୁଁ, ସେହି କବିପୁତ୍ର ଭଗବାନ ମେହେର କେଉଁଠାକୁ ନେଇଯିବା ପାଇଁ ଚାହୁଁଥିଲେ ମୋତେ ? ଅତି ଛୋଟ ଥିବାବେଳେ ମାଆଙ୍କ ପ୍ରେରଣାରେ ପ୍ରତିଦିନ ତାଙ୍କୁ ବାରମ୍ବାର ଭୂମିଷ୍ଠ ପ୍ରଣାମ କରୁଥିଲି। ହସି ହସି ସେ ପଚାରନ୍ତି – "ବାବୁ ! କାହିଁକି ମୁଣ୍ଡିଆ ମାରୁଛୁ ?" ମୁଁ ଉତ୍ତରଦିଏ, "ଦାଦା ! ଦେଖୁଛ ନା ମୁଁ ଆଜି ବାପା ଆଣି ଦେଇଥିବା ନୂଆ ସାର୍ଟ ପିନ୍ଧିଛି। ସେଇଥିପାଇଁ ମୁଣ୍ଡିଆ ମାରିଲି ତୁମକୁ।" ଦାଦା ତାଙ୍କର ନିର୍ମଳ ଆଶୀର୍ବାଦ ସୂଚକ ହସର ପବିତ୍ର ଧ୍ୱନିରେ ବିଶୁଦ୍ଧ କରିଦିଅନ୍ତି ନିଜ ପ୍ରକୋଷ୍ଠଟିକୁ। ଆଜି ମନେହେଉଛି ଦାଦାଙ୍କ ଆତ୍ମାରୁ ଆରମ୍ଭ କରି ତାଙ୍କ ପ୍ରକୋଷ୍ଠଟିର ପ୍ରତ୍ୟେକ ଅଂଶରୁ ଯେମିତି ଝରିଆସୁଥିଲା ଆଶୀର୍ବାଦର ସ୍ୱର୍ଣ୍ଣରେଣୁ। ଆଉ କେବେ ପୁଣି ତାଙ୍କ ପାଦ ଛୁଇଁ ମୁଣ୍ଡିଆ ମାରିଲେ ସେ ପଚାରନ୍ତି – 'ଆଜି କାହିଁକି ?' ଉତ୍ତର ଦିଏ 'ମୁଁ ଆଜି ଆଖିରେ ମୋର ମାଆ କଜ୍ଜ୍ୱଳ ଲଗାଇ ଦେଇଛନ୍ତି। ସେଥିପାଇଁ ତୁମକୁ କଲି ପ୍ରଣାମ।' ପୂର୍ବ ପରି ସେଇ ସମାନ ଦୃଶ୍ୟର ଦର୍ଶନ କରିବାର ସୌଭାଗ୍ୟ ଲାଭ କରେ ମୁଁ। ଏହିପରି ଯେକୌଣସି ଉପଲକ୍ଷ୍ୟରେ ହେଉ ନା କାହିଁକି ତାଙ୍କୁ ବାରମ୍ବାର ଭୂମିଷ୍ଠ ନମସ୍କାର କରୁଥିଲି ନିଃସଂକୋଚ ଭାବରେ। ସେ ହିଁ ତ ମୋତେ ବାଳିକା ବିଦ୍ୟାଳୟର ପ୍ରତିଷ୍ଠାତା ହିସାବରେ ନେଇଯାଉଥିଲେ ସାଙ୍ଗରେ ସ୍କୁଲ ପରିସରକୁ। ମୁଁ ସାମାନ୍ୟ କ୍ଳାନ୍ତିବୋଧ କଲେ ସ୍କୁଲରେ କାମ କରୁଥିବା ମାତୃପ୍ରତିମା ମଥୁରା ମୋତେ କାଖ କରି ନେଇଆସନ୍ତି ଘରକୁ। ଦାଦା ହିଁ ମୋର ହାତ ଧରି

ନେଇଯାଇଥିଲେ ବାଳିକା ବିଦ୍ୟାଳୟ ସମ୍ମୁଖରେ ଥିବା ଉଚ୍ଚ ପ୍ରାଥମିକ ବାଳକ ବିଦ୍ୟାଳୟକୁ ମୋର ନାମ ଲେଖାଇବା ପାଇଁ। ପ୍ରତିଦିନ ସନ୍ଧ୍ୟା ନଇଁଆସେ। ମାଆ ମୋତେ ପଠାଇ ଦିଅନ୍ତି ଦାଦାଙ୍କ ନିକଟକୁ। ଦାଦାଙ୍କ ଖଟରେ ତାଙ୍କ ପାଖରେ ଶୋଇ ତାଙ୍କଠାରୁ ପ୍ରତ୍ୟହ ଶୁଣେ ରାମାୟଣର ଆକର୍ଷଣୀୟ କାହାଣୀ। ଅଜାଣତରେ କେତେବେଳେ ଆଖିପତା ମୋର ନଇଁଆସେ। ମାତ୍ର ଦାଦା କହିଥିବା ରାମକଥା ହୃଦୟରେ ରହିଯାଏ ସାଇତା ହୋଇ। ଅପରାହ୍ନ ସମୟରେ ଦାଦା ଶୁଣ୍ଠି ମିଶ୍ରିତ କ୍ଷୀର ପାନ କରନ୍ତି ପ୍ରତିଦିନ। ସେତେବେଳେ ଡାକନ୍ତି ପାଖକୁ। ଯେଉଁ ପ୍ଲେଟରେ କ୍ଷୀର ଢାଳି ସେ ପିଉଥାଆନ୍ତି ସେଥିରୁ ମୋତେ ସବୁବେଳେ ଦିଅନ୍ତି ଅଧା ଭାଗ। କି ସୁସ୍ୱାଦୁ ଥିଲା ସେ କ୍ଷୀରତକ! ଏବେ ବି ତା'ର ବାସ୍ନା ଚହଟି ଆସୁଛି ମୋର ଘ୍ରାଣେନ୍ଦ୍ରିୟ ପାଖକୁ।

ପୁରୁଣା ଘରେ ଥିବାବେଳେ ସପରିବାର ଆମେ ଯାଇଥିଲୁ ଯେଉଁ ପ୍ରାକୃତିକ ଶୋଭା ମଣ୍ଡିତ ପରିବେଶ ମଧ୍ୟକୁ ପିକ୍‌ନିକ୍ କରିବା ପାଇଁ ତାହା କ'ଣ ଜୀବନରେ ଭୁଲିଯାଇ ହେବ? ସବୁଠୁ ବେଶୀ ମନେପଡ଼େ କ୍ଷୁଦ୍ର ଜଳଧାର ପାଖରେ ସବୁଜ ଘାସ ଉପରେ ଦାଦା ଶୋଇ ରହିଥିବା ଦୃଶ୍ୟ। ତାଙ୍କରି ନିକଟରେ ସେଦିନର ଯେଉଁ ମୁହୂର୍ତ୍ତ ସବୁ ବିତାଇଛି, ତାହା ମନେପକାଇବା ମାତ୍ରକେ ଜଳଧାରାର କୁଳୁକୁଳୁ ସଂଗୀତ ଶୁଣାଯାଉଛି ସ୍ପଷ୍ଟ ଭାବରେ। ଆଉ ଅସ୍ପଷ୍ଟ ଭାବରେ ମନେପଡୁଛି ଦାଦାଙ୍କ ଶବ୍ଦ ଉଚ୍ଚାରଣ। କ'ଣ କହୁଥିଲେ ମୋତେ ସେ? ଆଜି ସେକଥା ଯେତେ ଭାବିଲେ ବି ନିର୍ବାକ ଚଳଚ୍ଚିତ୍ର ପରି କେବଳ ସେଦିନର ଦୃଶ୍ୟ ପ୍ରତିବିମ୍ବିତ ହେଉଛି ଆଖି ଆଗରେ ଶବ୍ଦବିହୀନ ଭାବରେ।

ଯେତେବେଳେ ମୁଁ ତୃତୀୟ ଶ୍ରେଣୀର ଛାତ୍ର, ସେତେବେଳେ ନୂଆ ଘରକୁ ଆସିଲୁ। ୧୯୭୦ ମସିହା ମଇ ୧ ତାରିଖ ଦିନ ଅପରାହ୍ନ ବେଳାରେ। ଦାଦା ସେତେବେଳେ ବି ମୋତେ ହିଁ ହାତରେ ଧରି ବାଟ ଚାଲୁଥିଲେ ସବା ଆଗରେ। ପଛରେ ଥିଲେ ସମଗ୍ର କବି ପରିବାର। ମୁଁ କ'ଣ ଜାଣିନାହିଁ ଯେ ଦାଦା ମୋତେ ନୂଆଘରକୁ ନେଇଯାଉଛନ୍ତି ବୋଲି? ତାହା ଜାଣି ମଧ୍ୟ ଆଉ ଏକ ସୂକ୍ଷ୍ମ ଜିଜ୍ଞାସା ମୋ ଭିତରେ ଜନ୍ମ ନେଇଛି ଯେ ଦାଦା ପ୍ରକୃତରେ ମୋତେ କେଉଁ ସ୍ଥାନକୁ ନେଇଯାଉଥିଲେ? ତାହାରି ଉତ୍ତର ଖୋଜୁଛି ସୁଦୀର୍ଘ ପଚାଶ ବର୍ଷ ପରେ। 'ଗଙ୍ଗାଧର ସ୍ମୃତିଭବନ'ରେ ଯେତେବେଳେ ପ୍ରଦର୍ଶିତ ହୁଏ ସର୍କସ ଖେଳ, ସେତେବେଳେ ବି ସପରିବାର ଆମେ ଦେଖିଯାଉ; କିନ୍ତୁ ଯାହାଙ୍କ ତତ୍ତ୍ୱାବଧାନରେ ମୁଁ ଯାଏ ଓ ଆସେ, ସେ ହେଉଛନ୍ତି ସ୍ନେହଶୀଳତାର ସୁଉଚ୍ଚ ଚଳମାନ ମୂର୍ତ୍ତି ମୋର ଏହି ଦାଦା। ପଶ୍ଚିମ ସୋମନାଥ ମନ୍ଦିରରେ ଯେତେବେଳେ ହୁଏ ଭୋଜିର ଆୟୋଜନ, ସେତେବେଳେ ଆମ ପଡ଼ା ବା ସାହିର ଗଣ୍ୟମାନ୍ୟ ବ୍ୟକ୍ତିମାନେ ଦାଦାଙ୍କୁ ନେଇଯାଆନ୍ତି ଏକ ସୁଦୃଶ୍ୟ ଶୋଭାଯାତ୍ରାକୁ ନେଇଯିବା

ପରି। ସେହି ସମୟରେ ବି ତାଙ୍କ ପାଖରେ ଯେଉଁ କନିଷ୍ଠତମ ଅବୋଧ ଶିଶୁ ତାଙ୍କୁ ଅନୁସରଣ କରି ଚାଲୁଥାଏ ବାଟ, ତା'ର ନାମ ମଣୀନ୍ଦ୍ର।

କେତେ ଯିବି ପୂଜା ଦେଖି ? ଅନ୍ନପୂର୍ଣ୍ଣା ଥିଏଟରକୁ ନାଟକ ଦେଖିଯିବା ବେଳେ ମୁଁ ଥିଲି ତାଙ୍କର ସାଥୀ। ବରପାଲି ଝଙ୍କାର ଟକିଜ୍‌ରେ ଯେତେବେଳେ ଶୁଭାରମ୍ଭ ହୁଏ ଚଳଚ୍ଚିତ୍ର ପ୍ରଦର୍ଶନର, 'ରାମାୟଣ' ସିନେମା ଦେଖିଥିଲି ଦାଦାଙ୍କ ସହିତ ବସି। ଯେଉଁ ଯେଉଁ ସ୍ଥାନକୁ ସେ ନିମନ୍ତ୍ରିତ ହୋଇଯାଆନ୍ତି ଅତିଥି ଭାବରେ, ଏହି ଛୋଟ ନାତିଟିକୁ ସାଙ୍ଗରେ ନେଇଯିବାକୁ ସେ ଭୁଲନ୍ତି ନାହିଁ କେବେ। ବଲାଙ୍ଗୀରରେ ସାନପିଉସୀ ଯେତେବେଳେ ରହୁଥିଲେ ବରପାଲିର ବିଶିଷ୍ଟ ବ୍ୟକ୍ତିମାନଙ୍କ ଗହଣରେ କାର୍‌ରେ ଯିବାବେଳେ ସେହିପରି ମୋତେ ସାଙ୍ଗରେ ନେବା ପାଇଁ ତାଙ୍କ ଭିତରେ କି ଆଗ୍ରହ ଦେଖିନଥିଲି ମୁଁ! ଗୋଟି ଗୋଟି କରି ସବୁକଥା ଉଲ୍ଲେଖ କରିବି ବା କାହିଁକି ? ମୋର ମୂଳ ରହସ୍ୟ ଉନ୍ମୋଚନର କାରଣ ହେଉଛି ବାସ୍ତବରେ ସେ ମୋତେ କେଉଁଠିକୁ ନେଇଯିବା ପାଇଁ ଥିଲେ ଆଗଭର ?

ପ୍ରତିବର୍ଷ ଆସେ ଶ୍ରାବଣ ପୂର୍ଣ୍ଣିମା। ସେଦିନ ତାଙ୍କ ପିତାଙ୍କ ଜୟନ୍ତୀ ଦିବସ। ରିକ୍ସାରେ ତାଙ୍କ ସହ ବସି ଯାଇଛି ପୁରୁଣା ଘରକୁ। ଚୈତ୍ର ଅମାବାସ୍ୟା ହେଉଛି ତାଙ୍କ ପିତାଙ୍କ ଦେହାବସାନର ଦୁଃଖଦ ଦିନ। ସେଦିନ ବି ସେ ମୋତେ ନିଦରୁ ଉଠାଇ ଦିଅନ୍ତି ଉଷା କାଳରୁ। ତାଙ୍କରି ସହିତ ଆଉ ଔପନ୍ୟାସିକ ରାମପ୍ରସାଦ ସିଂହଙ୍କ ସହିତ ଉଭୟଙ୍କ କୋଳ ମଣ୍ଡନ କରି ଯାଇଛି କବିଙ୍କ ସମାଧି ପୀଠକୁ। ଯେତେବେଳେ ଅଷ୍ଟମ ଶ୍ରେଣୀର ଛାତ୍ର ମୁଁ, ସେତେବେଳେ ଜଣ୍ଡିସ୍‌ରେ ପୀଡ଼ିତ ହୋଇ ଯେଉଁ ଜ୍ୱର ଓ ଯନ୍ତ୍ରଣା ଭୋଗ ଭଲି, ସେଥିରୁ ମୋତେ ମୁକ୍ତ କରିବା ପାଇଁ ଦାଦାଙ୍କ ପ୍ରୟାସ, ପ୍ରାର୍ଥନା ଓ ବିଚଳିତ ଭାବ ସ୍ମରଣ କଲେ ବର୍ତ୍ତମାନ ମଧ୍ୟ ଦିଶିଯାଉଛି ତାଙ୍କର ଚିନ୍ତାଗ୍ରସ୍ତ କୁଞ୍ଚିତ କପାଳ। ପ୍ରତିଦିନ ତାଙ୍କ ହାତର ସ୍ପର୍ଶରେ ମାପୁଥିଲେ ମୋର ଜ୍ୱର ଓ ନାଡ଼ିରେ ଆଙ୍ଗୁଠି ଚିପି ଜାଣିପାରୁଥିଲେ ମୋର ମୁମୂର୍ଷୁ ଅବସ୍ଥା। କହୁଥିଲେ ଜମିବାଡ଼ି ବିକ୍ରି କରିଦିଅ ଆଉ ବାବୁକୁ ଚିକିତ୍ସା ସକାଶେ ନେଇଯାଅ ବୁର୍ଲା ମେଡ଼ିକାଲକୁ। ଏହି ଶିଶୁଟିର ଜୀବନ ସୁରକ୍ଷିତ ରଖିବା ପାଇଁ ଆଉ ତାକୁ ନିଜ ନିକଟରୁ ଦୂରବର୍ତ୍ତୀ ନ କରିବା ପାଇଁ ସେ କାହିଁକି ହେଉଥିଲେ ଏତେ ବ୍ୟାକୁଳ ? ସବୁ ଜେଜେବାପା ତାଙ୍କ ନାତି ନାତୁଣୀଙ୍କୁ ଭଲପାଇବା ଏକାନ୍ତ ସ୍ୱାଭାବିକ। ସେହି ଦୃଷ୍ଟିରୁ ସେ ତ ଅଜସ୍ର ସ୍ନେହ ଢାଳି ଦେଇଛନ୍ତି ବଞ୍ଚିଥିବା ପର୍ଯ୍ୟନ୍ତ। ମାତ୍ର ସର୍ବଦା ମୋତେ ତାଙ୍କ ପାଖରେ ରଖିବା ଓ ବିଭିନ୍ନ ସ୍ଥାନକୁ ତାଙ୍କ ସାଥୀରେ ମୋତେ ନେଇଯିବାର କାରଣ ଅନୁସନ୍ଧାନ କରୁଛି ମୁଁ ଯେମିତି ଏକ ସିଆଇଡି ପରି। ମୋର କ'ଣ ମନେହେଉଛି କହିବି ସେ କଥା ? ଏହିସବୁ ସ୍ଥାନକୁ ନେବା ଅନ୍ତରାଳରେ ତାଙ୍କର ନିଶ୍ଚୟ ରହିଥିଲା

ଏକ ଭିନ୍ନ ଉଦ୍ଦେଶ୍ୟ। କେବଳ ବୁଲାଇନେବା ପାଇଁ ବା ମୋତେ ଖୁସି ରଖିବା ପାଇଁ ସେ ଯେ ମୋତେ ନେଇଯାଉଥିଲେ ସାଙ୍ଗରେ, ଏତିକି ହିଁ କ'ଣ ଶେଷକଥା ?

ମୁଁ ଦଶମ ଶ୍ରେଣୀ ପଢ଼ିବା ବେଳକୁ ସେ ବୃଦ୍ଧାବସ୍ଥାରେ ଉପନୀତ ହୋଇ ଚାଲିଗଲେ ଆରପାରିକୁ। ସବୁବେଳେ ମୋତେ ନିଜ ସାଙ୍ଗରେ ନେଇଯାଉଥିବା ଦାଦା ଏଥର କିନ୍ତୁ ମୋତେ ତାଙ୍କ ସହିତ ନେଲେ ନାହିଁ। ଛାଡ଼ିଗଲେ ତାଙ୍କ ନିର୍ମିତ ବାସଗୃହରେ, ମୋତେ ସାଥୀହୀନ କରିଦେଇ।

୧୯୭୭ ମସିହାରେ ହେଲା ତାଙ୍କର ଦେହାନ୍ତ। ଗଲାଣି ୪୦ ବର୍ଷ ଉପରେ। ଏବେ ମନେପଡ଼ୁଛି ମୋର ସାନବୁବୁ ବା ସାନପିଉସୀ ଲେଖିଥିବା ଚିଠିର ଧାଡ଼ିଟିଏ, "ମଣୀନ୍ଦ୍ର ! ତୁ ବଡ଼ ହେଲେ ଜାଣିପାରିବୁ ଦାଦା ତୋତେ କାହିଁକି ଏତେ ଭଲ ପାଉଥିଲେ।" ସତକୁ ସତ ବୟସ ଯେତେଯେତେ ହେଲା ଅତିକ୍ରାନ୍ତ, ରାତିରେ ଶୋଇବାବେଳେ ବେଶୀ ବେଶୀ ଆଚ୍ଛନ୍ନ କରି ରଖିଲା ମୋ ହୃଦୟକୁ ଦାଦାଙ୍କ ଅଲିଭା ସ୍ମୃତି।

ଏବେ ପୁରୁଣା ଘରକୁ ଗଲେ ପ୍ରତିଟି ପ୍ରକୋଷ୍ଠ ଆଉ ମାଟିକାନ୍ଥ ଭିତରୁ ଯେଉଁ ସ୍ୱର ଶୁଭେ ସେଥିରେ ସ୍ତବ୍ଧ ହୋଇ ରହିଯାଏ ମୁଁ। ମୁଁ ତ କବି ଗଙ୍ଗାଧରଙ୍କୁ ସ୍ୱଚକ୍ଷୁରେ ଦେଖିନଥିଲି କିମ୍ବା ସେ ସମୟର ପରିବେଶକୁ କଳ୍ପନା କରିବା ମୋ ପାଇଁ ସମ୍ଭବ ନୁହେଁ। ତଥାପି ଆଖିପତା ମୁଦ୍ରିତ କରିଦେବା ମାତ୍ରକେ ଶତ ବର୍ଷ ତଳର ଘଟଣାଗୁଡ଼ିକର ପ୍ରତ୍ୟକ୍ଷ ଦର୍ଶନ ସମ୍ଭବ ହୋଇଛି କିପରି ? ଘରେ ସାଇତା ହୋଇ ରହିଛି କବିଙ୍କ ବ୍ୟବହୃତ ସାମଗ୍ରୀ ସବୁ। ତାଙ୍କର ପାଦୁକା ରାତ୍ରିର ଗଭୀର ପରିବେଶରେ ଯେତେବେଳେ ଦେଖେ, ସେତେବେଳେ ଶୁଣାଯାଏ ଦୁଇଟି ବିନମ୍ର ପାଦର ପାଖକୁ ପାଖକୁ ଆସିବାର କ୍ଷୀଣ ଶବ୍ଦ। ଦେଖେ ଯେତେବେଳେ ହସ୍ତତନ୍ତ, ସେତେବେଳେ ଲୁଗା ବୁଣିବାର ଧ୍ୱନି ଶୁଣାଯାଏ ମୋର କାନକୁ। ତା' ସହିତ ଶୁଣାଯାଏ ଉପେନ୍ଦ୍ର ଭଞ୍ଜ, ଦୀନକୃଷ୍ଣ, ଅଭିମନ୍ୟୁ ସାମନ୍ତସିଂହାରଙ୍କ ପଦାବଳୀ ଏକ ସତେଜ ତରୁଣ କଣ୍ଠରେ ଉପଯୁକ୍ତ ରାଗ ରାଗିଣୀ ସଂଯୋଗରେ ଧ୍ୱନିତ ହୋଇଉଠୁଛି। ଘରେ ରଖାଯାଇଛି ଯତ୍ନର ସହିତ କେତେ ଚିଠିପତ୍ର, କେତେ ପାଣ୍ଡୁଲିପି। ସେସବୁ ଅକ୍ଷର ଯେମିତି ସମ୍ପ୍ରତି ବାକ୍‌ଶକ୍ତି ପ୍ରାପ୍ତ। ମୁଁ ପଢ଼େ ନାହିଁ। ଯିଏ ଲେଖିଛନ୍ତି ଚିଠି ସିଏ ହୁଅନ୍ତୁ କବିବର ରାଧାନାଥ, ଫକୀରମୋହନ ବା ମଧୁସୂଦନ; ସେମାନଙ୍କ କଣ୍ଠସ୍ୱର ଶୁଣାଯାଏ ସ୍ପଷ୍ଟ ଭାବରେ। ଯେଉଁ ଦୁଆତ କଲମରେ ଲେଖୁଥିଲେ କବିତା ପ୍ରପିତାମହ କବି ଗଙ୍ଗାଧର, ଲାଗୁଛି ସେହି କଲମ ଧରି ସେ ଯେମିତି ଲେଖି ଚାଲିଛନ୍ତି 'ଇନ୍ଦୁମତୀ'ରୁ 'ତପସ୍ୱିନୀ' ପର୍ଯ୍ୟନ୍ତ। ମୋ ଛାତି ଭିତରୁ କିଏ କହେ, 'ଚୁପ୍ ! ସମ୍ପୂର୍ଣ୍ଣ ନିରବତା ରକ୍ଷାକର। ଏବେ କବି ସାଧନା ନିମଗ୍ନ।' କୌଣସି କୋଳାହଳ ଏ ପାଖରେ ସେଥିପାଇଁ ମୋତେ କଷ୍ଟ ଦିଏ ଗଭୀର ଭାବରେ।

ଏଇ ପ୍ରକୋଷ୍ଠରେ ପ୍ରତିଦିନ ସକାଳୁ ଆଉ ସନ୍ଧ୍ୟାରେ ଦାଦା ଧ୍ୟାନମଗ୍ନ ହୋଇ ଛିଡ଼ା ହୁଅନ୍ତି। ମୁଣ୍ଡ ଉପରେ ଡାହାଣ ହାତ ଚକ୍ରାକାରରେ ବୁଲାଇ ଚତୁର୍ଦ୍ଦିଗର ସୂକ୍ଷ୍ମ ସତ୍ତା ଓ ସୂକ୍ଷ୍ମ ସତ୍ୟର ସ୍ପନ୍ଦନକୁ ଯେମିତି ଆବାହନ କରି ନେଇଆସନ୍ତି। ପାଦର ଆଙ୍ଗୁଠିଗୁଡ଼ିକୁ କୁଞ୍ଚ କୁଞ୍ଚ କରି ମନ୍ଥର ଗତିରେ ସେ ଅଗ୍ରସର ହୁଅନ୍ତି ତାଙ୍କ ପିତାଙ୍କ ପ୍ରାଣବନ୍ତ ଫଟୋଚିତ୍ର ସଜ୍ଜିତ ସ୍ଥାନ ପର୍ଯ୍ୟନ୍ତ। ସେ ସମୟରେ କାହାରି ସହିତ ସେ କରନ୍ତି ନାହିଁ ବାକ୍ୟାଳାପ। ଧୀରେଧୀରେ ସେହି ପ୍ରକୋଷ୍ଠ ଅତିକ୍ରମ କରୁଥିବାବେଳେ ମୁଁ ଲକ୍ଷ୍ୟ କରେ ଦାଦା ଓ ଫଟୁବାବା ଅର୍ଥାତ୍ ପିତାମହ ଓ ପ୍ରପିତାମହ ଉଭୟଙ୍କ ଚାରିଚକ୍ଷୁର ଅପଲକ ମିଳନ। ଦାଦାଙ୍କ ଦୁଇ ଆଖିରେ ଢଳ ଢଳ ହେଉଥାଏ ଅଶ୍ରୁ ବିନ୍ଦୁ ସବୁ। ସେହି ସମୟର ତାଙ୍କର ଭାବାଚ୍ଛନ୍ନ ଅବସ୍ଥା ଏକାନ୍ତ ହୃଦୟସ୍ପର୍ଶୀ ଓ ଅବର୍ଣ୍ଣନୀୟ।

ମୁଁ ଆଦୌ ଭଲ ଛାତ୍ର ନଥିଲି। ଆଜି ବି ପଣ୍ଡିତ ଅଧ୍ୟାପକ ନୁହେଁ। ଯଦିଓ ରାମପ୍ରସାଦ ସିଂହ ପିଲାଟି ବେଳରୁ ମୋତେ ସମ୍ବୋଧନ କରୁଥିଲେ 'ପଣ୍ଡିତେ' ବୋଲି, ତଥାପି ସେଇ ସ୍ତରରୁ ମୁଁ ଯୋଜନ ଯୋଜନ ଦୂରବର୍ତ୍ତୀ। ବାପାଙ୍କ ପ୍ରେରଣାରେ ଆରମ୍ଭ କରିଥିଲି ଗଳ୍ପଲେଖା। ତା'ପରେ ଲେଖିଲି ଗଙ୍ଗାଧରଙ୍କ ଉପରେ ଅସଂଖ୍ୟ ପ୍ରବନ୍ଧ। ଲେଖିଲି ଅନେକ ସମାଲୋଚନାତ୍ମକ ନିବନ୍ଧ ଆଉ ଜୀବନୀ। ମୁଁ ଜାଣେ ଯେ ଏ ସବୁ ଲେଖିବାବେଳେ ମୁଁ କେବଳ ମାତ୍ର ଷ୍ଟେନୋଗ୍ରାଫର ପରି ଲିପିକାରଟିଏ ମାତ୍ର। କିଏ ମୋତେ ଡାକେ ଆଉ ପୁଣି ମୋତେ ମାଧ୍ୟମ କରି ଲେଖେ କିଏ, ତାହା ଅନୁମାନ କରିବା ମଧ୍ୟ କଷ୍ଟସାଧ୍ୟ।

କବିଙ୍କ ଶ୍ରାଦ୍ଧ ସମୟରେ ଯେମିତି ଦାଦାଙ୍କ ସହିତ ଯାଉଥିଲି ସମାଧିସ୍ଥଳକୁ, ଆଜି ବି ସୁଯୋଗ ପାଇବା ମାତ୍ରକେ ଚାଲିଯାଏ ସେହି ପବିତ୍ର ପୀଠକୁ। ସମାଧି ସ୍ତମ୍ଭ ସମ୍ମୁଖରେ ଲିପିବଦ୍ଧ ହୋଇଛି –

ମୁଁ ତ ଅମୃତ ସାଗର ବିନ୍ଦୁ
ନଭେ ଉଠିଥିଲି ତେଜି ସିନ୍ଧୁ
ଖସି ମିଶିଛି ଅମୃତ ଧାରେ
ଗତି କରୁଛି ସେ ଅକୂପାରେ
ପଥେ ଶୁଖିଗଲେ ପାପ ତାପରେ
ହୋଇ ଶିଶିର ଖସିବି ତା'ପରେ
ଅମୃତମୟ ଅମୃତରୟ ସହିତ ମିଶିବି ସାଗରେ।

ଏ ଚିରନ୍ତନ ପଂକ୍ତିଟି ମଧ୍ୟରେ କିଏ ବା ଦେଖିନାହାନ୍ତି ଗଙ୍ଗାଧରଙ୍କ ମଧୁସିକ୍ତ ପ୍ରତିବିମ୍ବ ? କିଏ ବା ଶୁଣିନାହାନ୍ତି କବିଙ୍କ କଣ୍ଠସ୍ୱରର ବିନୀତ ବାକ୍ୟ ! ଏ ସବୁ ମଙ୍ଗଳ

ପ୍ରଦୀପ ଜଳୁଥିବା ମୁହୂର୍ତ୍ତରେ ସେଠି ଆବିର୍ଭୂତ ହୁଅନ୍ତି ଆଉ ଜଣେ ମହାପୁରୁଷ - ଯାହାଙ୍କ ନାମ 'କବିପୁତ୍ର ଭଗବାନ ମେହେର'। ମୋର ପରମ ପୂଜ୍ୟ ପିତାମହ, ମୋର ଜେଜେବାପା, ମୋର ଦାଦା। ନିଜ ପିତାଙ୍କ ପ୍ରତିକୃତିକୁ ନିଶ୍ଚଳ ଭାବରେ ନିଷ୍ପଲକ ନୟନରେ ଯେତେବେଳେ ସେ ଦେଖୁଥିଲେ ଠିକ୍ ସେହିପରି ଭାବାଚ୍ଛନ୍ନ ମୁହୂର୍ତ୍ତରେ ମୁଁ ଦେଖେ ଯେତେବେଳେ ବରପାଲି ଶ୍ମଶାନ ଭୂଇଁରେ ନିର୍ଜନ ପରିବେଶରେ ପ୍ରତିଷ୍ଠିତ ସମାଧି ଆଡ଼କୁ, ସେତେବେଳେ ମୋ ହୃଦୟରେ ସ୍ପଷ୍ଟରୁ ସ୍ପଷ୍ଟତର ହୋଇଉଠେ ଚିର ପରିଚିତ ସ୍ନେହଭିଜା କଣ୍ଠସ୍ୱର - 'ମୁଁ ତୋତେ କେଉଁଠାକୁ ଆଣିବାକୁ ଚାହୁଁଥିଲି ଏବେ ବୁଝିପାରୁଛୁ ତ ବାବୁ ?'

ମୋର ସବୁ ପ୍ରଶ୍ନର ଉତ୍ତର ରହିଛି ଏହି ପ୍ରଶ୍ନ ମଧ୍ୟରେ। ସବୁ ରହସ୍ୟର ଉଦ୍‌ଘାଟନ ହୋଇଯାଇଛି ଏହି ସ୍ନେହସିକ୍ତ ସ୍ୱରର ମଧୁରତାରେ। 'ଶେଷ ହୟ ହଇଲ ନା ଶେଷ' କ୍ଷୁଦ୍ରଗଳ୍ପର ଯେଉଁ ଅତୃପ୍ତିକର ପରିସମାପ୍ତି ତାହା ଅନିର୍ବଚନୀୟ ତୃପ୍ତିରେ ଶେଷ ହୋଇଯାଇଚି ଏହି ଅମୃତ ଲଗ୍ନରେ।

■

ବଡ଼ବୁବୁ : ନୀଡ଼ ଫେରନ୍ତା ପକ୍ଷୀ

ସାନ୍ଧ୍ୟକାଳୀନ ଶୀତଳତା ଓହ୍ଲାଇ ଆସୁଥିବ ଘର ଅଗଣାକୁ। ପିତାମହ ବସିଥିବେ ଅଗଣାରେ ଖଟ ପକାଇ। ବଡ଼ବୁବୁ ମାଟି ପିଣ୍ଡା ଉପରେ ବସିରହି ପ୍ରସନ୍ନ ଦୃଷ୍ଟିରେ ଅନାଉଥିବେ ମୋତେ। କହୁଥିବେ ଆହୁରି ଗୀତ ଗାଇବାକୁ। ଆହୁରି ନାଚିବାକୁ। ତାଙ୍କ ସ୍ନେହପୂର୍ଣ୍ଣ କଣ୍ଠର ଆବେଦନରେ କଥା କହୁଥିଲି ମୁଁ। ମୋ ଭିତରେ ଥିବା ମୟୂର ପ୍ରସାରିତ କରିଦେଉଥିଲା ତା'ର ବିସ୍ତୃତ ପୁଚ୍ଛ। ରଙ୍ଗୀନ ହୋଇ ଉଠୁଥିଲା ସନ୍ଧ୍ୟାର ସେହି ହୃଦୟସ୍ପର୍ଶୀ ପରିବେଶ।

ଯାହା ଜୀବନରେ ଏପରି ଏକ ଏକ ସନ୍ଧ୍ୟା ଅବତରଣ କରେ ଅପୂର୍ବ ସ୍ନିଗ୍ଧତା ନେଇ, ତାହାକୁ କ'ଣ ହୃଦୟରୁ ପୋଛିଦେବା ସମ୍ଭବ ହୋଇଛି କେବେ? ବଡ଼ବୁବୁ ଅର୍ଥାତ୍ ମୋର ବଡ଼ପିଉସୀ ଏ ପର୍ଯ୍ୟନ୍ତ ସେହିପରି ଭାବ ତଲ୍ଲୀନ କରି ରଖିଛନ୍ତି ମୋ ଭିତରର ଶିଶୁ ଚରିତ୍ରଟିକୁ। ଆଖିରେ ତାଙ୍କର କି ଅନୁରାଗ! କି ସ୍ନେହ ସଜଳତା!! ଏହାରି ଆଲୋକରେ ଆବୃତ୍ତ ହୋଇ ରହିଛି ଏବେ ବି। ଘର ପାଖରେ ଦୁର୍ଗାପୂଜା ସମୟରେ ହେଉଥାଏ ନାଟକ ଅଭିନୀତ। ପିତାମହଙ୍କ ଆଗରେ ନାଟକ ଦେଖିଯିବାର ଅଭିଳାଷ ବ୍ୟକ୍ତ କଲେ ହତାଶ ହେବାକୁ ପଡ଼େ। ମୋ ପରି ନିର୍ବୋଧ ଶିଶୁଟିଏକୁ ପିତାମହ କିପରି ଅବା ମଧ୍ୟ ରାତ୍ରରେ ଛାଡ଼ିଦିଅନ୍ତେ ନାଟକ ଦେଖିବା ପାଇଁ! ବେଦନାର ଆର୍ତ୍ତ ସ୍ୱରରେ କ୍ରନ୍ଦନ କରେ ମୁଁ ଭିତରେ ଭିତରେ। ସୁକୁମାର ଶିଶୁଟିର ଏହି ଅନ୍ତର୍ଜଗତକୁ ଦେଖିବାର ଅନନ୍ୟ କ୍ଷମତା ଥିଲା ବଡ଼ବୁବୁଙ୍କ ମଧ୍ୟରେ। କାନ୍ଦି କାନ୍ଦି ଶୋଇ ପଡ଼ିଥିବି ମୁଁ। ମଧ୍ୟରାତ୍ରରେ ନିଦରୁ ଉଠାଇବେ ମୋତେ ମମତାମୟୀ ବଡ଼ବୁବୁ। ମୁଁ କିଛି ବୁଝିପାରିବା ପୂର୍ବରୁ ସେ ମୋତେ କାଖ କରି ତାଙ୍କ ପଣତକାନିରେ ଘୋଡ଼ାଇ ପକାଇ ମୁଖ୍ୟ ଦ୍ୱାର ଛଡ଼ା ଘରର ଆଉ ଏକ ରାସ୍ତା ଫିଟାଇ ଲୁଚି ଲୁଚି ମୋତେ ନେଇଯାଆନ୍ତି ନାଟ୍ୟସ୍ଥଳକୁ। ସେ ଜାଣିପାରୁଥିଲେ ଯେ ସଂଗୀତ, ନୃତ୍ୟ ଓ ନାଟକ ପ୍ରତି କିଭଳି ରହିଥିଲା ମୋ ପ୍ରାଣର

ଆକର୍ଷଣ। ତାଙ୍କର ମଧ୍ୟ ରହିଥିଲା ସେହିପରି ସଂଯୁକ୍ତ ହୋଇଯିବାର ଭାବ ରାଶି। ସେଇଥିପାଇଁ ସେ ଅନ୍ଧାର ରାତିରେ ତାଙ୍କ ପ୍ରାଣର ସୂକ୍ଷ୍ମ ତନ୍ତ୍ରୀଗୁଡ଼ିକ ସହିତ ମୋତେ ଯୋଡ଼ି ଦେଉଥିଲେ ଅଦ୍ଭୁତ ଭାବରେ।

ଆକାଶବାଣୀ କାର୍ଯ୍ୟକ୍ରମରେ ଯେତେବେଳେ ପ୍ରସାରିତ ହୁଏ ନାଟକ, ପାଲା ବା ଦାସକାଠିଆ - ସେସବୁ ଶୁଣିବାର ବ୍ୟାକୁଳତାରେ ଉତ୍କର୍ଣ୍ଣଥିଲେ ସେ ସର୍ବଦା। ମହିଁଆଁ ବବାଙ୍କ ସହିତ ଛୋଟ ରେଡିଓଟି ଧରି ତାଙ୍କ ଘରକୁ ପହଂଚିବା ମାତ୍ରକେ ସେ ହୋଇଯାଉଥିଲେ ଭାବମୟୀ। କି ଗଭୀର ଧ୍ୟାନମୁଦ୍ରାରେ ସେ ଶୁଣୁଥିଲେ ସେସବୁ କାର୍ଯ୍ୟକ୍ରମ ! ତାହା ଜଳଜଳ ହୋଇ ଦିଶିଯାଉଛି ଆଖି ଆଗରେ।

ତାଙ୍କ ନାଁ ଥିଲା ଶକୁନ୍ତଳା। ସେ ଜନ୍ମ ହେବାବେଳକୁ କବି ଗଙ୍ଗାଧର ଲେଖୁଥିଲେ ପ୍ରଣୟବଲ୍ଲରୀ। ସେଥିପାଇଁ ସେ କାବ୍ୟର ନାୟିକାଙ୍କ ସୁବିଖ୍ୟାତ ନାମରେ ନାମିତ ହେଲେ ସେ ତାଙ୍କ ପିତାମହଙ୍କ ଦ୍ୱାରା। ଯେତେବେଳେ ଗୁରୁଣ୍ଡି ପାରୁଥିଲେ, ସେତେବେଳେ ଗଙ୍ଗାଧରଙ୍କ ସାଧନା କକ୍ଷକୁ ଯାଇ ତାଙ୍କ ହାତରୁ ଛଡ଼ାଇ ଆଣୁଥିଲେ କଲମ। ଗଙ୍ଗାଧର ଆଦୌ ବିବ୍ରତ ନ ହୋଇ ତାଙ୍କ ସହିତ ଖେଳୁଥିଲେ ଶିଶୁଟିଏରେ ରୂପାନ୍ତରିତ ହୋଇଯାଇ। ଆଉ ଏକଥା ନିଜର କବିବନ୍ଧୁ ବ୍ରଜମୋହନ ପଣ୍ଡାଙ୍କୁ ଲେଖୁଥିଲେ ଚିଠିରେ। ବଡ଼ବୁବୁ କ'ଣ ପ୍ରଣୟବଲ୍ଲରୀର କାବ୍ୟନାୟିକା ଶକୁନ୍ତଳା ପରି ଥିଲେ ସ୍ୱର୍ଗ ଓ ମର୍ତ୍ତ୍ୟର ସୌନ୍ଦର୍ଯ୍ୟମୟ ସମନ୍ୱୟ ? ଯେଉଁମାନେ ଦେଖିପାରୁଥିଲେ ତାଙ୍କର ଅନ୍ତର ମଧ୍ୟକୁ, ସେମାନେ ହିଁ ଜାଣନ୍ତି ଯେ ତାଙ୍କ ଆତ୍ମାର ସୌନ୍ଦର୍ଯ୍ୟରେ ଭରି ରହିଥିଲା ଜର୍ମାନ କବି ଗେଟେଙ୍କ ବର୍ଣ୍ଣିତ ସ୍ୱର୍ଗ ଓ ମର୍ତ୍ତ୍ୟର ଅନିନ୍ଦ୍ୟ ସୁଷମା।

ଆମର ସମଗ୍ର ଯୌଥ ପରିବାର ଥିଲା ତାଙ୍କ ତତ୍ତ୍ୱାବଧାନରେ ସୁରକ୍ଷିତ ଓ ସୁପରିଚାଳିତ। ତାଙ୍କ ଶ୍ୱଶୁରାଳୟ ଥିଲା ଆମ ଘରର ଅତି ନିକଟରେ। ସେଥିପାଇଁ ପ୍ରତ୍ୟହ ପିତୃଗୃହରେ ପଦାର୍ପଣ କରିବା ଥିଲା ତାଙ୍କର ପବିତ୍ର କର୍ତ୍ତବ୍ୟ। ସବୁ ଭାଇଭଉଣୀଙ୍କଠୁଁ ସେ ଥିଲେ ଜ୍ୟେଷ୍ଠା। ତେଣୁ ଭାଇଭଉଣୀମାନେ ତ ଥିଲେ ତାଙ୍କର ଆୟତ୍ତାଧୀନ। ତା' ସହିତ ପିତାମାତାଙ୍କ ସୃଷ୍ଟି ହେଉଥିବା ସାମୟିକ ବ୍ୟବଧାନ ଓ ମନୋମାଳିନ୍ୟ ଦୂର କରିବାରେ ମଧ୍ୟ ସେ ଥିଲେ ଏକାନ୍ତ ସକ୍ଷମ।

ଏହିଭଳି ଭାବରେ ଯେଉଁ ବଡ଼ବୁବୁଙ୍କ ସ୍ନେହଚ୍ଛାୟାରେ ଲାଭ କରୁଥିଲା ସାରା ପରିବାର ଏକ ଗଭୀର ପ୍ରଶାନ୍ତି, ସେ ନିଜେ ତାଙ୍କ ଅଜାଣତରେ ପହଂଚିଯାଇଥିଲେ ସମସ୍ତଙ୍କୁ ଅଶାନ୍ତ ଶୋକାର୍ଦ୍ର କରିବା ଭଳି ଏକ ସର୍ବଶେଷ ବିନ୍ଦୁରେ। ଅକାଳରେ ତାଙ୍କର କିଡ୍‌ନି ଦୁଇଟି ହୋଇପଡ଼ିଲା ଅଚଳ। ବରପାଲି ଡାକ୍ତରଖାନା ରୋଗୀ ୱାର୍ଡରେ ବଉଳ ଗଛ ମୂଳେ ସେ ଚିକିତ୍ସିତ ହେଉଥିଲେ ସ୍ଥିର ଚିତ୍ତରେ। ତାଙ୍କ ଅନ୍ତର୍ବେଦନାକୁ ଅନୁଭବ

କରିବା ପରି ବୟସ ମୋର ହୋଇନଥାଏ। ପ୍ରଥମ ଶ୍ରେଣୀର ଥାଏ ଛାତ୍ର। ମାମା ଓ ମା'ଙ୍କ ସହିତ ଯାଏ ତାଙ୍କୁ ଦେଖିବାକୁ ସେଇ ବଉଳଗଛ ତଳେ ଥିବା ୱାର୍ଡ ଭିତରକୁ। ଶଯ୍ୟାଶାୟୀ ହୋଇ ରହିଥାନ୍ତି ସେ। ଉଚ୍ଚାରଣ କରୁଥାନ୍ତି ସ୍ୱଳ୍ପ ଶବ୍ଦ। ଅଥଚ ପ୍ରତିଟି ଶବ୍ଦରେ ପୂରି ରହିଥାଏ ମମତାର ମନ୍ଦାକିନୀ। ଅନ୍ୟମାନଙ୍କ ମୁହଁରୁ ସ୍ଫୁରିତ ହେଉଥାଏ ଆଶ୍ୱାସନାର ବାଣୀ। ସେ ବାଣୀ ବଡ଼ବୁବୁଙ୍କୁ ସାନ୍ତ୍ୱନା ଦେବା ପାଇଁ ଥାଏ ଯେତିକି ଅଭିପ୍ରେତ ତା'ଠାରୁ ଅଧିକ ଉଦ୍ଦିଷ୍ଟ ଥାଏ ନିଜ ନିଜ ପ୍ରତି। ବାହାରେ ବଉଳ ଗଛର ପତ୍ରରେ ପତ୍ରରେ ଖେଳିଯାଉଥାଏ ଶ୍ରାବଣ ମାସର ପବନ। କେବେ କେବେ ବର୍ଷାଧାରରେ ପ୍ଲାବିତ ହୋଇଯାଏ ଚାରିଗୋଟି ବୃହତ ବଉଳବୃକ୍ଷ। ବଡ଼ବୁବୁ ଝରକା ଦେଇ ଦେଖୁଥାନ୍ତି ସେହି ଦୃଶ୍ୟକୁ। ଆଉ ମନେପକାଉଥାନ୍ତି ଯେ ଏହି ଶ୍ରାବଣ ମାସରେ ତାଙ୍କ ପିତାମହ କବି ଗଙ୍ଗାଧରଙ୍କ ଜନ୍ମଦିନ। ଶ୍ରାବଣ ପୂର୍ଣ୍ଣିମା ପାଖେଇ ଆସୁଥାଏ। କବିଙ୍କ ଜୟନ୍ତୀ ଉତ୍ସବରେ ମୁଖରିତ ହେବାର ସମୟ ସନ୍ନିକଟ।

ମୁଁ ପ୍ରତିଦିନ ଆସୁଥାଏ ସ୍କୁଲକୁ। ମୋର ବାମପଟ ରାସ୍ତାରେ ଡାକ୍ତରଖାନା, ଡାହାଣପଟ ରାସ୍ତାରେ ଆମ ଘର। ଇଚ୍ଛା ହେଉଥାଏ ବାମପଟ ରାସ୍ତାରେ ଯାଇ ବଡ଼ବୁବୁଙ୍କୁ ଏକୁଟିଆ ଦେଖିଆସିବି। ମୋ ଭଳି ବୟସର ପିଲା ପାଇଁ ତାହା ଏକ ଦୁଃସାହସିକ ଅଭିଯାନ ହେବ ବୋଲି ତହିଁରୁ କ୍ଷାନ୍ତ ହୋଇ ଚାଲିଯାଏ ଘରକୁ। କେବେ କେବେ ବାପାଙ୍କ ସହିତ ଆସି ଦେଖିଯାଉଥାଏ ତାଙ୍କୁ। ପ୍ରାୟ ନିରବ ରହୁଥିବା ବଡ଼ବୁବୁ ମୋତେ ଦେଖିବା ପରେ ପ୍ରକାଶ କରନ୍ତି ଯେଉଁ ଚଞ୍ଚଳତା, ସେଥିରେ ଭରି ରହିଥାଏ ଜୀବନକୁ ପ୍ରତ୍ୟାବର୍ତ୍ତନ କରିବାର ଏକ ଗଭୀର ପିପାସା।

ଦିନେ ଯଥା ସମୟରେ ଆସିଲି ସ୍କୁଲକୁ। ଛୁଟି ମଧ୍ୟ ହୋଇଗଲା ଅପରାହ୍ନ ୪ଟାରେ। ସେଦିନ ସ୍କୁଲ ଗେଟରୁ ବାହାରକୁ ବାହାରିବାବେଳେ ବାମ ପାଖରେ ରାସ୍ତା, ଯାହା ପ୍ରଲମ୍ବିତ ହୋଇଯାଇଛି ସରକାରୀ ଡାକ୍ତରଖାନା ଉଦ୍ଦେଶ୍ୟରେ ସେପଟକୁ ମୋର ଆଦୌ ମନ ଗଲା ନାହିଁ। ମୁଁ ଜାଣୁଥିଲି ଯେ ବଡ଼ବୁବୁ ସେଇଠି ଥିବେ। କିନ୍ତୁ ତଥାପି ଅନ୍ୟ ଦିନ ପରି ସେପଟକୁ ଆଦୌ ଢଳିଲା ନାହିଁ ମନ ମୋର। କାହିଁକି କେଜାଣି ଏକାନ୍ତ ଉଦାସ ଭାବରେ ତୈଳାକ୍ତ ମୁହଁ ନେଇ ଫେରିଆସିଥିଲି ଘରକୁ ପ୍ରତିଦିନ ପରି। ଘର ଭିତରକୁ ପ୍ରବେଶ କରି ଦେଖିଲି, ସମ୍ପୂର୍ଣ୍ଣ ଶୂନ୍ୟ ହୋଇ ରହିଛି ଅଗଣା ଓ ଚାରିକଡ଼ର ବାରଣ୍ଡା। ପ୍ରତିଟି ପ୍ରକୋଷ୍ଠ ମଧ୍ୟରୁ ଭାସିଆସୁଛି ହୃଦୟକୁ ମନ୍ଥିତ କରିଦେବା ଭଳି କ୍ରନ୍ଦନ ଧ୍ୱନି। ଜାଣିବାକୁ ବାକି ରହିଲା ନାହିଁ ଯେ ସେହି ଶୋକଧ୍ୱନି ମାମାମାନଙ୍କର, ମା' ଏବଂ ମଝିଆଁ ପିଉସୀଙ୍କର।

ବଡ଼ବୁବୁ! ତୁମେ କ'ଣ ଆଉ ଘର ଅଗଣାରେ ସନ୍ଧ୍ୟାବେଳେ ତୁମ ବାପାଙ୍କ

ସହିତ ବସିରହି ମୋତେ ଆଉ କହିବ ନାହିଁ ଗୀତ ଗାଇବାକୁ ? ନାଚିବାକୁ ? ଆଉ କ'ଣ ମୋତେ କାଖକରି ନାଟକ ଦେଖାଇ ନେବ ନାହିଁ ? ମୋ ଦେହ ଅସୁସ୍ଥ ହେଲେ ଡାକ୍ତରଙ୍କ ପାଖକୁ ତୁମେ ପରା ନେଇଯାଉଥିଲ । ଆଉ କ'ଣ ମୋତେ ସୁସ୍ଥ କରିବା ପାଇଁ ସେପରି ତୁମର ଉଷ୍ଣ କାଖର ସ୍ପର୍ଶରେ ନେଇଯିବ ନାହିଁ ଡାକ୍ତରଙ୍କ ପାଖକୁ ? ଅସୁସ୍ଥ ଶରୀରରେ ଥାଇ ମଧ୍ୟ ମୋତେ ଦେଖିଦେବା ମାତ୍ରକେ ତୁମ ଚକ୍ଷୁ ଦୁଇଟି ଆଉ କ'ଣ ଚଞ୍ଚଳ ହୋଇ ଉଠିବ ନାହିଁ ବୁବୁ ?

ଏବେ ସେହି ବଉଳଗଛ ସାମ୍ନାରେ ତିଆରି ହୋଇଛି ଆମର ନୂଆ ଘର । ଏ ଖବର ତୁମେ ଆଗରୁ ପାଇସାରିଥିଲ । ତୁମ ପାଖରୁ ଦୂରକୁ ଚାଲିଆସିବୁ ବୋଲି ତୁମ ଆଖିପତା ସଜଳ ହୋଇଉଠିଲା । ସନ୍ଧ୍ୟାରେ ଆମ ଘର ଛାତ ଉପରେ ବସି ଅନାଇ ରହେ ମୁଁ ସେଇ ନିଘଞ୍ଚ ବଉଳବୃକ୍ଷର ପତ୍ରଭର୍ତ୍ତି ପରିସରକୁ । ସେଠି ସିର୍‌ସିର୍ ହୋଇ ଖେଳି ଯାଉଥାଏ ପବନ, ଟପ୍‌ଟପ୍ ହୋଇ ପଡୁଥାଏ କେତେ ବର୍ଷାବିନ୍ଦୁ । ଶୁଭୁଥାଏ ପ୍ରତି ପ୍ରଦୋଷରେ ଅସଂଖ୍ୟ ପକ୍ଷୀଙ୍କ ନୀଡ଼ ଲେଉଟାଣି ଆନନ୍ଦ ଧ୍ୱନି । ଅନାଇ ରହେ ମୁଁ - ତୁମେ ଏହି ନୀଡ଼ ଫେରନ୍ତା ପକ୍ଷୀଙ୍କ ମେଳରେ ରହିଛକି ବୁବୁ ? ତୁମକୁ କିପରି ଖୋଜି ପାଇବି ଏହି ମେଳରେ କହିଦିଅନ୍ତ ନାହିଁ ଥରେ ମୋ କାନ ପାଖରେ !

■

ମଝିଆଁ ବୁବୁ : କୁନି ମାଆଟି ମୋର

ଏ ନାଁଟି ମନକୁ ଆସିବା ମାତ୍ରକେ ଯେଉଁ ଅବ୍ୟକ୍ତ କୋହ ଛାତିକୁ ରୁନ୍ଧି ପକାଏ, ତାହା ଆଖିରୁ ଅଶ୍ରୁ ରୂପରେ ପ୍ରକାଶ ମଧ୍ୟ ପାଇପାରେନା। ବଡ଼ବୁବୁ ଚାଲିଯିବା ପରେ ଏହି ମଝିଆଁବୁବୁଙ୍କ ଉପରେ ହିଁ ପଡ଼ିଥିଲା ଘରର ସମସ୍ତ ଦାୟିତ୍ୱ। ବରପାଲି ନିକଟସ୍ଥ ରାମପୁରରେ ତାଙ୍କର ସରିଥିଲା ବିବାହ। ଅଥଚ ମୋର ପିତାମହଙ୍କ ଅଭିଳାଷ ଅନୁସାରେ ତାଙ୍କୁ ରହିବାକୁ ହୋଇଥିଲା ପିତୃଗୃହରେ; ଗୃହ ପରିଚାଳନାର ସମସ୍ତ ଦାୟିତ୍ୱ ବହନ କରି।

ଛୋଟଟି ବେଳରୁ ତାଙ୍କ କୋଳରେ ଖେଳିଛି ଆଉ ପାଇଛି ଅମାପ ସ୍ନେହରାଶି। ସିଏ ହିଁ ମୋର ଅସୁସ୍ଥତା ସମୟରେ ନେଇଯାଆନ୍ତି ସରକାରୀ ଡାକ୍ତରଖାନାକୁ। ଖରାତରାରେ ମୋତେ କାଖକରି କେମିତି ଗୋଟିଏ କିଲୋମିଟର ରାସ୍ତା ସେ ଆସୁଥିଲେ ଏଥପାଇଁ ଓ ଡାକ୍ତରଙ୍କୁ ଦେଖାଇ ସାରିବା ପରେ ପୁଣି ଫେରୁଥିଲେ ଘରକୁ, ସେ ଚିତ୍ର ଆଜି ବି ସଞ୍ଚାଳିତ ହେଉଛି ହୃଦୟ ପରଦାରେ।

ବଡ଼ ହେଲି ଟିକିଏ। ସ୍କୁଲ ଗଲି। ବୁବୁ ଜଳଖିଆ ଖାଇବା ପାଇଁ ପ୍ରତିଦିନ ମୋତେ ଦେଉଥିଲେ ୧୦ ପଇସା। ବେଳେବେଳେ ମୁଁ ଜ୍ୱରାକ୍ରାନ୍ତ ହୋଇପଡ଼େ। ସେତେବେଳେ ଆଠ / ଦଶ ଦିନ ପର୍ଯ୍ୟନ୍ତ ବୁବୁଙ୍କଠାରୁ ସେଇ ପଇସା ପାଇପାରେନା। ଦେହ ଭଲ ହେଲେ ଦାବି କରୁଥିଲି ଏକ ସଂଗରେ ଏକ ଟଙ୍କା ଦେବା ପାଇଁ। ସେଦିନ କି ଖୁସି ମୋର ! ଟଙ୍କାଟିଏ ପାଇ ତାକୁ ବ୍ୟବହାର କରୁଥିଲି ନିଜ ପାଇଁ ଓ ମୋର ସାଙ୍ଗସାଥୀଙ୍କ ପାଇଁ ପିପରମେଣ୍ଟରେ।

କାହିଁକି କେଜାଣି ଜ୍ୱରାକ୍ରାନ୍ତ ହେବା ପରେ ମୋ ମନ ଖୋଜେ ବୁବୁଙ୍କ ଉପସ୍ଥିତି। ମାଆ ମୋ ମନକଥା ଜାଣନ୍ତି। ସେଥିପାଇଁ ପାଖକୁ ଡାକି ଆଣନ୍ତି ବୁବୁଙ୍କୁ। ବୁବୁଙ୍କୁ ମୁଁ ଅନୁରୋଧ କରେ ତାଙ୍କ ପିତାମହ ଗଙ୍ଗାଧର ମେହେରଙ୍କଠାରୁ ଯେଉଁ ଚରିତ୍ରମାନଙ୍କ

ସଂସ୍ପର୍ଶରେ ସେ ଆସିଛନ୍ତି ସମସ୍ତଙ୍କ କଥା ମୋତେ କହିବା ପାଇଁ। ବୁବୁ ବର୍ଣ୍ଣନା କରୁଥାନ୍ତି ବିଷୟତକ ଅତ୍ୟନ୍ତ ଯତ୍ନର ସହିତ। ମୁଁ ଭାବାବିଷ୍ଟ ହୋଇ ଶୁଣୁଥାଏ ସେଇ କାହାଣୀ। ପୂର୍ବଜଙ୍କ ଆତ୍ମା ସହିତ ସେ ଏପରି ଭାବରେ ମୋତେ ଯୋଡ଼ି ଦିଅନ୍ତି ଯେ, ତାହା ହିଁ ମୋ ଲାଗି ହୁଏ ଶ୍ରେଷ୍ଠ ଅନୁଭୂତି। ଜ୍ୱର ମୋତେ ହୋଇଛି, ଏକଥା ଭୁଲିଯାଏ ତାଙ୍କ କଥା ଶୁଣି ଶୁଣି। ଅନେକ ସମୟରେ ତାଙ୍କ କାହାଣୀ ଯେତେବେଳେ ସରିସରି ଆସେ, ସେତେବେଳେ ସମଗ୍ର ଶରୀରରୁ ମୋର ଧୀରେଧୀରେ ଜ୍ୱର ମଧ କମି କମି ଆସେ। ଝାଳରେ ଓଦା ହୋଇଯାଏ ଦେହ। ବୁବୁ ମୋର ଗୋଡ଼ ଘଷି ଦେଉଥାନ୍ତି। ତା'ପରେ ସମଗ୍ର ଦେହକୁ ପୋଛିଦିଅନ୍ତି ଗାମୁଛାରେ। ଅଧିକ ଜ୍ୱର ହେଲେ ମୁଣ୍ଡଟିକୁ ଥଣ୍ଡାପାଣିରେ ସମ୍ପୂର୍ଣ୍ଣ ଧୋଇ ଦେଉଥିଲେ ସେ। ଛୋଟବେଳେ ସିନା ଏକଥା କରାଯାଏ, କିନ୍ତୁ ମୁଁ ବରପାଲି କଲେଜରେ ଅଧ୍ୟାପକ ହେଲା ପରେ ବି କେମିତି ଜ୍ୱରାକ୍ରାନ୍ତ ହେବା ମାତ୍ରକେ ଲୋଡ଼େ ବୁବୁଙ୍କ ସ୍ନେହସିକ୍ତ ସାନ୍ନିଧ୍ୟ। ତାଙ୍କଠୁ ପୁଣି ଶୁଣିବାକୁ ଚାହେଁ ଆମ ପରିବାରର ଅତୀତ ଗାଥା। ରାଧାନାଥ ଯେପରି କହିଥିଲେ, 'ସୁନ୍ଦରେ ତୃପ୍ତିର ଅବସାଦ ନାହିଁ, ଯେତେ ଦେଖୁଥିଲେ ନୂଆ ଦିଶୁଥାଇ'। ସେହିପରି ବୁବୁଙ୍କ ସେହି ପୁରୁଣା କଥା ଆହୁରି ଆହୁରି ଶୁଣିବା ପାଇଁ ଉତ୍ସୁକତା ପ୍ରକାଶ ପାଉଥାଏ ମୋର। ଯେଉଁ ଚରିତ୍ରମାନେ ଅର୍ଥାତ୍ ମୋର ପିତାମହୀ, ପ୍ରପିତାମହୀ, ମୋରି ପିତାମହଙ୍କ ବଡ଼ଭାଇ କବି ଗଙ୍ଗାଧରଙ୍କ ଦୁଇଝିଅ - ଏ ସମସ୍ତଙ୍କ ବିଷୟରେ ଯେଉଁ ଚିତ୍ର ଅଙ୍କନ କରିଦିଅନ୍ତି ବୁବୁ ମୋର ମନ-କାନଭାସରେ ତାହା ଏବେ ବି ଅଶ୍ରୁ ବିଗଳିତ କରିଦିଏ ମୋତେ। ଆହାଃ ! କି ମଧୁର ଭାଷା ! କି ଶ୍ରଦ୍ଧାସିକ୍ତ ବର୍ଣ୍ଣନା ! ମୋର ହୃଦୟ ସହିତ ସେମାନଙ୍କ ହୃଦୟକୁ ଯୋଡ଼ିଦେବା ପାଇଁ କି ଗଭୀର ଆନ୍ତରିକତା ! ! ଏବେ ଟାଇଫଏଡ୍ ଜ୍ୱରରେ ଆକ୍ରାନ୍ତ ହୋଇ ଔଷଧ ଖାଉଛି ଆଉ ଭାବୁଛି ବୁବୁ ମୋ ଖଟରେ ବସିରହି ସେହିପରି ବର୍ଣ୍ଣନା କରିଚାଲିଛନ୍ତି ଅତୀତ ଜୀବନର ପୃଷ୍ଠା ପରେ ପୃଷ୍ଠା।

କିଛି ଦିନ ପୂର୍ବରୁ ମୋର ଜେଜେଙ୍କ ଏକ ହାତଲେଖା ଚିଠି ଆବିଷ୍କାର କଲି। ତାହା ବଡ଼ବାପାଙ୍କ ଉଦ୍ଦେଶ୍ୟରେ ରଚିତ। ସେଠି ଜେଜେ ସ୍ପଷ୍ଟ ଭାଷାରେ ଉଲ୍ଲେଖ କରିଛନ୍ତି ଯେ ପିଉସୀଙ୍କୁ ଦିଆଯିବ ଗୋଟିଏ ଭାଗ, ଯେପରି ପ୍ରତିଟି ଭାଇ ନେବେ ତାଙ୍କ ସମ୍ପତ୍ତିର ଅଂଶ। ଆଜି ସିନା ମୁଁ ଏକଥା ଜାଣିଲି, କିନ୍ତୁ ବୁବୁ କେବେହେଲେ ସେ କଥା କହୁନଥିଲେ। କେବଳ ସେତିକି ନୁହେଁ, ଘରର ସବୁଠୁ ପରିତ୍ୟକ୍ତ ପରିସର, ଯେଉଁଠି ସେଇଠି ସେ ନିଅନ୍ତି ଆଶ୍ରୟ। ଶୁଣିଛି ବାପା ଅନେକଥର କହନ୍ତି - ବୁବୁଙ୍କ ପାଇଁ ଏକ ସୁନ୍ଦର ପ୍ରକୋଷ୍ଠ ନିର୍ମାଣ କରିଦେବା ସକାଶେ। ମାତ୍ର ସେହି ସ୍ୱପ୍ନ ରହିଗଲା ଚିରଦିନ ସ୍ୱପ୍ନରେ ସୀମିତ ହୋଇ। ବୁବୁଙ୍କର କିଛି ଦାବି ନଥିଲା। କିଛି ଅବସୋସ ନଥିଲା। କାରଣ ସେ ଗୃହର

କୌଣସି ଏକ ପ୍ରକୋଷ୍ଠ ନେବା ପାଇଁ ଆସିନଥିଲେ, ବରଂ ଆମକୁ ସୁନ୍ଦର ପ୍ରକୋଷ୍ଠରେ ବାସ କରିବାର ଦେଖି ସେ ହେଉଥିଲେ ଆନନ୍ଦିତ। ସେ ତ ଗୃହ ପ୍ରଦାନ କରିପାରୁଥିବା ଦେବୀ ସତ୍ତାଟିଏ। ତାଙ୍କ ପାଇଁ ଆଉ ସ୍ୱତନ୍ତ୍ର ଗୃହର ଦରକାର ପଡ଼ନ୍ତା ବା କିପରି ? ଯେମିତି ମା' ମଙ୍ଗଳା ଆମର ଇଷ୍ଟଦେବୀ କାନ୍ଥରେ ଚିତ୍ରିତ ହୋଇ ରହନ୍ତି ସୀମିତ ସ୍ଥାନ ନେଇ, ସେମିତି ବୁବୁ ବି।

ବାପା, ବଡ଼ବାପାମାନେ କୃଷିକାର୍ଯ୍ୟ ପର୍ଯ୍ୟବେକ୍ଷଣ ପାଇଁ ଯାଇପାରନ୍ତି ନାହିଁ ସବୁବେଳେ। ବୁବୁ ହିଁ ସେ ସମସ୍ତ କାର୍ଯ୍ୟ ସମ୍ଭାଳି ଦିଅନ୍ତି। ପ୍ରତିଦିନ ସଉଦା କରିବାଠାରୁ ଆରମ୍ଭ କରି ଚାଷ ଜମିର ଯତ୍ନ ନେବା ପର୍ଯ୍ୟନ୍ତ ଓ ତାଙ୍କ ପିତାଙ୍କ ସେବା ଯତ୍ନ କରିବା ପର୍ଯ୍ୟନ୍ତ ଦିନସାରା ନିଜକୁ ଢାଳି ଦେଉଥିଲେ ସେ। ତାଙ୍କରି ଦ୍ୱାରା ନିଯୁକ୍ତ ହେଉଥିଲେ ହଳିଆମାନେ। ଏହି ହଳିଆଙ୍କ ପ୍ରତି ସବୁଠୁ ଅଧିକ ସହାନୁଭୂତି ଥିଲା ବୁବୁଙ୍କର। ସେ କିଛି ହିସାବ ନ କରି ସେମାନଙ୍କୁ ମୁକ୍ତ ହସ୍ତରେ ଦାନ କରୁଥିଲେ ଅର୍ଥରାଶି। ଗାନ୍ଧିଜୀଙ୍କ ହାତକୁ ଯେମିତି ଲକ୍ଷ ଲକ୍ଷ ଟଙ୍କା ଆସେ ଆଉ ସେ ଗୋଟିଏ ଟଙ୍କାର ମଧ୍ୟ ମାଲିକ ହୋଇନଥାନ୍ତି, ସେହିପରି ବୁବୁ ଶହ ଶହ ଟଙ୍କାର କାମ କରନ୍ତି; ଅଥଚ ସେଭଳି ଗୋଟିଏ ଟଙ୍କାର ମଧ୍ୟ ମାଲିକାଣୀ ହେବା ତାଙ୍କର ଲକ୍ଷ୍ୟ ନଥାଏ। ଯେଉଁମାନେ ସମାଜରେ ଅବହେଳିତ, ପରିବାରରେ ସ୍ନେହ ସୁଖରୁ ବଂଚିତ ସେମାନଙ୍କ ପ୍ରତି ବୁବୁ ଥିଲେ ସବୁବେଳେ ଉଦାର। ତାଙ୍କର ଗୋଟିଏ ମାତ୍ର କନ୍ୟା - ନିଶାମଣି ନାନୀ। ମାତ୍ର ବଡ଼ବୁବୁ ଚାଲିଗଲା ପରେ ତାଙ୍କର ଚାରିଝିଅଙ୍କୁ ସେ ଅଜାଡ଼ି ଦେଉଥିଲେ ଅମାପ ବାତ୍ସଲ୍ୟଭରା ସ୍ନେହ। ତିହାର ବା ପର୍ବପର୍ବାଣି ସମୟରେ ପିଠାପଣା ଛଣା ହୁଏ। ବୁବୁ ତ ଏ ସମସ୍ତ କାର୍ଯ୍ୟରେ ସୁଦକ୍ଷା। ପର୍ବ ସରିଯାଏ କିନ୍ତୁ ପିଠା ସରେନା। କାରଣ ତାହାକୁ ନିଜ ପଣତକାନିରେ ଘୋଡ଼ାଇ ସେ ନେଇଯାଉଥିଲେ ବଡ଼ବୁବୁଙ୍କ ସେଇ ଚାରିଝିଅଙ୍କ ପାଖକୁ। କେଉଁ କାର୍ଯ୍ୟ ବା ତାଙ୍କୁ ଥିଲା ଅଜଣା ? ଶୀତ ମାସରେ କେଡ଼େ ସୁନ୍ଦର ସୁନ୍ଦର ବଡ଼ି ତିଆରି କରୁଥିଲେ ସେ। ଅନ୍ୟମାନେ ତାହା କଲେ ହୋଇଯାଏ ଚେପ୍‌ଟା ଚେପ୍‌ଟା। ମାତ୍ର ବୁବୁଙ୍କ ହାତରେ ତାହା ଉତୁରି ଆସେ ଗୋଲାକାର ରୂପ ନେଇ। ସେଭଳି ନୂଆଁଖାଇ, ପୌଷପୂର୍ଣ୍ଣିମା ବେଳେ ସେ ଚାଉଳ ବରା ଛାଣୁଥାନ୍ତି। ଆଉ ଗରମ ଗରମ ସେଇ ବରା କେତେ ଯେ ଖାଇଛି ମୁଁ ତାହାର ସୀମା ନାହିଁ। ପୁରୁଣା ଘରେ ଥିବାବେଳେ ସେ ସୂତାକାମ ମଧ୍ୟ କରୁଥିଲେ। ତାଙ୍କ ଅନୁପସ୍ଥିତିର ସୁଯୋଗ ନେଇ ମୁଁ ତାକୁ ବ୍ୟବହାର କରୁଥିଲି ମୋର ଖେଳ ସାମଗ୍ରୀ ଭାବରେ। ବୁବୁ ପୁଣି ସେ ସବୁକୁ ଯତ୍ନ ସହକାରେ ସଜାଡ଼ି ଦିଅନ୍ତି ଅପୂର୍ବ ଧୈର୍ଯ୍ୟ ନେଇ। ନୂଆଘରେ ବେଳେବେଳେ ମୋ କ୍ଲାସର ସହପାଠୀ ସହପାଠିନୀମାନଙ୍କୁ ଆଣି ବୁବୁଙ୍କ ପ୍ରକୋଷ୍ଠରେ ପ୍ରଦର୍ଶନ କରେ ମୁଁ ନାଟକ। ବୁବୁଙ୍କ ବାକ୍ସର ସବୁ ଜିନିଷ

ପତ୍ରର ସତ୍ ବ୍ୟବହାର ହୁଏ ସେତେବେଳେ। ବୁବୁ ଆସି ଦେଖନ୍ତି ତାଙ୍କ ଜିନିଷ ପତ୍ର ପଡ଼ିରହିଛି ଛିନ୍ନଭିନ୍ନ ହୋଇ। ତଥାପି ଆଦୌ କୌଣସି ପ୍ରତିକ୍ରିୟା ପ୍ରକାଶ ନ କରି ସେ ସବୁ ପୁଣି ରଖନ୍ତି ବାକ୍ସରେ ସଜାଡ଼ି। ତାଙ୍କ ବାପାଙ୍କୁ ପ୍ରତିଦିନ ଖାଇବାକୁ ଦେବା ତାଙ୍କର ହିଁ ଦାୟିତ୍ୱ। ନୂଆଖାଇ ସମୟରେ ଯେତେବେଳେ ସମସ୍ତେ ଏକାଠି ଭୋଜନ କରୁ, ବୁବୁ ହିଁ ବାଢ଼ିଦିଅନ୍ତି ଖାଦ୍ୟ ସାମଗ୍ରୀ। ସକାଳୁ ଆରମ୍ଭ କରି ରାତି ପର୍ଯ୍ୟନ୍ତ ତାଙ୍କର ଗୋଡ଼ହାତ ଚାଲୁଥାଏ ଏପରି। କେବେ ବି ମୁହଁରେ ନଥାଏ କ୍ଲାନ୍ତିର ଚିହ୍ନ। ନିଜେ ଯେତେବେଳେ ସେ ଖାଇବାକୁ ବସନ୍ତି ପୁଷି ବିଲେଇମାନେ ତାଙ୍କ ପାଖକୁ ସ୍ୱତଃ ଆକର୍ଷିତ ହୋଇ ଆସନ୍ତି। ବୁବୁ ନିଜ ଭାଗରୁ ସେମାନଙ୍କୁ ଦିଅନ୍ତି ଖାଦ୍ୟ ଆଉ ବଡ଼ ଆନନ୍ଦ ସହକାରେ ସେମାନେ ତାହା ଗ୍ରହଣ କରୁଥାନ୍ତି ମା'ଠାରୁ ଛୋଟ ଛୋଟ ଝିଅମାନେ ଯେପରି ଗ୍ରହଣ କରିଥାନ୍ତି ସ୍ନେହଯୁକ୍ତ ସୁସ୍ୱାଦୁ ଖାଦ୍ୟ। ଏହି ବିଲେଇମାନଙ୍କ ପ୍ରତି କି ମମତା ତାଙ୍କର ! ପୁଣି ଘରେ ଥିବା ପ୍ରତିଟି ଗାଈ ବାଛୁରୀ ତାଙ୍କର ନିଜର। କେଉଁ ଗାଈ ବା ବାଛୁରୀ ଯଦି ରାତି ହେଲା ପରେ ବି ଆସେ ନାହିଁ ତାକୁ ଖୋଜି ଆଣିବାର ଦାୟିତ୍ୱ ବୁବୁଙ୍କର। ଥରେ ମନେପଡ଼ୁଛି ମଝିଆଁ ବବା, ବୁବୁ ଓ ମୁଁ ଆମ ବଡ଼ ଗାଈଟିକୁ ରାତିର ଅନ୍ଧକାର ଭିତରେ ଗଛ ତଳେ ଶୋଇଥିବା ଦେଖି ଟାଣି ଟାଣି ଆଣିଥିଲୁ ତାକୁ। ତାକୁ ଦିଆଯାଇଥିଲା ରାତିସାରା ଉଦରସ୍ଥ କରିବା ପାଇଁ ପ୍ରଚୁର ଖାଦ୍ୟ। ସକାଳୁ ଦେଖିଲୁ ସେ ଗାଈଟି ଆମର ନୁହେଁ। ତାକୁ ଘରୁ ବାହାର କରିବା ପାଇଁ ଯେତେ ପ୍ରୟାସ କଲେ ବି ସେ ଆଦୌ ଯିବା ପାଇଁ ଚାହୁଁନଥାଏ। ଛୋଟ ବାଛୁରୀଟିଏ ଜନ୍ମ ହେବା କ୍ଷଣି ତାକୁ ଟେକି ନେଇ ଜେଜେଙ୍କ ପାଖରେ ଛିଡ଼ା କରାଇ ଦିଅନ୍ତି ବୁବୁ। ନବଜନ୍ମିତ ଶିଶୁଟିଏ ନିଜ ପରିବାରରେ ଦେଖିଲେ ଯେପରି ଖୁସି ହୁଅନ୍ତି ଜେଜେ, ବାଛୁରୀଟିକୁ ଦେଖି ଠିକ୍ ସେହିପରି ଅମୃତ ଆହ୍ଲାଦ ବ୍ୟକ୍ତ କରନ୍ତି ପ୍ରସନ୍ନ ଚିତ୍ତରେ।

ଘରୁ ଜେଜେ ଚାଲିଗଲେ। ସେତେବେଳେ ବୁବୁ ହୋଇଯାଇଥିଲେ ଅନାଥିନୀ। ତାଙ୍କର ଇଚ୍ଛା ବ୍ୟକ୍ତ କରିଥିଲେ ରାମପୁର ଫେରିଯିବା ଲାଗି। ମାତ୍ର ଘରର ସମସ୍ତଙ୍କ ଅନୁରୋଧ ଏଡ଼ି ନ ପାରି ପୁଣି ରହିଲେ ପୂର୍ବ ପରି। ଆଉଥରେ ଏଭଳି ପରିସ୍ଥିତି ଆସିଥିଲା। ତାଙ୍କର ସ୍ୱାମୀ ଆମର ପିଉସା ଯେତେବେଳେ ସ୍ୱର୍ଗାରୋହଣ କଲେ ବୁବୁ ରାମପୁର ଯିବା ପରେ ଆଉ ବୈଧବ୍ୟ ବେଶ ନେଇ ପିତୃଗୃହକୁ ଫେରି ଆସିବାକୁ ଚାହୁଁନଥିଲେ। ବଡ଼ବାପା, ବାପା, ବଡ଼ମାମା, ମାଆ ଓ ମୁଁ ଏକ ଗାଡ଼ି ରିଜର୍ଭ କରି ତାଙ୍କୁ ଆଣିବା ସକାଶେ ଯାଇଥିଲୁ ରାମପୁର। ବୁବୁଙ୍କୁ ସାନ୍ତ୍ୱନା ଦେବାର କ୍ଷମତା ନଥାଏ ଆମର। ବୁବୁ ମୋତେ ଦେଖି କହନ୍ତି ତୋ ପିଉସା ତୋତେ ଦେଖିଥିଲେ କେତେ ଖୁସି ହୋଇଥାନ୍ତେ ! ମୁଁ ବା କ'ଣ ସାନ୍ତ୍ୱନା ଦେବି ବୁବୁଙ୍କୁ। ବୁବୁ ନିଜେ ହିଁ ମୋତେ ଏବଂ ଆମ ସମସ୍ତଙ୍କୁ

ଦେଉଥିଲେ ଆଶ୍ୱାସନା। ବରପାଲି ଫେରି ଆସିବାକୁ ଆଉ ଚାହୁଁ ନଥିଲେ ସେ। କିନ୍ତୁ ବଡ଼ବାପା, ବାପା, ମଡ଼ମାମା, ମାଆ - ଏ ସମସ୍ତଙ୍କ ଅନୁରୋଧ ରକ୍ଷା କରି ସେହି ଗାଡ଼ିରେ ପୁଣି ଫେରିଥିଲେ ଆମ ସହ।

ମୁଁ ସିନା ଅସୁସ୍ଥ ହେଲେ ସେ ମୋତେ ନେଇଯାଉଥିଲେ ଡାକ୍ତରଖାନାକୁ, ସେ ଯେତେବେଳେ ଅସୁସ୍ଥ ହୁଅନ୍ତି କାହାକୁ କିଛି ନ ଜଣାଇ ନିଜେ ଏକୁଟିଆ ଯାଆନ୍ତି ଡାକ୍ତରଙ୍କ ପାଖକୁ। ଆଣ୍ଠୁରେ ତାଙ୍କର ପାଣି ଜମି ଯାଉଥାଏ। ଇଞ୍ଜେକ୍‌ସନ ଦ୍ୱାରା ସେଠୁ ପାଣି କାଢ଼ିସାରିବା ପରେ ସେ ଚାଲି ଚାଲି ପୁଣି ଆସନ୍ତି ଘରକୁ। ବଡ଼ବାପା ଚାଲିଗଲେ ଯେତେବେଳେ, ବୁବୁ ଚାହିଁଲେ ପୁଣି ଫେରିଯିବା ପାଇଁ ରାମପୁରକୁ। ସେତେବେଳେ ତାଙ୍କର ବାର୍ଦ୍ଧକ୍ୟ ଅବସ୍ଥା ଉପନୀତ। ମାଆ ପ୍ରତିଦିନ ତାଙ୍କ ଯନ୍ତ୍ରଣାକ୍ତ ପେଟରେ ତେଲ ମାଲିସ୍ କରିଦିଅନ୍ତି। ପାକସ୍ଥଳୀରେ ସୃଷ୍ଟି ହୋଇଥିବା କ୍ଷତ ଅପରେସନ କରିବା ପାଇଁ ବାପା ଯେତେଥର ଦିଅନ୍ତି ପ୍ରସ୍ତାବ, ବୁବୁ ଆଦୌ ସମ୍ମତି ପ୍ରକାଶ କରିପାରନ୍ତି ନାହିଁ। ଘରର ସମସ୍ତଙ୍କ ସେବା ଯତ୍ନରେ ତାଙ୍କର ସମୟ ଅତିବାହିତ ହୋଇଗଲା, କିନ୍ତୁ ଶେଷବେଳକୁ ଆମେ ଯେତେବେଳେ ତାଙ୍କରି ସେବାରେ ନିଜକୁ ନିଯୁକ୍ତ କରିବା ହୋଇଥାନ୍ତା ଯଥୋଚିତ, ସେତେବେଳେ ସେ ଚାଲିଗଲେ ତାଙ୍କର ଏକମାତ୍ର ଝିଅ ନିଶାମଣି ନାନୀଙ୍କ ପାଖକୁ। ସେହି ସମୟରେ ଆମେ କେମିତି ଅଟକାଇ ପାରିଲୁ ନାହିଁ ବୁବୁଙ୍କୁ, ସେକଥା ମନେପଡ଼ିଲେ ଏବେ ବି ଲାଗେ କାନ୍ଦ କାନ୍ଦ। ମୁଁ ଯଦି ତାଙ୍କର ଶେଷ ସମୟରେ ସାମାନ୍ୟ ସେବା କରିବାର ସୁଯୋଗ ପାଇଥାନ୍ତି ତା'ହେଲେ ମତେ ମିଳିଥାନ୍ତା ସେତିକିରୁ ଅପୂର୍ବ ତୃପ୍ତି। ମାତ୍ର ଅତୃପ୍ତ ଆତ୍ମାର ବିଳାପରେ ଏବେ ମୁଁ ଅଶ୍ରୁଦଗ୍ଧ।

ଶୁଣିଲି ରାମପୁରରେ ବୁବୁଙ୍କ ଅବସ୍ଥା ସଂକଟାପନ୍ନ। ମୁଁ ସୋନପୁର ଯିବାବେଳେ ଓହ୍ଲାଇଲି ରମପୁରରେ ବୁବୁଙ୍କୁ ଟିକିଏ ଦେଖିବା ପାଇଁ। ମୋତେ ଦେଖିବା ମାତ୍ରକେ ତାଙ୍କ ଛାତି ଭିତରୁ ଉଠିଆସିଲା ଅବାରିତ କୋହ। ପିତାଙ୍କୁ ଦେଖିବା ମାତ୍ରକେ ଛୋଟ ଝିଅଟିଏ ଯେମିତି ଲୁହଭରା ଆଖିରେ ଅନାଏ ସେମିତି ସେ ମତେ ଅନାଇ ରହିଥିଲେ କରୁଣ ଆଖିରେ। ମଝିଆଁ ବୁବୁ, ସାନବୁବୁ, ମୋତେ ଦେଖୁଥିଲେ ତାଙ୍କ ବାପାଙ୍କ ପରି। ଜେଜେଙ୍କର ଛବି ମୋ ଭିତରେ ଆବିଷ୍କାର କରି ମୋର ନିକଟରେ ସେମାନେ ହୋଇଯାଉଥିଲେ ଟିକିଝିଅଟିଏ ପରି। ବୁବୁଙ୍କ ଆଗରେ ଅତ୍ୟନ୍ତ କଷ୍ଟରେ ଅଶ୍ରୁ ସମ୍ବରଣ କରିଥିଲି ସେଦିନ। ଆସିବାବେଳେ ତାଙ୍କ ଦୁଇପାଦ ଉପରେ ମୋର ମଥା ଥୋଇ ଆବେଗଭରା ପ୍ରଣାମ କରିଥିଲି। ଜାଣିନଥିଲି ତାହା ହିଁ ହେବ ବୁବୁଙ୍କ ଚରଣ ତଳେ ମୋର ଶେଷ ପ୍ରଣାମ ବୋଲି। ମାତ୍ର କିଛିଦିନ ପରେ ଆସିଥିଲା ସେହି ଦାରୁଣ ଦୁଃସମ୍ବାଦ। ବାପା, ମାଆ ଓ ମୁଁ ଅବିଳମ୍ବେ ପହଂଚିଥିଲୁ ରାମପୁରରେ। ମାଆ କ୍ରନ୍ଦନ କରି କରି

ବୁବୁଙ୍କୁ ସମ୍ବୋଧନ କରି ବିଳାପ କରୁଥିଲେ। ମୁଁ ଛିଡ଼ାହୋଇ ରହିଥାଏ ତାଙ୍କ ପାଦ ପାଖରେ। ସହସ୍ରଥର ତାଙ୍କୁ ପ୍ରଣାମ କଲେ ବି ତାହା ଯେ ସାନ୍ତ୍ୱନା ଦେଇପାରିବ ନାହିଁ, ମୋ ମନକୁ, ତାହା ଜାଣିପାରୁଥିଲି ଓ ରହିଥିଲି ନିଶ୍ଚଳ ହୋଇ। ଯେଉଁଠି ବୁବୁଙ୍କ ଘରର ଚାଷଜମି ସେହି ସ୍ଥାନରେ ସମ୍ପନ୍ନ ହେଲା ତାଙ୍କର ଅନ୍ତିମ ସଂସ୍କାର। ଚିତାଗ୍ନି ଜଳୁଥିବା ପର୍ଯ୍ୟନ୍ତ ଆମେ ଥିଲୁ ସ୍ତବ୍ଧ ଓ ନିର୍ବାକ। ବୁବୁଙ୍କ ପାର୍ଥିବ ଶରୀର ପରିଣତ ହୋଇଗଲା ପାଉଁଶରେ। ଆମେ ଶୋକାର୍ଦ୍ର ହୃଦୟରେ ଫେରିଆସିଲୁ ବରପାଲିକୁ, ଯେଉଁ ଗାଡ଼ିରେ ଯାଇଥିଲୁ।

ମୋର ମନେହେଉଥିଲା ଟିକିଝିଅଟିଏ କ୍ରନ୍ଦନ କରି କରି ଗାଡ଼ି ପଛରେ ଧାଇଁ ଆସୁଥିଲା ଆମ ସହ। ଡ୍ରାଇଭରକୁ କହିଲି କ୍ଷଣେ ଗାଡ଼ିଟିକୁ ଅଟକାଇବା ପାଇଁ। ପଛକୁ ଫେରି ଅନୁଭବ କଲି ମନୋଜ ଦାସଙ୍କ 'ଶେଷ ବସନ୍ତର ଚିଠି' ଗଳ୍ପରେ ବର୍ଣ୍ଣିତ ରୀନା ପରି ସୂକ୍ଷ୍ମ ରୂପରେ ଯେମିତି ବିରାଜିତା ବୁବୁଙ୍କ ଅଶରୀରି ସତ୍ତା। ସେହି ଶେଷ ବସନ୍ତର ଚିଠିରେ ରୀନାର ଚିଠି ପଢ଼ି ଅଧ୍ୟାପକ ମହାଶୟ ଯେପରି କ୍ରନ୍ଦନ କରି କହି ଉଠିଥିଲେ, "ରୀନା, ଟିକି ମାଆଟି ମୋର", ସେହିପରି ବୁବୁଙ୍କୁ କୋଳାଗ୍ରତ କରି କହିବା ପାଇଁ ଇଚ୍ଛା ହେଉଥିଲା, "ବୁବୁ, ଟିକି କୁନି ମାଆଟି ମୋର! ତୁମକୁ ମୁଁ ଛାଡ଼ି ଦେଇ ଚାଲିଆସିପାରିବି ନାହିଁ। ମୋ କୋଳରେ ବସାଇ ତୁମକୁ ଫେରାଇନେବି ବରପାଲିକୁ।"

■

ସାନବୁବୁ : କରୁଣାମୟୀ ଦେବୀସତ୍ତା

ସାନବୁବୁ ଅର୍ଥାତ୍ ମୋର ସାନପିଉସୀ। ତାଙ୍କ ହୃଦୟର ଯେଉଁ ଆସନରେ ମୋତେ ବସାଇଥିଲେ, ସେଥିପାଇଁ ମୁଁ କ'ଣ ପ୍ରକୃତରେ ଯୋଗ୍ୟ ?

ଛୋଟବେଳେ ଚିଠି ଲେଖିବାର ପ୍ରେରଣା ପ୍ରଥମେ ଲାଭ କରିଥିଲି ତାଙ୍କଠାରୁ। ମୋ ନିକଟକୁ ପଠାଇଥିବା ତାଙ୍କର ସେଇ ପ୍ରଥମ ପତ୍ରଟିର ସ୍ମୃତି ଓ ସୌରଭ ଏବେ ବି ଖେଳୁଛି ମୋ ଚାରିପଟର ପବନର ଢେଉରେ ଢେଉରେ। ଜୀବନରେ ପ୍ରଥମଥର ପାଇଁ ଚିଠିର ଉତ୍ତର ଲେଖିଥିଲି ତାଙ୍କ ଉଦ୍ଦେଶ୍ୟରେ। ପକେଟରେ ତାଙ୍କ ପତ୍ର ଖଣ୍ଡିକ ପୂରାଇ ଓ ବାପା ଦେଇଥିବା ଏକ କଲମ ଧରି ସାରା ଘର ପ୍ରଦକ୍ଷିଣ କରୁଥିଲି ମୁଁ ଅନନ୍ୟ ଉତ୍ସାହରେ। ସମସ୍ତଙ୍କୁ ଜଣାଇ ଦେଉଥିଲି ଯେ ମୁଁ ଚିଠି ଲେଖୁଛି ସାନବୁବୁଙ୍କୁ।

ମୋର ପିତାମହୀ ପାର୍ବତୀ ଦେବୀଙ୍କୁ ଦେଖିବାର ସୁଯୋଗ ମୁଁ ପାଇନାହିଁ। ପରବର୍ତ୍ତୀ ସମୟରେ ଜାଣିଛି ଯେ ତାଙ୍କର ଅକାଳ ବିୟୋଗ ବାପାଙ୍କ ମନକୁ କିପରି ଖଣ୍ଡ ବିଖଣ୍ଡିତ କରିଦେଇଥିଲା। ସମାନ ଭାବରେ ସାନବୁବୁ ମଧ୍ୟ ବାପାଙ୍କ ପରି ହୋଇଯାଇଥିଲେ ନିଃସହାୟତାର ଅନୁଭୂତିରେ ବ୍ୟଥିତ ଚିତ୍ତ। ବାପା ଓ ବୁବୁ ଉଭୟେ ଥିଲେ ସାନପୁଅ ଓ ସାନଝିଅ। ସମସ୍ତଙ୍କ ମନରେ କଷ୍ଟ ତ ହୋଇଥିଲା ନିଶ୍ଚୟ ପିତାମହୀଙ୍କ ଦେହାନ୍ତ ଅନ୍ତେ। କିନ୍ତୁ ବାପା ଓ ସାନବୁବୁଙ୍କ ଯନ୍ତ୍ରଣା ଅତିରିକ୍ତ। ଉଭୟେ ଉଭୟଙ୍କ ନିକଟକୁ ଚିଠି ଲେଖି ବ୍ୟକ୍ତ କରୁଥିଲେ ନିଜ ବେଦନାକ୍ତ ଆତ୍ମାର ସ୍ପନ୍ଦନକୁ। ବୁବୁ ପିତାମହୀଙ୍କ ପରେ ତାଙ୍କର ବଡ଼ ଭଉଣୀଙ୍କୁ ଅର୍ଥାତ୍ ମଝିଆଁ ବୁବୁଙ୍କୁ ଆଉ ବଡ଼ବୁବୁଙ୍କୁ ମଧ୍ୟ ଲେଖୁଥିଲେ ନିରବଚ୍ଛିନ୍ନ ଭାବରେ ଅଜସ୍ର ପତ୍ର। ଏହିପରି ଭାବରେ ସେ ଲାଭ କରୁଥିଲେ ଶାନ୍ତି ଓ ସାନ୍ତ୍ୱନା।

ଆମେ ପୁରୁଣା ଘରୁ ଆସିଲୁ ନୂଆ ଘରକୁ। ବୁବୁ ସପରିବାର ଯେତେବେଳେ ପହଂଚି ଯାଆନ୍ତି ଆମ ଘରେ ସେତେବେଳେ ଘଟେ ମୋର ନବଜନ୍ମ। ମାଆ ମୋ ଅନ୍ତରର ଭାଷାକୁ ରୂପାୟିତ କରି ସାନବୁବୁଙ୍କ ଉଦ୍ଦେଶ୍ୟରେ କହନ୍ତି, "ତୁମେ ଆସିଲେ

ବାବୁର ଦେହରେ ନୂତନ ରକ୍ତ କଅଁଳି ଉଠେ।" ବାସ୍ତବରେ ବୁବୁ, ପିଉସା, ମୈଥିଳୀ ନାନୀ, ମନୋରମା ନାନୀ, ମନୋରଞ୍ଜନ ଦାଦା, ମଞ୍ଜୁଳା ନାନୀ, ମଞ୍ଜରୀ ଓ ସାନଭାଇ ବାବୁ ମୃତ୍ୟୁଞ୍ଜୟ ଏ ସମସ୍ତଙ୍କୁ ଦେଖିଦେବା ମାତ୍ରକେ ମୋ ମନ ବଗିଚାରେ ଯେଉଁ ଜ୍ୟୋସ୍ନାଧାରା ଝରିପଡୁଥିଲା ତାହାର ବର୍ଣ୍ଣନା କିପରି ବା କରିପାରିବି !

ସାନବୁବୁ ଏତେ ବିପୁଳ ସ୍ନେହରେ ମୋର ସମଗ୍ର ସତ୍ତାକୁ ଯେପରି ଆଚ୍ଛନ୍ନ କରି ଦେଉଥିଲେ, ତାହା ମୋ ମଧ୍ୟରେ ସୃଷ୍ଟି କରୁଥିଲା ଏହି ଭାବ ଯେ ତାଙ୍କ ପରିବାରଠାରୁ ମୁଁ ଆଦୌ ଭିନ୍ନ ନୁହେଁ। ଯେଉଁ ସ୍ଥାନକୁ ଗଲେ ମୋର କେତୋଟି ଭାଇଭଉଣୀ ବୋଲି ଗାର୍ଜନମାନେ ଯେତେବେଳେ ପଚାରୁଥିଲେ, ମୁଁ ବଡ଼ବାବା, ବଡ଼ମାଆଙ୍କ ପୁଅଝିଅଙ୍କଠାରୁ ଆରମ୍ଭ କରି ସାନବୁବୁଙ୍କ ସମସ୍ତ ସନ୍ତାନ ସନ୍ତତିଙ୍କ ନାମ ଉଚ୍ଚାରଣ କରୁଥିଲି। ମୋତେ ସେମାନେ ପ୍ରତିପ୍ରଶ୍ନ କରନ୍ତି - 'ଏମାନେ ସମସ୍ତେ କ'ଣ ତୁମର ନିଜର ଭାଇ ଭଉଣୀ ?' ମୁଁ ଦୃଢ଼ ଭାବରେ ଉତ୍ତର ଦେଇ କହେ - 'ହଁ, ସମସ୍ତେ ହିଁ ତ ମୋର ନିଜର।' ଯେତେବେଳେ ମନୋରଞ୍ଜନ ଦାଦାଙ୍କ ସହିତ ବୁଲିଛି ଅନେକ ସ୍ଥଳ, ଦେଖିଛି ଶୀତଳଷଷ୍ଠୀ ଯାତ୍ରା, ଯାଇଛି ସୋନପୁର ଆଉ ଏକାଠି ରହିଛି ବରଗଡ଼ ଓ ଜ୍ୟୋତି ବିହାରରେ, ସର୍ବଦା ଅନ୍ୟମାନଙ୍କ ନିକଟରେ ଦାଦା ମୋତେ ପରିଚିତ କରାଇଛନ୍ତି ତାଙ୍କ ନିଜର ସାନଭାଇ ବୋଲି। ବୁବୁଙ୍କ ଆନ୍ତରିକ ମମତାର ବଳୟ ଥିଲା ଏତେ ସମ୍ପ୍ରସାରିତ ଯେ, ତାହା ଯଥାର୍ଥ ଭାବରେ ବର୍ଣ୍ଣନା କରିବା ଦୂରର କଥା, କଳ୍ପନା କରିବା ମଧ୍ୟ ମୋ ପାଇଁ ଅସମ୍ଭବ। ନିଜ ପିତାମାତାଙ୍କୁ ସେ ଯେପରି ଭକ୍ତି କରୁଥିଲେ, ସେଥିରେ ପ୍ରତିଫଳିତ ହୋଇଯାଉଥିଲା ଯେ ବିବାହ ପରବର୍ତ୍ତୀ ଜୀବନରେ ମଧ୍ୟ ସେ ଯେମିତି ହୋଇରହିଛନ୍ତି କୁନିଝିଅଟିଏ ପରି। ମୁଁ ଯେତେବେଳେ ଦଶମ ଶ୍ରେଣୀର ଛାତ୍ର, ସେତେବେଳେ ଦାଦା ହୋଇପଡ଼ିଥିଲେ ଭୀଷଣ ଅସୁସ୍ଥ। ଧୀରେଧୀରେ ତାଙ୍କର ଚେତନା ଶକ୍ତି ମଧ୍ୟ ଅନ୍ତର୍ହିତ ହୋଇଗଲା। ବାପା ସାନବୁବୁଙ୍କ ପାଖକୁ ମୋ ଦ୍ୱାରା ଟେଲିଗ୍ରାମରେ ପଠାଇଲେ ବାର୍ତ୍ତା - ଫାଦର୍ ଇଲ୍। କମ୍। ବାସ୍ ଏତିକି ଖବର ପାଉ ପାଉ ସାନଭାଇ ମୃତ୍ୟୁଞ୍ଜୟକୁ ଧରି ବୁବୁ ପହଂଚିଯାଇଥିଲେ ବରପାଲିରେ। ଦାଦାଙ୍କ ନିଶ୍ଚେତନ ଅବସ୍ଥା ଦେଖି ସେ ଅଶ୍ରୁ ସମ୍ବରଣ କରିପାରୁନଥିଲେ। ସମସ୍ତଙ୍କ ଗହଣରେ ଥାଇ ତାଙ୍କର ପ୍ରିୟ ପିତୃଦେବଙ୍କ ମମତାମୟ ମୁଖମଣ୍ଡଳକୁ ସେ କେବଳ ଅନାଇ ରହିଥିଲେ ଏପରି ଆଖିରେ ଯେ ତାଙ୍କୁ ଦେଖିଲେ ମନେହେଉଥିଲା, ଯେମିତି ସିଏ ସାତ ବର୍ଷର ସାନ ଝିଅଟିଏ ମାତ୍ର। ତାଙ୍କ ପିତୃଦେବଙ୍କ ମହାପ୍ରୟାଣ ପରେ ସେ ରୂପଠାରୁ ଅନୁଭବ କରିଥିଲେ ଅଧିକ ଅସହାୟତା। ସେତେବେଳେ ଯେହେତୁ ମୁଁ ହୋଇଯାଇ ସାରିଥିଲି ସଚେତନ, ସେ ନିୟମିତ ଭାବରେ ଚିଠି ଲେଖୁଥିଲେ ମୋତେ। ପ୍ରତିଟି ଚିଠିରେ ତାଙ୍କ ପିତା ଅର୍ଥାତ୍ ମୋର ପିତାମହଙ୍କ ସ୍ମୃତିଚାରଣ କରିବାକୁ

ସେ କେବେହେଲେ ଭୁଲିଯାଉ ନଥିଲେ। ତାଙ୍କ ଦେହ କ୍ରମେ କ୍ରମେ ଅସୁସ୍ଥ ହୋଇପଡୁଥାଏ। ମାନସିକ ସ୍ତରରେ ମଧ୍ୟ ସେହି ଅସୁସ୍ଥତା ସଞ୍ଚରି ଯାଉଥାଏ ବିଷାକ୍ତ ତରଳ ପଦାର୍ଥ ପରି। ତଥାପି ମୋ ଚିଠି ପାଇଲା ମାତ୍ରକେ ସେ ଉତ୍ତର ଦିଅନ୍ତି ଭାବ ଛଳ ଛଳ ହୋଇ। ତାଙ୍କର କୌଣସି ଚିଠିରେ କାହାରି ପ୍ରତି ସାମାନ୍ୟ ବି ଅଭିଯୋଗ ଅଭିମାନ କିମ୍ବା କାହାର ଚରିତ୍ର ସମ୍ପର୍କରେ ପ୍ରତିକୂଳ ମନ୍ତବ୍ୟ କେଉଁଠି ବି ନଥାଏ। ମୂଳରୁ ଶେଷ ପର୍ଯ୍ୟନ୍ତ ପ୍ରତିଟି ପତ୍ର ତାଙ୍କର ସ୍ନେହ ଓ କୃତଜ୍ଞତାର ଏକ ପବିତ୍ର ନିର୍ଝର।

ମୋର ଦେହ ତ ବାରମ୍ବାର ହୁଏ ଅସୁସ୍ଥ। ଏହି ଅସୁସ୍ଥତା ଭିତରେ ମଧ୍ୟ ଏକ ସୂକ୍ଷ୍ମ ଆନନ୍ଦ ଲୁଚି ରହିଥାଏ। ତାହା ହେଲା ସାନବୁବୁଙ୍କୁ ମୋର ଅସୁସ୍ଥତା କଥା ଚିଠିରେ ଜଣାଇବା ଓ ତାଙ୍କଠାରୁ ଆଶ୍ୱାସନାର ମଧୁରବାଣୀ ଶୁଣିବାର ସୁଯୋଗ ଲାଭ କରିବା। ଦୂରରେ ଥିଲେ ମଧ୍ୟ ମୋ ନିମିତ୍ତ ସେ ପ୍ରାର୍ଥନା କରୁଥିଲେ ତାଙ୍କ ପିତାମାତାଙ୍କ ସ୍ୱର୍ଗୀୟ ଆତ୍ମା ଆଉ ଈଶ୍ୱରଙ୍କ ନିକଟରେ। ବୁବୁଙ୍କ ଚିଠି ପାଇଲେ ମୋର ଅସୁସ୍ଥତା ହ୍ରାସ ହୋଇଆସେ ଅନୁରୂପ ଭାବରେ। ମୁଁ ମଧ୍ୟ ଘର ଛାଡ଼ି ଯାଉଥିଲି ଯଦି ପିକ୍‌ନିକ୍, ତା'ହେଲେ ବାପା ମାଆ ଯେମିତି ହେଉଥିଲେ ବ୍ୟସ୍ତ ବିବ୍ରତ ଓ ଚିନ୍ତିତ, ବୁବୁ ମଧ୍ୟ ସେହିପରି ଅନୁଭବ କରୁଥିଲେ ଅସ୍ଥିରତା ଓ ମୋର ନିର୍ବିଘ୍ନ ଯାତ୍ରା ଓ ପ୍ରତ୍ୟାବର୍ତ୍ତନ ପାଇଁ କରୁଥିଲେ ନିରବଚ୍ଛିନ୍ନ ପ୍ରାର୍ଥନା। ତାଙ୍କ ଜୀବନ ବିନ୍ଦୁଟି ଥିଲା ମୋ ସହିତ ଏହିପରି ସଂଲଗ୍ନ ହୋଇ। ପିତାମହଙ୍କ ଅବର୍ତ୍ତମାନରେ ତଥାପି ସେ ପିତୃଗୃହକୁ ମନେକରୁଥିଲେ ତାଙ୍କ ପାଇଁ ସୁରକ୍ଷିତ ଅଞ୍ଚଳ ବୋଲି। ସେତେବେଳେ ଥରେ ଘଟିଥିଲା ଏକ ଘଟଣା। ଆକାଶ ମାର୍ଗରୁ ସ୍କାଇଲାବ ପୃଥିବୀ ପୃଷ୍ଠର କେଉଁ ଅଞ୍ଚଳରେ ପଡ଼ିବ ତାହା ନେଇ ସାରା ପୃଥିବୀରେ ଖେଳିଯାଇଥିଲା ଆତଙ୍କ। ସେହି ସମୟରେ ବୁବୁ ଥାଆନ୍ତି ସୋନପୁରରେ। ଦିନେ ସନ୍ଧ୍ୟାବେଳେ ଅଚାନକ ଆସି ସେ ପହଂଚିଥିଲେ ଆମ ଘରେ। ଜାଣିଲି ଯେ ବୁବୁ ସ୍କାଇଲାବ କାଳେ ତାଙ୍କ ମୁଣ୍ଡ ଉପରେ ପଡ଼ିଯିବ ବୋଲି ଭୟଭୀତ ହୋଇ ଚାଲିଆସିଛନ୍ତି ବରପାଲିକୁ। ବରପାଲିର ପିତୃଗୃହରେ ଅବସ୍ଥାନ କଲେ କେଉଁ ଅପଶକ୍ତି ଅଛି ସେ ଅଞ୍ଚଳକୁ ପ୍ରବେଶ କରିବା ପାଇଁ? ବୁବୁ ଏହିପରି ସୁରକ୍ଷିତ ମନେକରୁଥିଲେ ନିଜକୁ ତାଙ୍କ ପିତାମାତାଙ୍କ ଅଶରୀରି ଆଶୀର୍ବାଦ ଓ ଭାଇ ଭାଉଜଙ୍କ ଓ ପରିବାରବର୍ଗଙ୍କ ସ୍ନେହ ମମତାରେ ସର୍ବଦା ଅନୁସିକ୍ତ ହୋଇ। ବରଗଡ଼ଠାରେ ତାଙ୍କର ନିର୍ମିତ ହୋଇଥିଲା ନିଜର ଗୃହ। ସେଥିପାଇଁ ପିଉସାଙ୍କ ଅବସର ଗ୍ରହଣ ପରେ ସେମାନେ ସମସ୍ତେ ଯେତେବେଳେ ଚାଲିଆସିଥିଲେ ବରଗଡ଼କୁ, ସେତେବେଳେ ବରପାଲିର ଆମ ଘର ଆଗରେ ନ ଅଟକି ଯାଆନ୍ତେ ବା କିପରି? କ୍ଷଣେ ରହିଗଲା ଜିନିଷପତ୍ର ବୋଝେଇ ହୋଇଥିବା ତାଙ୍କର ଟ୍ରକଟି। ଆଉ ଏକ ଟ୍ୟାକ୍ସିରେ ଆସୁଥିଲେ ସାନବୁବୁ। ତାହା ମଧ୍ୟ ସତେ ଯେମିତି ପିତୃ ଆଶୀର୍ବାଦ ଲାଭ କରିବାକୁ

ଅଟକିଗଲା ଆମ ଘର ଆଗର ମାଟିଆ ରାସ୍ତା ଉପରେ। ବରପାଲିର ଧୂଳିକଣାରେ ଭରିରହିଥିବା ପରିପୂର୍ଣ୍ଣ ମମତା ବୁବୁଙ୍କ ପ୍ରଶ୍ୱାସ ମଧ୍ୟ ଦେଇ ପ୍ରବେଶ କରିଥିଲା ତାଙ୍କ ଛାତି ଭିତରକୁ। ତା'ପରେ ସେମାନେ ଯାତ୍ରା କରିଥିଲେ ବରଗଡ଼ର ନିଜସ୍ୱ ଗୃହ ଅଭିମୁଖେ। ସାନବୁବୁ ବରଗଡ଼ରେ ରହିବା ଦ୍ୱାରା ଆନନ୍ଦ-ଉଚ୍ଛାଟ ହୋଇଯାଇଥିଲା ମନ ମୋର। କାରଣ ଏଥର ଚାହିଁବା ମାତ୍ରକେ ମୁଁ ଯାଇପାରିଲି ବରଗଡ଼କୁ। ପୂର୍ବରୁ ସୋନପୁର କଲେଜରେ ଅଧ୍ୟାପନା କାଳରେ ତାଙ୍କ ଘରେ ରହିଥିଲି ମାସାଧିକ କାଳ। ସେହି ସମୟରେ ମୋର ଖାଇବା ପିଇବା ପ୍ରତିଟି କଥାର ଯତ୍ନ ନେବା ତାଙ୍କ ଅସୁସ୍ଥ ଶରୀର ପାଇଁ କେତେ ପ୍ରତିକୂଳ ହେଲେ ବି, ସେ ଆଦୌ କ୍ଳାନ୍ତି ଅନୁଭବ କରୁନଥିଲେ ମୋର ସୁବ୍ୟବସ୍ଥା କରିଦେବା ପାଇଁ। ବରଗଡ଼କୁ ସେ ଆସିବା ପରେ ବାରମ୍ବାର ଧାଇଁ ଯାଏ ତାଙ୍କ ପାଖକୁ। ଧୀରେଧୀରେ ତାଙ୍କ ସ୍ୱାସ୍ଥ୍ୟ ଭଗ୍ନ ହୋଇଯାଉଥାଏ ଚିନ୍ତାଜନକ। ତଥାପି ସେ କାହାରି ନିମନ୍ତେ ଦୁଶ୍ଚିନ୍ତାର କାରଣ ହେବା ପାଇଁ ନ ଥିଲେ ସମ୍ମତ। ବରଗଡ଼ ଯାଏ। ବୁବୁ ବେଳେବେଳେ ଆବେଗପ୍ରବଣ ହୋଇଯାଆନ୍ତି ଯେ ମୋତେ ଡାକିନିଅନ୍ତି ଏକୁଟିଆ ତାଙ୍କ ବାଡ଼ିପଟକୁ। ଉଭୟେ ପରସ୍ପରର ମୁହାଁମୁହିଁ ହୋଇ ଛିଡ଼ାହେଲା ପରେ ଅଜସ୍ର ଅଶ୍ରୁ ବିସର୍ଜନ କରନ୍ତି। କହନ୍ତି ତାଙ୍କ ଜୀବନର ଟିକିନିଖି ଅନୁଭୂତି। ଅଥଚ କାହାରି ବିଷୟରେ ଏଥିରେ ନଥାଏ ସାମାନ୍ୟ ବି ଅସନ୍ତୋଷର ଚିହ୍ନ। ବରଂ ସେ ଅନ୍ୟମାନଙ୍କୁ ସୁଖୀ କରିପାରୁ ନାହାନ୍ତି - ଏହି ଭାବନାରେ କ୍ଷତାକ୍ତ ହେଉଥାଏ ତାଙ୍କ ଅନ୍ତର୍ଦେଶ। କାନ୍ଦୁଥିବେ। ପଣତକାନିରେ ବାରମ୍ବାର ପୋଛୁଥିବେ ଆଖିର ଲୁହ। ଆଉ ଭାବାବେଗପୂର୍ଣ୍ଣ କଣ୍ଠସ୍ୱରରେ କହୁଥିବେ, "ମୁଁ ତୋତେ ଏତେ କଥା କାହିଁକି କହେ ସେ କଥା ତୁ ଜାଣୁ? ମୁଁ ଅଧିକ ସମୟ ଅପେକ୍ଷା କରିବାକୁ ପଡ଼େନା। ସେ ସେହିପରି ଆବେଗଭରା ଅଶ୍ରୁସଜଳ କଣ୍ଠରେ କହନ୍ତି, "ତୁ ମୋର ବାପା ପରି ମନେ ହେଉ। ସେଇଥିପାଇଁ ସବୁ ଦୁଃଖର କଥା କହିଦେଲେ ମୋତେ ଲାଗେ ଉଶ୍ୱାସ।" ବୁବୁଙ୍କ ଏପରି ମହତ୍ତର ଭାବନାରେ ଉଦ୍ବେଳିତ ହୋଇଯାଏ ମୋର ଅନ୍ତଃସତ୍ତା। କିନ୍ତୁ ମୁଁ କ'ଣ କିଛି କରିପାରେ? ମୁଁ କ'ଣ ସାନ୍ତ୍ୱନାର ଭାଷା ଉଚ୍ଚାରଣ କରିପାରେ?? ଏସବୁ ନ ପାରି ଅକ୍ଷମ ଭାବରେ ମୁଣ୍ଡ ତଳକୁ କରି ଶୁଣିଯାଉଥାଏ ତାଙ୍କ ଅନ୍ତର୍ବେଦନାର ପ୍ରତିଟି ଅନୁଭୂତିକୁ। ବରପାଲି ଫେରୁ ଫେରୁ ହୋଇଯାଏ ରାତି। ବସ୍‌ରେ ଝରକା ପାଖ ସିଟ୍‌ରେ ବସି ଫେରିଲାବେଳେ ଅନାଏ ରାତିର ଆକାଶକୁ। ସେଠି ପରିଦୃଶ୍ୟମାନ ହୁଏ ସାନବୁବୁଙ୍କ ସ୍ନେହପୂର୍ଣ୍ଣ ଅଥଚ ବ୍ୟଥିତ ମୁଖମଣ୍ଡଳର ଅଶ୍ଳୀଳ ରୂପ। ମୋ ଆଖିରୁ ନିଜ ଅଜାଣତରେ ଝରିଯାଏ ଧାରଧାର ଲୁହ। କେବଳ ତାଙ୍କର ଶାନ୍ତି ଓ ସୁସ୍ଥତା ସକାଶେ ପ୍ରାର୍ଥନା କରେ ନିରବ ନିଶ୍ଚଳ ହୋଇ। ବରପାଲି ଘରକୁ ଫେରି ଆସିବା ମାତ୍ରକେ ସମସ୍ତଙ୍କର ମୋ ପ୍ରତି ପ୍ରଥମ ତାତ୍ପର୍ଯ୍ୟପୂର୍ଣ୍ଣ ଉତ୍କଣ୍ଠାପୂର୍ଣ୍ଣ ପ୍ରଶ୍ନଟି ହେଉଛି ଯେ - "ସାନବୁବୁ କିପରି

ଅଛନ୍ତି ?" ବୁବୁଙ୍କ ସମ୍ପର୍କରେ ଅନେକ ସମୟ ଭାବ ବିନିମୟ କରିବା ପରେ ଆମେ ନେଉ ବିଶ୍ରାମ। ରାତିରେ ବି ଭାଙ୍ଗିଯାଏ ନିଦ। ମନେପଡ଼ନ୍ତି ବୁବୁ ଓ କେବଳ ବୁବୁ। ପୁଣି ଦୁଇ ଆଖିରୁ ଯାହା ବହିଯାଏ ତାହା ମଶାରୀ ଭିତରେ ଲୁଚାଇ ରଖେ। ଧୀରେଧୀରେ ବଢ଼ିଲା ତାଙ୍କର ଅସୁସ୍ଥତା। ହୋଇପଡ଼ିଲେ ଶଯ୍ୟାଶାୟୀ। କିନ୍ତୁ ଯାହା ଆମେ କଳ୍ପନା ସୁଦ୍ଧା କରିନଥିଲୁ, ତାହା ହିଁ ଘଟିଗଲା ଆକସ୍ମିକ ଭାବରେ, ଯେତେବେଳେ ମୁଁ ରହିଥାଏ କଲେଜରେ ବାସନ୍ତୀ ଉତ୍ସବ ଆୟୋଜନରେ ବ୍ୟସ୍ତ ହୋଇ। ଦୁଃସମ୍ବାଦ ଶୁଣି ତତ୍‌କ୍ଷଣାତ୍ ଘରର ସମସ୍ତେ ଯାତ୍ରା କଲୁ ବରଗଡ଼କୁ। ଶୁଣିଲୁ ସାନବୁବୁଙ୍କ ଶେଷ ଇଚ୍ଛା। ଯେଉଁ ଗଙ୍ଗାଧରଙ୍କ ଅର୍ଥାତ୍ ତାଙ୍କ ପିତାମହଙ୍କ ସମାଧି ସ୍ଥଳରେ ସେ ପିତା ମାତା ଓ ଭାଇମାନଙ୍କ ସହିତ ଉଠାଇଥିଲେ ଫଟୋ, କୁନି ଝିଅଟିଏ ହୋଇଥିବାବେଳେ; ସେହି ସମାଧିର ସମ୍ମୁଖ ଭାଗରେ ବରପାଲିର ଧୂଳି ମାଟିରେ ଏକାକାର ହୋଇଯିବା ପାଇଁ ବ୍ୟକ୍ତ କରିଥିଲେ ସେ ନିଜର ଆନ୍ତରିକ ଅଭିଳାଷ। ତା' ପରଦିନ ସେହି ବ୍ୟବସ୍ଥା କରାଗଲା। ଆମ ଗୃହ ଆଗରେ ବର୍ଷିତ ହେଲା ତାଙ୍କ ନିଷ୍ପ୍ରାଣ ଦେହଟି ଉପରେ ଅନେକ ପୁଷ୍ପାଞ୍ଜଳି। ସ୍ୱର୍ଗଦ୍ୱାର ଅଭିମୁଖେ ଯାତ୍ରା କରିବା ବେଳେ ତାଙ୍କ ଜନ୍ମଗୃହ କବିଙ୍କ ଜନ୍ମଗୃହ ଭାବରେ ଯାହା ହୋଇଛି ଜାତୀୟକରଣ, ସେଠୁ ମୁଠାଏ ଧୂଳିମାଟି ତାଙ୍କ ଶରୀରରେ ସ୍ପର୍ଶ କରାଇଦିଆଗଲା।

ଆଉ ଶେଷରେ ହେଲା କ'ଣ ? ସବୁ ଶେଷ ହୋଇଗଲା। ବୁବୁଙ୍କ ନିଷ୍ପ୍ରାଣ ମୁହଁଟିକୁ ଯେତେବେଳେ ମୁଁ ଅନାଇଥିଲି, ସେତେବେଳେ ଶୁଣାଯାଉଥିଲା ତାଙ୍କର ସ୍ନେହାତ୍ମକ କଣ୍ଠସ୍ୱର। ସେ କହୁଛନ୍ତି, "ତୁ ମୋର ବାପା। ସେଥିପାଇଁ ତୋ ନିକଟରେ କହିଦିଏ ସବୁ ନିଃସଂକୋଚରେ।" ବରପାଲିରେ ଅସୁସ୍ଥ ହୋଇ ବୁବୁଙ୍କୁ ତାହା ଜଣାଏ ଯେ, ତାଙ୍କର ଆନ୍ତରିକ ପ୍ରାର୍ଥନା ବଳରେ ମୋର ବେଦନାକୁ ହରଣ କରିନେଇ ପାରୁଥିଲେ ତାଙ୍କର ଅସୀମ ସାମର୍ଥ୍ୟ ବଳରେ। କିନ୍ତୁ ସେ ମୋ ଆଗରେ ଯେଉଁ ଅବର୍ଣ୍ଣନୀୟ ବେଦନାକୁ ଦେଉଥିଲେ ଅଶ୍ରୁର ରୂପ, ତାହା ପୋଛିଦେବାର କ୍ଷମତା ମୋ ମଧ୍ୟରେ ନଥିଲା। ମୁଁ ତାଙ୍କର କାଣିଚାଏ ଦୁଃଖକୁ କ'ଣ ଊଣା କରିପାରିଲି ? ସେଇଥିପାଇଁ ପ୍ରଥମରୁ କହୁଥିଲି ସାନବୁବୁ ଯେଉଁ ଆସନରେ ମୋତେ ବସାଇଥିଲେ ସେଥିପାଇଁ କ'ଣ ମୁଁ ସତରେ ଯୋଗ୍ୟ ? ତାଙ୍କ ମୁଖମଣ୍ଡଳ ଶେଷ ବିଦାୟ ମୁହୂର୍ତ୍ତରେ ମଧ୍ୟ ଦିଶୁଥିଲା ନିରଭିମାନୀ ଶିଶୁ କନ୍ୟାଟିଏ ପରି ଆଉ ଉଦ୍ଭାସିତ ହେଉଥିଲେ ସେ କରୁଣାମୟୀ ଦେବୀସତ୍ତା ହୋଇ। ତାଙ୍କର ଯନ୍ତ୍ରଣା ଦୂର କରିବାର ଶକ୍ତି ମୋର ନଥିଲେ ମଧ୍ୟ କୌଣସି ଅଭିଯୋଗ ଅଭିମାନ ନଥିଲା ତାଙ୍କର। କେବଳ ମୋ ପ୍ରତି ନୁହେଁ, କାହା ପ୍ରତି ବି ନଥିଲା ତାହା। ଏହି ନିରଭିମାନ ନିଷ୍ପାପ ଦେବୀ ସତ୍ତାର ସତରେ ଅଛି କ'ଣ ତୁଳନା ?

■

ବଡ଼ବବା : ଅମର ରତ୍ନ

ବଡ଼ବବାଙ୍କ ପ୍ରକୋଷ୍ଠ ଭିତରେ ଥିବା ଲୁହା ଟ୍ରେଜେରୀ ଉପରେ ଥିଲା ଯେଉଁ ଅମୂଲ୍ୟ ପୁସ୍ତକଗୁଡ଼ିକର କ୍ଷୁଦ୍ର ସଂଗ୍ରହାଳୟ, ତାହା ବବାଙ୍କ ଦେହାବସାନ ପରେ ବଡ଼ମାମା ମୋତେ ହସ୍ତାନ୍ତର କରିଦେଇଥିଲେ ନିଜର ଆଶୀର୍ବାଦ ସଂଯୋଗରେ। କିନ୍ତୁ ଯେଉଁମାନେ ମୋ ରଚିତ 'ବଡ଼ମାମା' ଗଳ୍ପଟି ପଢ଼ିବେ ସେମାନଙ୍କ ମନରେ ପ୍ରଶ୍ନ ଉଠିପାରେ ଯେ ଟ୍ରେଜେରୀ ଭିତରେ ଥିବା ସମ୍ପତ୍ତି କାହିଁକି ଦେଲେ ନାହିଁ ମାମା ?

ଆମ ଘରର ସମସ୍ତେ ଜାଣିଥିଲେ ଯେ ମୂଲ୍ୟବାନ ସ୍ୱର୍ଣ୍ଣ ଅଳଙ୍କାର ଓ ନଗଦ ଅର୍ଥରାଶି ସେହି ଟ୍ରେଜେରୀ ଭିତରେ ସଂରକ୍ଷିତ। ସେଥିପାଇଁ ଅନେକଙ୍କର ଲୋଭାତୁର ଆକାଂକ୍ଷା ରହିଥିଲା ସେଥିପ୍ରତି। ଥରେ ଆମ ପରିବାରର ଜଣେ ପରମ ହିତୈଷୀ ମୋତେ ପାଖକୁ ଡାକି କହିଲେ, "ତୋତେ ଯଦି ତୋର ବଡ଼ବବା ଭଲପାଉଛନ୍ତି ଏତେ, ତା'ହେଲେ ଟ୍ରେଜେରୀ ଭିତରେ ଥିବା ସମ୍ପତ୍ତିତକ କାହିଁକି ତୋତେ ଦେଇ ଦେଉ ନାହାନ୍ତି ?" ତାଙ୍କ କଥା ଶୁଣି ନିରବତା ରକ୍ଷା କରିଥିଲି ସ୍ୱଭାବ ସୁଲଭ ଢଙ୍ଗରେ।

ବଡ଼ବବାଙ୍କ ଆନ୍ତରିକ ସ୍ନେହ ଜୀବନ ଯିବା ପର୍ଯ୍ୟନ୍ତ ମୁଁ କ'ଣ ଭୁଲିଯାଇ ପାରିବି ? ବବା ସମ୍ବଲପୁରୀ ବସ୍ତ୍ରାଳୟରେ ଚାକିରି କରୁଥିଲେ। ସେତେବେଳେ ସେ ଥିଲେ କିପରି ଗମ୍ଭୀର ଓ ପ୍ରତିଟି କର୍ତ୍ତବ୍ୟ ସମ୍ପାଦନରେ ନିଷ୍ଠାପର, ତାହା ଦେଖିଛି ବର୍ଷ ବର୍ଷ ବ୍ୟାପୀ। ଥରେ ମୋର ପିତାମହ କବିପୁତ୍ର ଭଗବାନ ମେହେରଙ୍କ ସହିତ ଖରାଦିନର ରାତିରେ ମୁକ୍ତ ଆକାଶ ତଳେ ଅଗଣାରେ ଶୋଇଥିବାବେଳେ ମୁଁ ପଚାରିଲି "ଦାଦା ! ବବାମାନଙ୍କୁ ବବା ବୋଲି ଡାକିବି ନା ବାବା ବୋଲି ଡାକିବି ?" ପିତାମହ ଉତ୍ତର ଦେଇଥିଲେ 'ବବା' ବୋଲି ହିଁ ଡାକିବୁ।" ପିତାମହଙ୍କ ଆଜ୍ଞା ପାଳନ କରି ମୁଁ ଡାକେ ଏହି 'ବବା' ସମ୍ବୋଧନରେ ମୋର ତିନିଜଣ ବଡ଼ବାପାଙ୍କୁ। ସେଇଥିପାଇଁ ତ ଏ ଲେଖାଟିର ଶୀର୍ଷକ ରଖାଯାଇଛି 'ବଡ଼ବବା'।

ମନୋରଞ୍ଜନ ଦାଦା ମୋର ସାନପିଉସୀ ବା ସାନବୁବୁଙ୍କ ପ୍ରିୟ ପୁତ୍ର। ଛୋଟଟି ବେଳରୁ ତାଙ୍କରି ସ୍ନେହରେ ମୁଁ ଆପ୍ଲୁତ ହୋଇଆସିଛି ଏ ପର୍ଯ୍ୟନ୍ତ। ସେହି ମନୋରଞ୍ଜନ ଦାଦାଙ୍କୁ ବଡ଼ବବା ଭଲପାଉଥିଲେ ଖୁବ୍। ଥରେ ମନୋରଞ୍ଜନ ଦାଦା ଓ ମୋତେ ବରପାଲିରୁ ବରଗଡ଼ ନେଇ ରମା ଟକିଜ୍‌ରେ ଦେଖାଇ ଦେଇଥିଲେ ଯେଉଁ ପୌରାଣିକ ଚଳଚ୍ଚିତ୍ର, ତାହା ଏ ପର୍ଯ୍ୟନ୍ତ ରହିଛି ଅଭୁଲା ହୋଇ। ସ୍ନେହ ତାଙ୍କର ଥିଲା କେତେ ଆନ୍ତରିକ, ସେକଥା କେବେହେଲେ ସେ ଆବେଗାପ୍ଲୁତ ହୋଇ ପ୍ରକାଶ କରୁନଥିଲେ। ସତେ ଯେମିତି ସେ ଥିଲେ ନାରୀକେଳ ପରି। ବାହାରଟି ଜଣାପଡ଼େ କଠିନ। କିନ୍ତୁ ତା' ମଧ୍ୟରେ ରହିଥାଏ ସୁମଧୁର ପାନୀୟ। ଏହି ମଧୁରତାର ଉପଲବ୍ଧି କରିପାରିଛି ଅଧିକ ମାତ୍ରାରେ, ଯେତେବେଳେ ସେ ହେଲେ ଅବସରପ୍ରାପ୍ତ।

ଅବସର ପରେ ବବା ଆରମ୍ଭ କରିଥିଲେ ଏକ ଲୁଗା ଦୋକାନ। ସମ୍ବଲପୁରୀ ବସ୍ତ୍ରାଳୟରେ କାମ କରିଥିବା ହେତୁ ତାଙ୍କର ଅଭିଜ୍ଞତା ଥିଲା ପ୍ରଚୁର। କିନ୍ତୁ ହାତରେ ଅର୍ଥ ନଥିଲା ବୋଲି ଅତି କମ୍ ପୁଞ୍ଜିରେ ଆରମ୍ଭ କରିଥିଲେ ଛୋଟ ଦୋକାନଟିଏ। ସମ୍ବଲପୁରରୁ ଲୁଗା କିଣିଆଣି ସଜ୍ଜିତ କଲେ ସେ ଦୋକାନଟିଏ। ମାତ୍ର ସେ ଦୋକାନର ଦାୟିତ୍ୱ ନ୍ୟସ୍ତ ହେଲା ମୋ ଉପରେ। ବବାଙ୍କ ଭୟ ଥାଏ କାଳେ ରାତିରେ ଲୁଗା ଚୋରି ହୋଇଯାଇପାରେ ! ସେଥିପାଇଁ ମୋର କାମ ଥିଲା ସବୁ ଲୁଗା ଚଉତି ଚଉତି ବାନ୍ଧିବା ଓ ତାହା ଘର ଭିତରକୁ ଆଣି ରଖିବା। ତହିଁ ପରଦିନ ନିଦ ଭାଙ୍ଗିବା ପରେ ପ୍ରଥମ କାର୍ଯ୍ୟ ଥିଲା ସବୁ ଲୁଗା ନେଇ ପୁଣି ଦୋକାନରେ ସଜ୍ଜିତ କରି ରଖିବା। ଏହି କର୍ତ୍ତବ୍ୟ ସମ୍ପାଦନ କରିଥିଲି ବର୍ଷବର୍ଷ ବ୍ୟାପୀ। ଦୋକାନରେ ବହୁ ସମୟରେ ବବାଙ୍କ ପାଖରେ ବସି ରହୁଥିଲି ମୁଁ। ସେତେବେଳେ ଅନ୍ତରଙ୍ଗତା କାହାକୁ କୁହାଯାଏ ତାହା ଅନୁଭବ କରିପାରିଥିଲି ପ୍ରଥମ କରି। ଯେଉଁ ବଡ଼ବବାଙ୍କୁ ଦେଖିଲେ ଆଗରୁ ଟିକିଏ ଡର ଲାଗୁଥିଲା ସେହି ବବା ଏଭଳି ସ୍ନେହଶୀଳ ଆବେଗରେ ବ୍ୟକ୍ତ କରିପାରନ୍ତି ହୃଦୟର କଥା, ତାହା ଅନୁଭବ କରି ନିଜକୁ ଭାଗ୍ୟବାନ ମନେ କରୁଥିଲି। ସମ୍ବଲପୁରୀ ବସ୍ତ୍ରାଳୟରେ ସେ ଚାକିରି କରୁଥିବା ହେତୁ ତାଙ୍କର ଅଭ୍ୟାସ ଅନୁସାରେ ସବୁ ଲୁଗାର ଫିକ୍ସଡ ରେଟ୍ ସେ ନିର୍ଦ୍ଧାରଣ କରିଦେଇଥିଲେ। ମାତ୍ର ମୂଲଚାଲ ହେଉଥିବା ଯୁଗରେ ଏ କଥାର ମୂଲ୍ୟ କିଏ ବା ବୁଝନ୍ତା ! ଅନେକ ସମୟରେ ମୁଁ ଦେଖିଛି ମାତ୍ର 'ଦୁଇଟଙ୍କା' ଲାଭ ରଖି ମଧ୍ୟ ସେ ବିକ୍ରି କରି ଦେଉଥିଲେ ଶହ ଶହ ଟଙ୍କାର ହାତବୁଣା ଶାଢ଼ି। ଏମିତିରେ ଦୋକାନ ବା ତିଷ୍ଠି ପାରିଥାନ୍ତା କେତେ ଦିନ ? ଅବିଳମ୍ବେ ସେଥିରେ ପଡ଼ିଲା ପୂର୍ଣ୍ଣଚ୍ଛେଦ। ଏହା ପରେ ବବା କ'ଣ ବସିରହିବା ପରି ଲୋକ ଥିଲେ ? ସିଏ ପରା ଚାକିରି ଆରମ୍ଭ କରିବା ପୂର୍ବରୁ ଦେଇଥିଲେ ଡେଜରାତି ଦୋକାନ। ସିଲେଇ କରୁଥିଲେ ମେସିନ କିଣିଆଣି ସମ୍ବଲପୁରରୁ। ତାଙ୍କର ଏହି ସବୁ

ଅଭିଜ୍ଞତା ସ୍ଥିର ଭାବରେ ତାଙ୍କୁ ବସାଇ ରଖାଇ ଦେଲା ନାହିଁ। ଆରମ୍ଭ ହେଲା କାଠ ଗୋଦାମ। ସେଠି ମଧ୍ୟ ମୁଖ୍ୟ ଭୂମିକାରେ ଅବତୀର୍ଣ୍ଣ ହେବାକୁ ପଡୁଥିଲା ମୋତେ। ଟ୍ରକରେ କାଠ ବୋଝେଇ ହୋଇ ଆସେ ଘର ସମ୍ମୁଖକୁ। ବଡ଼ ବଡ଼ କାଠଗଣ୍ଡି ଟ୍ରକବାଲା ଗୃହ ପ୍ରାଙ୍ଗଣରେ ପକାଇଦେଇ ଚାଲିଯାଆନ୍ତି। ଅନେକ ସମୟରେ ଗୋଦାମକୁ ସେହି ଗଣ୍ଡିତକ ଆଣି ସଜାଇ ରଖିବା ଲାଗି ଲୋକ ଯେତେବେଳେ ନ ମିଳନ୍ତି ସେତେବେଳେ ବାପା, ମାଆ ଓ ମୁଁ ସବୁ କାଠ ବୋହି ବୋହି ଗୋଦମ ଘରେ ସଜାଇ ରଖୁ। ସେତେବେଳେ ପିତାମହ ଥିଲେ ସଶରୀରରେ। ବେଳେବେଳେ ବସୁଥିଲେ ଗୋଦାମରେ ପଡ଼ିଥିବା ଦଉଡ଼ିଆ ଖଟଟି ଉପରେ। ପିତାମହ ଅର୍ଥାତ୍ ଦାଦା, ବଡ଼ବବା ଓ ମୁଁ ଏକତ୍ରିତ ହୋଇ କେତେ ଯେ ସମୟ ବିତାଇଛୁ ସେହି କ୍ଷେତ୍ରରେ, ତାହା ସତେଜ ହୋଇ ରହିଛି ହୃଦୟରେ।

ଆଗରୁ ତ କହିଛି ବଡ଼ବବା ବ୍ୟବସାୟିକ ଅଭିଜ୍ଞତାରେ ପରିପକ୍ୱ ହୋଇଥିଲେ ମଧ୍ୟ ଯୁଗୋପଯୋଗୀ ନଥଲେ। ସେହି କାରଣରୁ ଗୋଦାମ ଘରେ ମଧ୍ୟ ତାଲା ପଡ଼ିବା ବିଳମ୍ବ ହେଲା ନାହିଁ। ବବା ତ ପେନ୍‌ସନ ପାଆନ୍ତି ନାହିଁ। ସଂସାର ଚଳିବ କେମିତି ? ସେଥିପାଇଁ ସେ କିଣିଥିବା ସହର ମଧ୍ୟସ୍ଥ ମୂଲ୍ୟବାନ ପ୍ଲଟ ଦୁଇଥର ବିକ୍ରି କରିଦେଲେ ଆମ ଘର ପାଖର ଜଣେ ଧନୀକଙ୍କ ନିକଟରେ। ବିକ୍ରୟବେଳେ ଯେଉଁ କାଗଜପତ୍ର ପ୍ରସ୍ତୁତ ହେଉଥିଲା ବରଗଡ଼ରେ, ସେତେବେଳେ ସାଙ୍ଗରେ ମୋତେ ନେଇଯାଆନ୍ତି ସେଠାକୁ। ବବା ତାଙ୍କ ଅବସର ସମୟରେ କେତେ ଯେ କଥା କହିଛନ୍ତି ତାହା ବର୍ଣ୍ଣନା କଲେ ହେବ ଗ୍ରନ୍ଥଟିଏ। ଦୋକାନରେ ବସିଥିବାବେଳେ ଶିରିଡ଼ି ସାଇବାବାଙ୍କ ସହିତ ସେ ମୋତେ ପରିଚିତ କରାଇ ଦେଇଥିଲେ, ତାଙ୍କ ଜୀବନୀ ଗ୍ରନ୍ଥ ପାଠକରି ଓ ମୋତେ ମଧ୍ୟ ପଢ଼ିବା ପାଇଁ ପ୍ରେରଣା ଦେଇ। ସେଇଠି ବସି ବସି ସେ ମୋତେ ଶିଖାଇ ଦେଇଥିଲେ ବଙ୍ଗଳା ଅକ୍ଷର। ପରବର୍ତ୍ତୀ ସମୟରେ ତାଙ୍କର ଅଧିକାଂଶ ଚିଠିପତ୍ର ଲେଖୁଥିଲି ମୁଁ। ବବା ଯେଉଁ ମୁଦ୍ରାରେ ବସୁଥିଲେ ସେତେବେଳେ, ଦେଖାଯାଉଥିଲେ ମହାତ୍ମା ଗାନ୍ଧୀଙ୍କ ଭଳି। ସେ ଗାନ୍ଧୀଙ୍କୁ ଦେଖିବା ପାଇଁ ସମ୍ବଲପୁର ଯାଇଥିଲେ ସାଇକେଲରେ। ତାଙ୍କ ଜୀବନ ଉପରେ ବାପୁଜୀଙ୍କ ପ୍ରଭାବ ଥିଲା ଅତ୍ୟନ୍ତ ଗଭୀର। ସେ ସପ୍ତମ ଶ୍ରେଣୀ ପଢ଼ିସାରିବା ପରେ ଆଉ ଆଗକୁ ଯିବା ପାଇଁ ଚାହୁଁନଥଲେ। ତାଙ୍କ ବାପାଙ୍କ ଆଗରେ ସେ ନିର୍ଭୀକ ଭାବେ ସ୍ପଷ୍ଟ ଶବ୍ଦରେ କହିଦେଉଥିଲେ ଯେ ବ୍ରିଟିଶ ସରକାରଙ୍କ ଅଧୀନରେ ସେ କେବେହେଲେ ଚାକିରି କରିବେ ନାହିଁ। ତାଙ୍କ ଶିକ୍ଷାର୍ଜନରେ ସେହିଠାରୁ ପଡ଼ିଥିଲା ପୂର୍ଣ୍ଣଚ୍ଛେଦ। ତାଙ୍କ ନାଁ ଥିଲା ପୂର୍ଣ୍ଣଚନ୍ଦ୍ର। ଏହି ନାଁଟି ରଖିଥିଲେ ତାଙ୍କ ପିତାମହ କବି ଗଙ୍ଗାଧର ମେହେର। ବଡ଼ନାତି ଭାବରେ ଗଙ୍ଗାଧର ବଡ଼ବବାଙ୍କୁ ଯେପରି ଭଲ ପାଉଥିଲେ ତାହା ବର୍ଣ୍ଣନା କରିବାବେଳେ ବବାଙ୍କ ସତୁରୀ ପଞ୍ଚସ୍ତରୀ ବର୍ଷ ବୟସର ମୁହଁଟି

ଦେଖାଯାଉଥିଲା ସାତ ଆଠ ବର୍ଷର ସୁକୁମାର ବାଳକଟି ପରି। ଗଙ୍ଗାଧର ତାଙ୍କୁ କିପରି ହାତରେ ଧରାଇ ଦେଉଥିଲେ ମୃଦଙ୍ଗ ଆଉ କହୁଥିଲେ ନାଚିବାକୁ, ଗାଇବାକୁ। ଏ ଦୃଶ୍ୟ ସବୁ ଜୀବନ୍ତ ଭାବରେ ମୋ ଆଗରେ ଥୋଇଦିଅନ୍ତି ବଡ଼ବବା।

ମୁଁ ଯେତେବେଳେ ସାଇକେଲ ହାଫ୍ ଶିଖିଥାଏ, ସେତେବେଳେ ସେ ମୋତେ ତାଙ୍କ ସହିତ ନେଇଯାଇଥିଲେ ବରପାଲି ନିକଟସ୍ଥ ଧଉରା ଖନ୍ଦା ଗାଁକୁ। ସେଠାକାର ଗୌନ୍ତିଆ ଏକ ଗଛ କାଟି ଦେଇ ରଖି ଦେଇଥିଲେ ଆମ ପାଇଁ କାଠ। ତାହା ଶଗଡ଼ ଗାଡ଼ିରେ ବବାଙ୍କ ସହିତ ଆଣିଲୁ ବରପାଲିକୁ ଆମର ପରିବାରର ଅବିଚ୍ଛେଦ୍ୟ ଅଂଶ ଭଳିଆ 'ଭଏଁରା' ସହିତ। ବଡ଼ବବାଙ୍କ ଜୀବନର ଅନ୍ତିମ ପର୍ଯ୍ୟାୟରେ ସିଏ ଯେତେବେଳେ ଠିକ୍ ମହାତ୍ମା ଗାନ୍ଧୀଙ୍କ ଭଳି ବସନ୍ତି, ମୁଁ ତାଙ୍କ ପାଖରେ ମହାଦେବ ଦେଶାଇଙ୍କ ଭଳି ବସିରହି ଲେଖୁଥିଲି ତାଙ୍କର ସବୁ ଚିଠିପତ୍ର। ସେହି ସମୟରେ ପରିବାରର ବୈଦିକ ସଂସ୍କୃତି ଓ ପରମ୍ପରା ସହିତ ମୋର ପ୍ରତିଟି ଶିରା ପ୍ରଶିରାକୁ ସେ ସଂଯୁକ୍ତ କରିଦେଉଥିଲେ ଯେମିତି ସ୍ନେହଶୀଳତାର ସ୍ପର୍ଶ ଦେଇ ତାହା ଥିଲା ମୋ ପ୍ରତି ତାଙ୍କର ଶ୍ରେଷ୍ଠ ଅବଦାନ। ବାପା ମାଆ ପୂଜନୀୟ ବବାଙ୍କ ସେବାରେ ନିଜକୁ ନିୟୋଜିତ କରି ଲାଭ କରୁଥିଲେ ନିସ୍ୱାର୍ଥପର ଆନନ୍ଦ। ବାପାଙ୍କୁ ବବା ଏକାଧିକ ଥର ଯେତେବେଳେ କହିଲେ, "ମୋର ଉତ୍ତରାଧିକାରୀ ଭାବରେ ସବୁ ସମ୍ପତ୍ତି ଉଇଲ୍ କରିଦେବି ମଣୀନ୍ଦ୍ର ନାଁରେ", ସେତେବେଳେ ବାପା ବିନମ୍ରତାର ସହିତ ମନା କରିଦେଇଥିଲେ ସେ ପ୍ରସଙ୍ଗ।

ତାହା ବୋଲି ବବା କ'ଣ ଲୁହା ଟ୍ରେଜେରୀ ଭିତରେ ଥିବା ସମ୍ପତ୍ତିତକ ମୋତେ ନ ଦେଇ ଛାଡ଼ିଥାନ୍ତେ! ଦିନେ ଏକାନ୍ତରେ ଡାକିଲେ ସେ ମୋତେ। ଟ୍ରେଜେରୀର ଲମ୍ବା ଲମ୍ବା ଚାବି ବାହାର କଲେ ବାକ୍ସ ଭିତରୁ। ଟ୍ରେଜେରୀ କେମିତି ଖୋଲିବାକୁ ହୁଏ ତାହା ଦେଖାଇଦେଲେ ପ୍ରତ୍ୟକ୍ଷ ଭାବରେ। ସେତେବେଳେ ସେ ସେଇକଥା ମଧ୍ୟ କହିଲେ ଯେ ତାଙ୍କ ଯୌବନ କାଳରେ ଏହି ଓଜନଦାର ଟ୍ରେଜେରୀଟିକୁ ସେ କିପରି ବଳ ପ୍ରୟୋଗ କରି ସ୍ଥାନାନ୍ତରିତ କରିପାରୁଥିଲେ। କଥା କହୁଥାନ୍ତି ଏପଟେ ଖୋଲୁଥାନ୍ତି ଟ୍ରେଜେରୀର କଳାରଙ୍ଗର ଶକ୍ତିଶାଳୀ କବାଟଟିକୁ। ମୁଁ ଉତ୍କଣ୍ଠାର ସହିତ ଅନାଇ ରହିଥାଏ ଟ୍ରେଜେରୀ ଭିତରକୁ। ଅବିଳମ୍ବେ ସୁନା ରୂପାର ଅଳଙ୍କାର ମୋ ଆଖିକୁ ଝଲସାଇ ଦେବ - ଏହି ଉଦ୍‌ବିଗ୍ନତାରେ ମୁଁ ଥିଲି ବାହାରେ ଶାନ୍ତ, ଭିତରେ କୌତୂହଳଯୁକ୍ତ। ଟ୍ରେଜେରୀର ଦ୍ୱାର ଖୋଲିଗଲା। ସେଠି ଆଉ ଏକ ନିଭୃତ ବାକ୍ସ। ସେହି ବାକ୍ସଟିକୁ ଅନ୍ୟ ଏକ ଚାବିରେ ବବା ଖୋଲିଦେଲେ। ତା'ପରେ ସେଥିରୁ କାଢ଼ି ଆଣିଲେ ପାଟଲୁଗାରେ ବନ୍ଧା ଯାଇଥିବା ସମ୍ପତ୍ତିତକ। ମୋ ହାତରେ ସମର୍ପି ଦେଇ କହିଲେ ଏ ସବୁର ଦାୟିତ୍ୱ ନିର୍ବାହ କରିବା ଉତ୍ତରାଧିକାରୀ ଭାବରେ ତୋହର ହିଁ କର୍ତ୍ତବ୍ୟ। ପାଟଲୁଗାରେ ବନ୍ଧା ଯାଇଥିବା ଗଣ୍ଠି

ଫିଟାଇ ଦେଖିଲି ସେଠି ରହିଛି ଗଙ୍ଗାଧରଙ୍କ ହସ୍ତଲିଖିତ ସବୁ ପାଣ୍ଡୁଲିପି । ଯେତିକି ଉଦବେଗର ସହ ମୁଁ ଅପେକ୍ଷା କରିଥିଲି ଏହି ଦୃଶ୍ୟଟିକୁ ଦେଖିବା ପାଇଁ, ମୋର ଆକାଂକ୍ଷାର ସହସ୍ରଗୁଣ ଅଧିକ ଐଶ୍ୱର୍ଯ୍ୟ ସେ ସେହି ମଙ୍ଗଳ ମୁହୂର୍ତ୍ତରେ ହସ୍ତାନ୍ତରିତ କରିଦେଲେ ମୋତେ । କବିବର ରାଧାନାଥ ରାୟ ଚିଠିରେ ଗଙ୍ଗାଧରଙ୍କୁ ଲେଖିଥିଲେ - "ଆପଣଙ୍କ ମୂଲ୍ୟ କୋହିନୂର ହୀରା ଅପେକ୍ଷା ଅଧିକ ।" ଉପଲବ୍ଧି କଲି ସେହି ମୁହୂର୍ତ୍ତରେ ଯେ ସାଧାରଣ ସ୍ୱର୍ଣ୍ଣାଳଙ୍କାର ଟ୍ରେଜେରୀରେ ସଂରକ୍ଷିତ ରହିନଥିଲା । ଥିଲା କୋହିନୂର ହୀରା ଅପେକ୍ଷା ଯାହା ଅଧିକ ମୂଲ୍ୟବାନ, ସେହି ଅମଳିନ ଅମର ରତ୍ନ ସମୂହ । ସେହି ରତ୍ନ ହାତରେ ଧରିଥିବାବେଳେ ଆଖିରୁ ମୋର ବୋହିଗଲା ଲୋତକର ଧାର । ବବାଙ୍କ ଚରଣ ସ୍ପର୍ଶ କରି ଭୂମିଷ୍ଠ ପ୍ରଣାମ କଲି । ମୁଣ୍ଡ ଉପରକୁ ଉଠାଇ ଯେତେବେଳେ ଦେଖିଲି ବବାଙ୍କ ଦୁଇ ଆଖି ମଧ ଛଳଛଳ ଆଉ କଣ୍ଠ ବାଷ୍ପରୁଦ୍ଧ । ମୋ ମୁଣ୍ଡ ଉପରେ ହାତ ଥୋଇଦେଲେ ସେ । ସେ ହାତର ସ୍ପର୍ଶରେ ଅନୁଭବ କରୁଥିଲି ପିତାମହ ଭଗବାନ ମେହେରଙ୍କ ଓ ପ୍ରପିତାମହ ଗଙ୍ଗାଧରଙ୍କ ହାତର ସୁଶୀତଳ ସ୍ନିଗ୍ଧ ଅମୃତୋପମ ସ୍ପର୍ଶ ।

■

ବଡ଼ମାମା : ସୁଦୀର୍ଘ ପଣତକାନି

ଆଜି ମେ ମାସ ସତର ତାରିଖ। ସନ୍ଧ୍ୟାବେଳ। ଠିକ୍ ଏହି ସମୟରେ ପଚିଶ ବର୍ଷ ତଳେ ବଡ଼ବାପାଙ୍କ ଜୁଇ ଜଳୁଥିଲା ବରପାଲି ସ୍ୱର୍ଗଦ୍ୱାରରେ। ବଡ଼ବାପାଙ୍କ ସମ୍ପର୍କରେ କଥାଟି ଆରମ୍ଭ କଲି ସିନା କିନ୍ତୁ ଯାହାଙ୍କ ଅସହାୟ ଓ ବେଦନାପ୍ଲୁତ ମୁହଁ ଆଖି ଆଗରେ ଉଭାସିତ ହୋଇଉଠୁଛି ସେ ମୋର ବଡ଼ମାମା। ସ୍ୱର୍ଗଦ୍ୱାରରୁ ବଡ଼ବାପାଙ୍କ ଚିତାଭସ୍ମ ଧରି ଯେତେବେଳେ ଫେରିଆସିଲୁ ଘରକୁ, ସେତେବେଳେ ଯେଉଁ କୋଠରୀଟି ମଧ୍ୟରେ ବଡ଼ବାପା ଓ ବଡ଼ମାମା ଉଭୟେ ରହୁଥିଲେ, ଯାହା ହୋଇଯାଇଥିଲା ଆମ ଘରର ଏକ ଅପୂରଣୀୟ ଶୂନ୍ୟସ୍ଥାନ। ଆତ୍ମୀୟ ସ୍ୱଜନଙ୍କ ମଧ୍ୟରେ ସାନ୍ତ୍ୱନା ଓ ଆଶ୍ୱାସନା ସ୍ୱୀକାର କରିନେବାର ମୁଦ୍ରାରେ ବସିଥାନ୍ତି ମାମା। ସେଇ ରାତିରେ ହିଁ ଆଦୌ କାଳବିଳମ୍ବ ନ କରି ମାମା ମୋତେ ଅର୍ପଣ କରିଦେଇଥିଲେ ବଡ଼ବାପାଙ୍କ ସବୁ ସମ୍ପତ୍ତି।

ଆମ ପରିବାରରେ ଥିଲା ଏକ ବହୁତ ଓଜନଦାର ଲୌହନିର୍ମିତ ଟ୍ରେଜେରୀ। ବଡ଼ବାପା ସବୁ ସମ୍ପତ୍ତି ଏଇଠି ସାଇତି ରଖୁଥିଲେ। ଟ୍ରେଜେରୀ ଉପରେ ରଖା ହୋଇଥାଏ ଦୁଇ ତିନି ଥାକ ବିଶିଷ୍ଟ ରେକ୍‌ଟିଏ। ସେଥିରେ ବି ଖୁନ୍ଦି ହୋଇ ରହିଥିଲା ବଡ଼ବାପାଙ୍କ ଐଶ୍ୱର୍ଯ୍ୟ। ମାମା ବଡ଼ବାପାଙ୍କ ଶେଷ ଇଚ୍ଛା ପୂରଣ କରିବା ପାଇଁ ଡାକିଲେ ମୋତେ ପାଖକୁ।

ଆମ ପରିବାରର ସେ ହେଉଛନ୍ତି ବଡ଼ ବଡ଼ମାମା। ମାଆଙ୍କଠାରୁ ଶୁଣିଥିଲି ଯେତେବେଳେ ମୋର ଜନ୍ମହେଲା ସେ ସମୟରେ କୁଆଡ଼େ ବହୁଦିନ ପର୍ଯ୍ୟନ୍ତ ମାମା ମୋତେ ଦେଖିବା ପାଇଁ ସୁଦ୍ଧା ଆସିନଥିଲେ। କାରଣ ଥିଲା ସେ ପୁତ୍ରହୀନା। ଦୁଇଟି ଝିଅଙ୍କ ଜନନୀ ସେ। ପୁତ୍ରଲାଭ ହୋଇ ନ ପାରିଲା ବୋଲି ଅବସୋସରେ ରହିଥିଲା ଏଇ ବୃଦ୍ଧ କାଳ ପର୍ଯ୍ୟନ୍ତ ବଡ଼ବାପା ଓ ମାମାଙ୍କର। ମୁଁ ଜନ୍ମ ପରେ ତିନିଦିନ ପର୍ଯ୍ୟନ୍ତ ସେ ହୋଇପଡ଼ିଥିଲେ ଅସୁସ୍ଥ। ଉଠିପାରିନଥିଲେ ଖଟରୁ। ତାହା ତାଙ୍କର ଶାରୀରିକ ଅସୁସ୍ଥତା

ନା ମାନସିକ ଅସୁସ୍ଥତା, ତାହା ନିର୍ଣ୍ଣୟ କରିବା ଆଦୌ କଠିନ ନୁହେଁ। ସେ ପ୍ରକୃତରେ ଜାଣିପାରିନଥିଲେ ଯେ ମୁଁ ତାଙ୍କର ପୁତ୍ର ହୋଇ ଜନ୍ମ ହୋଇଥିଲି ତାଙ୍କରି ପରିବାର ମଧ୍ୟରେ। ଏକଥା ପରବର୍ତ୍ତୀ ସମୟରେ ସେ ଅନୁଭବ କରିପାରିଥିଲେ ବୋଲି ମୁଁ ହୃଦୟଙ୍ଗମ କରିଥିଲି।

ସେହି ଛୋଟଟି ବେଳରୁ ତାଙ୍କର ଲମ୍ବ ପଣତ କାନି ବଢ଼ି ଆସୁଥିଲା ମୋ ଉଦ୍ଦେଶ୍ୟରେ। ହୁଏତ ମୋ ମୁହଁକୁ ଦେଖିବା ପରେ ସେ ଜାଣିପାରିଥିଲେ ଯେ ତିନିଦିନ ପର୍ଯ୍ୟନ୍ତ ମୋତେ ଦେଖି ନ ଆସିବା ଥିଲା ତାଙ୍କ ଜୀବନର ଏକ ଅବସୋସ। କ'ଣ ସେ ଦେଖିଲେ ମୋ ଆଖି ଆଉ ମୁହଁରେ ମୁଁ ତାହା ଜାଣେନା। କିନ୍ତୁ ତାଙ୍କ କୋଳାଶ୍ରିତ ହୋଇ ଅପୂର୍ବ ସ୍ନେହରେ ସେଦିନଠୁ ମୁଁ ଥିଲି ସୁରକ୍ଷିତ। ଶରତ ଚନ୍ଦ୍ର ଚାଟାର୍ଜୀଙ୍କ 'ବିନ୍ଦୁର ଛେଲେ' ଉପନ୍ୟାସଟି ବହୁଦିନ ପରେ ଯେତେବେଳେ ପାଠ କରିବାର ସୁଯୋଗ ପାଇଲି, ଦେଖିଲି ଏଇଠି ବର୍ଣ୍ଣିତ ହୋଇ ରହିଛି ବଡ଼ମାମାଙ୍କ ଚରିତ୍ର। ବିନ୍ଦୁ ଛୋଟ ବୋହୂ। ବଡ଼ବୋହୂ ନିଃସନ୍ତାନ ଥିବା ହେତୁ ବିନ୍ଦୁ ନିଜ ପୁଅଟିକୁ ବଡ଼ଯାଆଙ୍କ କୋଳରେ ରଖି ଦେଇଥିଲେ ସବୁଦିନ ପାଇଁ। ଓଡ଼ିଆରେ ସେ ପୁସ୍ତକଟିର ଅନୁବାଦ ପ୍ରକାଶିତ ହୋଇଥାଏ - ଯାହାର ନାଁ 'ଅମୂଲ୍ୟ ଧନ'। ମୁଁ ବଡ଼ମାମାଙ୍କର ଥିଲି ସେହି ଅମୂଲ୍ୟ ଧନ। ମୋର ନବମ ଶ୍ରେଣୀ ପଢ଼ିବାବେଳକୁ ଯେତେବେଳେ ଘରେ ସମସ୍ତଙ୍କ ଆଗରେ ସେ ଉପନ୍ୟାସଟି ବଡ଼ପାଟିରେ ମୁଁ ପାଠକରେ ସେତେବେଳେ ମୋର ପିଉସୀ କହିଉଠନ୍ତି - 'ତୋରି କଥା ହିଁ ଲେଖା ହୋଇଛି ଏଠାରେ।' ସେଇ ଉପନ୍ୟାସର ପ୍ରଥମ ଧାଡ଼ିଟି ଥିଲା ଏହିପରି। ମୋର କ'ଣ ସତକୁ ସତ ପୂରା ଧାଡ଼ିଟି ମନେପଡୁଛି ? ଭାବଟି ତା'ର ହେଉଛି ଯେ ଏ ଦୁଇଭାଇ ଦୁଇଜଣ ବାପାଙ୍କ ପୁଅ ହୋଇଥିଲେ ମଧ୍ୟ ସେମାନେ ସେ କଥା ଯେ ଭୁଲି ଯାଇଥିଲେ ସେତିକ ନୁହେଁ, ଗ୍ରାମବାସୀ ମଧ୍ୟ ବିସ୍ମରି ଯାଇଥିଲେ ସେ ଦୁଇ ଜଣ ଅଲଗା ଅଲଗା ବାପାଙ୍କ ପୁଅ ବୋଲି। ସେହି ପରିବାରର ସନ୍ତାନ ଅମୂଲ୍ୟ ଧନ।

ଶରତ ଚନ୍ଦ୍ରଙ୍କ ଲିଖିତ ଉପନ୍ୟାସର ସେଇ ବାଳକ ଭାବରେ ଯେତେବେଳେ ମୁଁ ନିଜକୁ ଆବିଷ୍କାର କଲି, ସେତେବେଳେ ବୁଝିପାରୁଥିଲି ବଡ଼ମାମାଙ୍କ ବିଶାଳ ହୃଦୟକୁ। ଯେତେବେଳେ ମୁଁ ପାଞ୍ଚ ଛଅ ବର୍ଷର ବାଳକ, ସେତେବେଳେ ତାଙ୍କ ସହିତ ଯାଉଥିଲି ପ୍ରତିଦିନ ଶିବ ମନ୍ଦିରକୁ। ଆମର ଚାଷଜମି ଅତିକ୍ରମ କଲାପରେ ପଡ଼େ ଏକ ଛୋଟ ନଈ। ସେହି ନଈର ଅପର ପାର୍ଶ୍ୱରେ ଅଛି ପଶ୍ଚିମ ସୋମନାଥ ମନ୍ଦିର। ସେଠି ବଡ଼ମାମା ମୋ ନାଆଁରେ ଶିବଙ୍କ ଜଳାଭିଷେକ କରୁଥିଲେ ଓ ଶିବ ପାର୍ବତୀଙ୍କ ପାଦୁକା ପିଇବାକୁ ଦେଇ ସତେ ଯେମିତି ତାଙ୍କରି ମାତୃସ୍ତନାମୃତ ପାନ କରାଇ ଦେଉଥିଲେ। ମୁଁ ଯେଉଁଦିନ ତାଙ୍କ ସହିତ ଯାଇପାରୁନଥିଲି ସେଦିନ କହେ - "ମାମା ମୋ ପାଇଁ ଗଡୁଟିଏ ପାଦୁକା

ନେଇଆସିବ।" ଏହା ହୁଏତ ମାମାଙ୍କ ଛାତିର କ୍ଷୀରପାନ ପରିପୂର୍ଣ୍ଣ ଭାବରେ କରିବା ଅଭିଳାଷ ହିଁ ଥିଲା ମୋର।

ମୋର ପିତାମହ ଆଉ ବଡ଼ବାପା ଆମ ସାରା ପରିବାରକୁ ବେଳେବେଳେ ନେଇ ଯାଉଥିଲେ ଏକ ଏକ ପ୍ରାକୃତିକ ସୌନ୍ଦର୍ଯ୍ୟର ମଧ୍ୟ ଭାଗକୁ। ସେଠି ହେଉଥିଲା ବଣଭୋଜି। ଆମର ଯୌଥ ପରିବାରର ସମସ୍ତେ ଯେତେବେଳେ ଯାଉଁ ବଣଭୋଜି ଉଦ୍ଦେଶ୍ୟରେ, ସେତେବେଳେ ଘରେ ତାଲା ପକାଇ ଦେବାକୁ ହୁଏ। ଘରକୁ ତ ପ୍ରତିଦିନ ବିଭିନ୍ନ ଗାଁରୁ ଆସନ୍ତି କେହି ନା କେହି ଆତ୍ମୀୟ ସ୍ୱଜନ। ସେହିଦିନ ଯଦି ହୁଏ କାହାର ଆଗମନ ତେବେ ଆମକୁ ଖୋଜି ଖୋଜି ସେମାନେ ପହଂଚିଯାଆନ୍ତି ସେହି ବଣଭୋଜି ନିକଟକୁ। ସେ ଦିନସାରା ବଡ଼ମାମା ହିଁ ମୋତେ କାଖକରି ବୁଲାଉଥିଲେ ସବୁଆଡ଼େ। ପାଖରେ ପ୍ରବାହିତ ହେଉଥିବା କ୍ଷୁଦ୍ର ନିର୍ମଳ ଜଳଧାରାକୁ ଦେଖାଇ ଦିଅନ୍ତି, ସେତେବେଳେ ବିରାଟ ବରଗଛ ମୂଳର ପ୍ରଶାନ୍ତି ମଧ୍ୟରେ ମୋତେ କୋଳରେ ବସାଇ ଦିଅନ୍ତି ଅପୂର୍ବ ଶାନ୍ତି ଓ ତୃପ୍ତି। ଆଜି ଯେତେବେଳେ ସେ ଦୃଶ୍ୟ ମନେପଡୁଛି ସେତେବେଳେ ଭାବାଛନ୍ନ ହୋଇଉଠୁଛି ଚିତ୍ତ ମୋର। ସେଇ ଯେ ବରଗଛ, ତାହା ସ୍ୱୟଂ ମାମାଙ୍କ ସ୍ନେହଶୀଳତାର ହିଁ ବହିଃପ୍ରକାଶ। ଆଉ କ୍ଷୁଦ୍ର ନିର୍ମଳ ଜଳଧାରା ତାଙ୍କ ଛାତିର ଅମୃତୋପମ କ୍ଷୀରଧାରାଠାରୁ ଆଦୌ ଭିନ୍ନ ନୁହେଁ। ଆମେ ସମସ୍ତେ ଖାଇସାରିବା ପରେ ଅପରାହ୍ନ ବେଳାରେ ଦେଖିବାକୁ ଗଲୁ ଚିନି କାରଖାନା। ସେଇ ସ୍ଥାନର ଚଟାଣରେ ଏତେ ପ୍ରସ୍ତ ପ୍ରସ୍ତ ହୋଇ ଲାଖିରହିଥାଏ କଳାରଙ୍ଗର କଞ୍ଚାମାଲ୍ ଯେ, ସେଠି ପାଦ ପକାଇବା ମାତ୍ରକେ ଜଣେ ଖସିପଡ଼ିବା ଅତ୍ୟନ୍ତ ସ୍ୱାଭାବିକ। ମାମା ମୋତେ କାଖ କରି ବୁଲାଉଥିଲେ ସେଇଠି। ସେ ଯଦି ସେଇ ଚଟାଣରେ ଖସିପଡ଼ିନଥାନ୍ତେ ଆଉ କିଏ ବା ସେ ଦୁର୍ଦ୍ଦଶା ଭୋଗ କରିଥାନ୍ତା! ମାମା ଅବିଳମ୍ବେ ହୋଇଥିଲେ ଆଘାତପ୍ରାପ୍ତ। ମୁଁ ଓହ୍ଲାଇ ପଡ଼ିଥିଲି ତତ୍‌କ୍ଷଣାତ୍ ତାଙ୍କ କୋଳରୁ। ସେଇ ଛୋଟ ଘଟଣାଟି ଏବେ ବି ଆଲୋଡ଼ିତ କରିଦିଏ ମୋ ହୃଦୟକୁ। ମାମାଙ୍କର ସେଇ ଅସୀମ ମମତାକୁ ମୁଁ କ'ଣ କେବେ ବି ଭୁଲିଯାଇ ପାରିବି ?

ଆମେ ପୁରୁଣା ଘରୁ ନୂଆ ଘରକୁ ଆସିବା ପରେ ବଡ଼ବାପା ଯେଉଁ ଗାଈଟିଏ ବାଛୁରୀ ସହିତ ନେଇ ଆସିଥିଲେ, ଯଶୋଦା ନନ୍ଦନ ଶ୍ରୀକୃଷ୍ଣଙ୍କ ପରି ସବୁ ଦୁଗ୍ଧ ପାନ କରୁଥିଲି ମୁଁ ଏକମାତ୍ର ସନ୍ତାନ ହୋଇ। ମୋର ଦୁଇ ନାନୀ ବିବାହ କରିସାରିଥିଲେ। ସବୁ ଭାଇଭଉଣୀଙ୍କ ମଧ୍ୟରେ ମୁଁ ଥିଲି ସାନପୁଅ। ତେଣୁ ମୋର ଅଧିକାର ଥିଲା ସେ ଘରେ ସବୁଠୁ ଅଧିକ। କୋଡ଼ିଏ ଡେସିମିଲର ଘର ମୋର ହୋଇଯାଇଥିଲା ଖେଳଘର। ଘର ଉପରର ଲମ୍ବିଯାଇଥିବା କଂକ୍ରିଟ ଛାତ ସବୁ ଥିଲା କେବଳ ମୋର। ବଡ଼ମାମା କେତେ ଗଛ ଲଗାଇନଥିଲେ! ଚିନି ଭଳି ମଞ୍ଜି ନଥିବା ପିଜୁଳି ଫଳୁଥିଲା ଯେଉଁ ଗଛରେ, ତା'

ଉପରକୁ ଚଢ଼ିଯାଇ ଛୁଟିଦିନ ସାରା ପେଟ ପୂରାଇ ଖାଉଥିଲି ଗୋଟିକ ପରେ ଗୋଟିଏ ପିଜୁଳି । ମାମା ଅନେକ ସମୟରେ ମୋତେ କହନ୍ତି, 'ବାବୁରେ, ତୋ ଭଣଜା ଭାଣିଜୀଙ୍କ ପାଇଁ କିଛିଟା ଛାଡ଼ି ଦେଇଥା । ସେମାନେ ଆସିଲେ ଯେମିତି ନିରାଶ ହୋଇନଯିବେ ।' ଦ୍ୱିପ୍ରହର ବେଳାରେ ସାରା ଘର ଯେତେବେଳେ ଥାଏ ନିସ୍ତବ୍ଧ, ସେତେବେଳେ ରୋଷେଇଘର ଭିତରକୁ ଏକୁଟିଆ ପ୍ରବେଶ କରେ ମୁଁ । ଶିକାରେ ଝୁଲୁଥିବା ମାଟିପାତ୍ରର କ୍ଷୀର ଉପରେ ଯେଉଁ ବହଳ ସର ଥାଏ ଏକାନ୍ତ ଲୋଭନୀୟ, ସେସବୁ କ୍ଷୁଲ ଉପରେ ଚଢ଼ି ଅଚିରେ ଗର୍ଭସ୍ଥ କରୁଥିଲି ମୁଁ । ମାମା ସବୁ ଜାଣୁଥିଲେ । ଯଶୋଦା ଆଉ କ'ଣ କୃଷ୍ଣଙ୍କୁ ସେଥିପାଇଁ ଗାଳି ଦିଅନ୍ତେ ! ମାମା ମୋର ଚୋରିକୁ ଗ୍ରହଣ କରୁଥିଲେ ହସି ହସି । ବାଛୁରୀଟିଏ ଜନ୍ମ ହେଲେ ଏକୋଇଶ ଦିନ ପର୍ଯ୍ୟନ୍ତ ଯେଉଁ କ୍ଷୀର କେହି ଖାଆନ୍ତି ନାହିଁ, ସେହି ପିଅଁସ କ୍ଷୀରତକ ମୋ ପାଇଁ ପାଗ କରିଦେଉଥିଲେ ମାମା । ତାହାର ଅପୂର୍ବ ମଧୁରତା କେବଳ ମୋ ବ୍ୟତୀତ ଆଉ ଜଣେ ଜାଣିପାରୁଥିଲା, ସେ ହେଉଛି ନବଜନ୍ମିତ ବାଛୁରୀଟି । ଥରେ ଥରେ ବାଛୁରୀମାନେ ଯେତେବେଳେ ଅକାଳରେ ପ୍ରାଣତ୍ୟାଗ କରନ୍ତି, ମାମାଙ୍କ ବ୍ୟଥା ହୋଇଯାଏ ଅବର୍ଣ୍ଣନୀୟ । ମୁଁ ଆଖିରେ ଦେଖିଛି ଗାଈଟି ପାଖରେ ବସିରହି କେତେ କୋମଳ ଭାଷାରେ ଛାତିର ଦରଦ ମିଶାଇ ସେ ଦେଉଥିଲେ ସାନ୍ତ୍ୱନା । ଠିକ୍ ସେହିଭଳି ପୁଣି ଯେତେବେଳେ ଗୋମାତା ଜନନୀ ହେବାର ସୌଭାଗ୍ୟ ଲାଭ କରନ୍ତି, ସେତେବେଳେ ମାମା ତାକୁ ବୁଝାନ୍ତି ଅକାଳରେ ଚାଲିଯାଇଥିବା ସନ୍ତାନଟିକୁ ପୁଣି ଫେରିପାଇଲୁ ବୋଲି । ମାମାଙ୍କର ମାଆଘର ସେହି ବରପାଲିରେ । ମୋତେ ଶତ ଶତବାର ନେଇ ଯାଇଛନ୍ତି ମାମା ମାମୁଁଘରକୁ । ମୋ ନିଜ ମାମୁଁମାଇଁଙ୍କଠାରୁ ଯେଉଁ ସ୍ନେହ ମୁଁ ପାଇନାହିଁ କେବେ, ସେହି ମାମୁଁଘରୁ ତା'ଠୁ ଶତ ସହସ୍ର ଗୁଣ ଅଧିକ ଆନ୍ତରିକତାରେ ଆର୍ଦ୍ର ହୋଇଯାଇଛି । ବେଳେବେଳେ ମାଇଁମାନେ ମାମାଙ୍କୁ ଉଦ୍ଦେଶ୍ୟ କରି ତାଙ୍କ ପୁତ୍ରହୀନତା କଥା ଉଲ୍ଲେଖ କରନ୍ତି, ସେତେବେଳେ ମାମା ମୋ ପ୍ରତି ଅଙ୍ଗୁଳି ନିର୍ଦ୍ଦେଶ କରି ସେମାନଙ୍କୁ ଦୃଢ଼ ଧାରଣା ଦେଇଥାନ୍ତି ଯେ ମୁଁ ତାଙ୍କରି ହିଁ ପୁତ୍ରରତ୍ନ ।

ମାମାଙ୍କ ଅନ୍ତିମ ବେଳାରେ ଯେତେଥର ତାଙ୍କ ପାଖକୁ ଯାଇ ବୁଝିଛି ତାଙ୍କର ସ୍ୱାସ୍ଥ୍ୟ ସମ୍ପର୍କରେ ସେତେଥର ସେ ଯେଉଁ ମମତାପୂର୍ଣ୍ଣ ଆଖିରେ ମୋତେ ଅନାଇଛନ୍ତି ସେଥିରୁ ମୁଁ ପାଇଯାଇଛି ତାଙ୍କର ସମସ୍ତ ସମ୍ପତ୍ତି । ତଥାପି ବଡ଼ବାପାଙ୍କ ଦେହାନ୍ତ ପରେ ସେ ଯାହା ମୋତେ ଦେଇଗଲେ ତାକୁ କିଏ କ'ଣ ଭୁଲିଯାଇପାରେ ! ବଡ଼ବାପା ମୋତେ ଦିନେ ଡକାଇଲେ ପାଖକୁ । ପଚାରିଲେ ତୋତେ କ'ଣ ଦେବି କହ ? ମୁଁ ଉତ୍ତର ଦେଲି ଯାହା ଦେବାର ଅଛି ନାନୀମାନଙ୍କୁ ଦେଇଦିଅ, ସେଥିରେ ମୁଁ ହେବି ଆନନ୍ଦିତ । ବଡ଼ବାପା ନାନୀମାନଙ୍କୁ ଯାହା ଦେଇଥିଲେ, ତାହା ସେମାନେ ନିଶ୍ଚୟ ଜାଣିଥିବେ । ଯେହେତୁ

ବଡ଼ମାମା, ବଡ଼ବାପାଙ୍କ ବିୟୋଗ ପରେ ମୋତେ ଯେଉଁ ଅମୂଲ୍ୟ ସମ୍ପଦ ହସ୍ତାନ୍ତର କଲେ, ତାହା ଥିଲା ମୋର ଚିର ଅଭିଳଷିତ। ଠିକ୍ ଏହିଭଳି ମେ ସତର ତାରିଖ ଏମିତି ରାତି ଆଠଟା ନଅଟାବେଳେ ସେ ମୋତେ ଦେଇଦେଲେ ସବୁକିଛି। ତାହା ଆଉ କେହି ଜାଣିପାରିଲେ ନାହିଁ। ଟ୍ରେଜେରୀ ଉପରେ ତିନୋଟି ଥାକରେ ଯାହା କିଛି ରହିଥିଲା ଖୁନ୍ଦାଖୁନ୍ଦି ହୋଇ, ସବୁ ମିଳିଯାଇଥିଲା ମୋତେ ଉତ୍ତରାଧିକାରୀ ସୂତ୍ରରେ। ଏଠି ସଂରକ୍ଷିତ ଥିଲା ଗଙ୍ଗାଧର ଗ୍ରନ୍ଥାବଳୀ, ଅଭିଧାନ, ରାଧାନାଥ ଗ୍ରନ୍ଥାବଳୀ, ବଙ୍ଗଳା ଅଭିଧାନ ଆଉ ବଡ଼ବାପା ସବୁଠୁ ବେଶୀ ଭଲପାଉଥିବା ମହାପୁରୁଷମାନଙ୍କ ଜୀବନୀ। ସେହି ଗୋଟିଏ ନିର୍ଜନ ରାତ୍ରିରେ ଏତେ ସମ୍ପତ୍ତି ଲାଭ କରିବା ପରେ ମୋ ଆଖିରୁ ନିଦ ତୁଟି ଯାଇଥିଲା। ମାମା ମୋତେ ତାଙ୍କର ଉତ୍ତରାଧିକାରୀର ଯେଉଁ ସ୍ନେହାତ୍ମକ ମର୍ଯ୍ୟାଦା ଦେଲେ ସେଥିରେ ଆଖି ଦୁଇଟି ମୋର ହୋଇଯାଇଥିଲା ଛଳଛଳ। ମାମାଙ୍କ ଚରଣ ସ୍ପର୍ଶ କରି ପାଇଥିଲି ତାଙ୍କର ଯେଉଁ ଆଶୀର୍ବାଦ, ପଚିଶ ବର୍ଷ ପରେ ଆଜି ବି ତାହା ରହିଛି ସତେଜ ହୋଇ ଓ ତାଙ୍କ ପ୍ରଦତ୍ତ ଅମୂଲ୍ୟ ସମ୍ପଦ ତାଙ୍କର ଅମୂଲ୍ୟ ଧନକୁ ଯାହା ସେ ଦେଇଗଲେ ତାହା ମୋ ପଢ଼ାଘରେ ରହିଛି ପୂଜାର ସାମଗ୍ରୀ ହୋଇ।

ବଡ଼ବାପାଙ୍କ ଶ୍ରାଦ୍ଧ ଦିନରେ ଆଜି ବଡ଼ମାମାଙ୍କ କଥା ମନେପକାଉଥିବାରୁ ବଡ଼ବାପାଙ୍କ ଫଟୋଚିତ୍ରରେ ମୁହଁଟି କେତେ ଉଜ୍ଜ୍ୱଳ ଦେଖା ନ ଯାଉଛି ! ଦେହତ୍ୟାଗ ପୂର୍ବରୁ ତାଙ୍କର ସେହି ଅମୂଲ୍ୟ ସମ୍ପଦ ପ୍ରଦାନ କରିବା ପାଇଁ ବଡ଼ମାମାଙ୍କୁ ସେ ନିର୍ଦ୍ଦେଶ ଦେଇସାରିଥିଲେ। ଆଜି ସକାଳୁ ସକାଳୁ ମନେପଡ଼ିଲା ବଡ଼ବାପାଙ୍କ ଶେଷଦିନଟିର କଥା। ଘରେ ମୋର ସହଧର୍ମିଣୀଙ୍କୁ କହିଥିଲି ବଡ଼ବାପାଙ୍କ ଫଟୋଚିତ୍ର ଆଗରେ ଦୀପଟିଏ ଜାଳିଦେବା ପାଇଁ। ଫେସବୁକ୍‌ରେ ବା ହ୍ୱାଟ୍‌ସଆପ୍‌ରେ ଏ ଭକ୍ତି ନୈବେଦ୍ୟ ଅର୍ପଣର ଦୃଶ୍ୟ ଅନ୍ୟମାନଙ୍କ ପରି ପ୍ରଚାରିତ ଓ ପ୍ରସାରିତ କରିବା ପାଇଁ ମୁଁ କେବେହେଲେ ପ୍ରେରଣା ପାଉନଥିଲି ସେତେବେଳେ। ନିରବରେ ଜଳିଲା ନିଶ୍ଚଳ ଦୀପଶିଖା। ବଡ଼ବାପା ଆଉ ବଡ଼ମାମା ଉଭୟେ ମୋ ଦୃଷ୍ଟିରେ ଦିଶୁଥିଲେ ସ୍ୱର୍ଗୀୟ ଦୀପ୍ତିରେ ପ୍ରସନ୍ନ।

ମଝିଆଁ ବବା : ଆମ ପରିବାରର ଗାନ୍ଧୀ

ମନେପଡ଼ିଯାଉଛି ପିଲାଦିନର କଥାଟିଏ। ମଝିଆଁ ବବାଙ୍କ ସହିତ ଆମେ ଯାଇଥାଉ ବରପାଲି ବଜାର ଭିତରକୁ। ସେତେବେଳେ ଏଗାର ବାର ବର୍ଷ ବୟସର ବାଳକଟିଏ ମୁଁ। ବବାଙ୍କ ଦୃଷ୍ଟିରେ ପଡ଼ିଲା ଏକ ଛୋଟ ଖଟିଆ। କହିଲେ ବାବୁ ତୋ ପାଇଁ ଏ ଖଟଟି ଭାରି ଉପଯୁକ୍ତ ହେବ। ମୋ ମନକୁ ମଧ୍ୟ ପାଇଗଲା ସେ କଥାଟି। ବବା ଖଟଟିକୁ କେତେ ଶ୍ରଦ୍ଧାରେ କିଣି ଆଣିଲେ ମୋ ପାଖକୁ।

ଆଜି ଏ କଥାଟି ମନେ ପଡୁପଡୁ ଆଖି ଦୁଇଟି ସଜଳ ହୋଇଉଠୁଛି ବାରମ୍ବାର। ଇଏ ତ ଏକ ଆନନ୍ଦଦାୟକ ଅନୁଭୂତି। ଅଥଚ ମୋ ଆଖିରେ ଏ ଅଶ୍ରୁଧାରର ଅର୍ଥ କ'ଣ ?

ମଝିଆଁ ମାମା ଓ ମଝିଆ ବବା ଦୁହେଁ ଯେତେ ସ୍ନେହ ଅଜାଡ଼ି ଦେଇଛନ୍ତି ମୋ ପ୍ରତି, ତାହା କ'ଣ ବଂଚିଥିବା ଯାଏଁ ଲିଭିଯିବ ମନରୁ ? ବବାଙ୍କ ସହିତ ଯାଇ ମୁଁ ଦେଖିଛି ଶୀତଳଷଷ୍ଠୀ ଯାତ୍ରା। ଦେଖିଛି ପୁଣି ପାଲା ଓ ଦାସକାଠିଆ। ଅତି ଛୋଟ ଥିବାବେଳେ ପୁରୁଣା ଘରେ ଯେତେବେଳେ ଆମେ ରହୁଥିଲୁ, ସେହି ସମୟରେ ବବାଙ୍କ ପାଖରେ ଥାଏ ଏକ ରେଡିଓ। ଯେଉଁଦିନ ଦାସକାଠିଆ ପ୍ରସାରିତ ହେବାର କାର୍ଯ୍ୟକ୍ରମ ଥାଏ, ସେଦିନ ମୋତେ ନେଇ ସେ ଯାତ୍ରା କରନ୍ତି ଅଦୂରରେ ଥିବା ବଡ଼ପିଉସୀଙ୍କ ଘରକୁ। ବଡ଼ ପିଉସୀ ଶକୁନ୍ତଳା ଏ ସବୁ କାର୍ଯ୍ୟକ୍ରମ ଶୁଣିବାରେ ଯେଉଁ ସ୍ୱତନ୍ତ୍ର ରୁଚି ରଖିଥାନ୍ତି, ତାହା ଜାଣନ୍ତି ବବା। ବଡ଼ପିଉସୀ ଅର୍ଥାତ୍ ବଡ଼ବୁବୁ ତାଙ୍କର ବଡ଼ଭଉଣୀ। ଏହି ଉଭୟ ଭାଇଭଉଣୀଙ୍କ ସମ୍ପର୍କ ଥିଲା କି ନିବିଡ଼ ତାହା ବର୍ତ୍ତମାନ ହିଁ ହୃଦୟଙ୍ଗମ କରିପାରୁଛି ମୋର ଚେତନା। ରେଡିଓରେ ଦାସକାଠିଆ ପରିବେଷଣ ହେଉଥାଏ। ଯେଉଁ ଅଂଶ ରହିଯାଏ ଟିକିଏ ଅବୁଝା ହୋଇ, ତାକୁ ବ୍ୟାଖ୍ୟା କରିଦେଉଥାନ୍ତି ମଝିଆଁ ବବା। ବଡ଼ ପିଉସୀ ଆଉ ବବାଙ୍କ ପାଖରେ ସନ୍ଧ୍ୟା ଉତ୍ତୀର୍ଣ୍ଣ ହେବା ପରର ସେ

ଅନ୍ଧକାର ଥିଲା କେତେ ନିଜର, ତାହା ଭାବି ଭାବି ବିହ୍ୱଳ ହେଉଛି ମୋର ଅତୀତ ଅଭିମୁଖୀ ଦ୍ରବୀଭୂତ ଚିତ୍ତ ।

ବବା କ'ଣ ଜାଣିଥିଲେ ଯେ, ଏହି ପାଲା ଦାସକାଠିଆ ପ୍ରତି ମୋର ରହିଛି ସ୍ୱତନ୍ତ୍ର ଅନୁରାଗ ବୋଲି ? ନା ସେସବୁ ସହିତ ମୋ ଆତ୍ମାକୁ ଯୋଡ଼ିଦେବାରେ ନେଉଥିଲେ ଏକ ଅନ୍ତଃପ୍ରେରିତ ଭୂମିକା ? ଏହି ସବୁ ଛୋଟ ଛୋଟ ବର୍ଣ୍ଣିଳ ଅନୁଭବ ମୋତେ ନେଇଯାଏ ଏକ ଭିନ୍ନ ଜଗତକୁ । ଆଜି କାହିଁ ସେ ପାଲା ? କାହିଁ ସେ ଦାସକାଠିଆ ? ଗ୍ରାମାଞ୍ଚଳରେ ହୁଏତ ବଂଚିରହିଛି ଏହି ସଂସ୍କୃତି । କିନ୍ତୁ ଅଧିକାଂଶ ଅଞ୍ଚଳରୁ ଅନ୍ତର୍ହିତ ହୋଇଗଲାଣି ସେଇସବୁ ସୌନ୍ଦର୍ଯ୍ୟମୟ ଦୃଶ୍ୟ, ଅଭିନୟ, ସଂଗୀତ ଓ ସଂଳାପ । ବବା ପ୍ରତିଦିନ ଯେଉଁ ଖବରକାଗଜ ପଢ଼ନ୍ତି ମୂଳରୁ ଶେଷ ପର୍ଯ୍ୟନ୍ତ ପ୍ରତ୍ୟେକଟି ବାକ୍ୟପାଠ କରନ୍ତି ଅତ୍ୟନ୍ତ ନିବିଷ୍ଟ ଚିତ୍ତରେ । ପେନସିଲରେ ଚିହ୍ନ ଦେଇଦିଅନ୍ତି ଯାହା ତାତ୍ପର୍ଯ୍ୟପୂର୍ଣ୍ଣ । ଏଭଳି ଖବରକାଗଜ ପଢ଼ିବାର ଦ୍ୱିତୀୟ ବ୍ୟକ୍ତି ଜୀବନରେ ମୁଁ ଦେଖିନାହିଁ । ବବା ତ ମହେନ୍ଦ୍ର ଦାଦାଙ୍କ ଉଚ୍ଚଶିକ୍ଷା ପାଇଁ ତେଣ୍ଡାପଦରରୁ ଚାଲିଆସିଥିଲେ ବରପାଲିରେ ରହିବା ଲାଗି । ତେଣ୍ଡାପଦର ଗାଁରେ ରହି ଯେତେବଳେ ସେ କୃଷିକାର୍ଯ୍ୟ ପର୍ଯ୍ୟବେକ୍ଷଣ କରୁଥିଲେ, ସେତେବେଳେ ତାଙ୍କ ଅନ୍ତରରେ ବିରାଜିତ ହେଉଥିଲେ ସ୍ୱୟଂ କବି ଗଙ୍ଗାଧର । ଗଙ୍ଗାଧରଙ୍କ ଚେତନା ତାଙ୍କ ମଧ୍ୟ ଦେଇ ତେଣ୍ଡାପଦରରେ ସୃଷ୍ଟି କରିଥିଲା ଏକ ଅନ୍ତରଙ୍ଗ ପରିବେଶ । ମୁଁ ତ ନିଜେ ତାଙ୍କ ସହିତ ରହିଥିଲି ଯେଉଁ ସାତଦିନ, ସ୍ୱଚକ୍ଷୁରେ ଦେଖିଛି ସେଇସବୁ ଆକର୍ଷଣୀୟ ଦୃଶ୍ୟ । ଗଙ୍ଗାଧର ଗ୍ରନ୍ଥାବଳୀ ସର୍ବଦା ଥାଏ ତାଙ୍କ ପାଖରେ । ବରପାଲିରେ ତାଙ୍କର ଏକ ମହତ୍ତମ ଦାନ ହେଉଛି ଈଶ୍ୱର ସେଠ୍‌ଙ୍କୁ ମୃତ୍ୟୁମୁଖରୁ ମୁକ୍ତ କରିବା । ଈଶ୍ୱର ସେଠ୍ ଆମ ପରିବାର ସହିତ ଥିଲେ ଘନିଷ୍ଠ ସମ୍ବନ୍ଧରେ ଆବଦ୍ଧ । ତାଙ୍କ ଜୀବନରେ ଘଟିଲା ଏକ ଭୟଙ୍କର ବ୍ୟାଧିର ପ୍ରାଦୁର୍ଭାବ । ତାହା ହେଲା ମୃତ୍ୟୁଭୟ । କେଉଁ ମୁହୂର୍ତ୍ତରେ କାଳେ ମୁଁ ମରିଯିବି ଏହି ଭାବନାରେ ସେ ହୋଇଯାଇଥିଲେ କ୍ଷୀଣରୁ କ୍ଷୀଣତର । କେତେ ବୈଦ୍ୟ କେତେ ଚିକିତ୍ସକ, କେତେ ଧର୍ମ ଉପଦେଶ ବ୍ୟର୍ଥ ହୋଇଯାଇଥିଲା ତାଙ୍କ ଜୀବନରେ । ଉପବାସ, ବ୍ରତ, ପୂଜା, ପ୍ରାର୍ଥନା ସବୁ କିଛି ହୋଇଯାଇଥିଲା ପ୍ରଭାବହୀନ । ଏଭଳି ସମୟରେ ମଝିଆଁ ବବା ତାଙ୍କୁ ପ୍ରଦାନ କରିଥିଲେ ଯେଉଁ ମହୌଷଧି, ତାହା ଜାଣିଲେ ଯେ କେହି ହେବେ ବିସ୍ମିତ । ତାହା ହେଲା ସ୍ୱଭାବକବି ଗଙ୍ଗାଧର ମେହେରଙ୍କ ଗ୍ରନ୍ଥାବଳୀ । ଏହି ଗ୍ରନ୍ଥଟି ଈଶ୍ୱର ସେଠ୍‌ଙ୍କୁ ଉପହାର ଦେଲେ ବବା ଐକାନ୍ତିକ ପ୍ରାର୍ଥନା ସହିତ । ଆଶ୍ଚର୍ଯ୍ୟ କଥା ଯେ ଈଶ୍ୱର ସେଠ୍ ଗ୍ରନ୍ଥାବଳୀର ପୃଷ୍ଠା ପରେ ପୃଷ୍ଠା ବାରମ୍ବାର ଆବୃତ୍ତି କରୁ କରୁ ତାଙ୍କର ସକଳ ମୃତ୍ୟୁଭୟ ଅନ୍ତର୍ହିତ ହୋଇଗଲା ଅଦୃଶ୍ୟ ଭାବରେ । ସେ ହେଲେ ଦୀର୍ଘଜୀବି । ହେଲେ ଗଙ୍ଗାଧରଙ୍କ ପରମ ଭକ୍ତ ଓ ଗଙ୍ଗାଧର ସାହିତ୍ୟର ବିଶିଷ୍ଟ ପ୍ରଚାରକ ।

ମଝିଆଁ ବବା ବରପାଲିର 'ମେହେର ଆର୍ଟସ୍ ଏଣ୍ଡ୍ କ୍ରାଫ୍ଟସ୍' ଅନୁଷ୍ଠାନରେ କରୁଥିଲେ ଚାକିରି। ଅନେକ ଥର ବବାଙ୍କୁ ଘରକୁ ଡାକି ଆଣିବା ପାଇଁ ଯାଇଛି ସେଠାକୁ। ସେଠୁ ଅବସର ଗ୍ରହଣ କଲା ପରେ ସେ ଆରମ୍ଭ କରିଥିଲେ 'ମେହେର ପୁସ୍ତକ ଭଣ୍ଡାର'। ସେହି ଦୋକାନଟିରେ ମୋର ଭୂମିକା ଥିଲା ମୁଖ୍ୟ ନାୟକ ପରି। ସେଠି ବସି ବସି ପଢୁଥିଲି 'ଲକ୍ଷହୀରା' ନାଟକ, ପଢୁଥିଲି 'ଦୁଃଖ କରିବାର କିଛି ନାହିଁ' ନାମକ ନାଟକ, କେତେ ଗଳ୍ପ ଆଉ ଉପନ୍ୟାସ। ସ୍ୱଳ୍ପ ପୁଞ୍ଜିରେ ଆରମ୍ଭ ହୋଇଥିବା ସେ ଦୋକାନଟିକୁ ପରିଚାଳିତ କରିବା ଥିଲା ଏକାନ୍ତ କଷ୍ଟକର। ଆମ ପରିବାରର କାହାରି ଦ୍ୱାରା ଏହି ବାଣିଜ୍ୟ ବ୍ୟବସାୟ କେବେ ସଫଳ ହୋଇନାହିଁ। କିଛି ଦିନ ଅନ୍ତେ ବନ୍ଦ ହୋଇଗଲା ଦୋକାନଟି। ପରବର୍ତ୍ତୀ ସମୟରେ ଗଢ଼ି ଉଠିଲା ଛୋଟ ସାର ଦୋକାନଟିଏ। ସେହି ଦୋକାନରେ ବସି ଗ୍ରୋମୋର ସାର, ପଟାସ୍ ସାର ଆଦି ଓଜନ କରି ଗ୍ରାହକମାନଙ୍କୁ ଦେବାର ଭୂମିକାରେ ପୁଣି ଅବତୀର୍ଣ୍ଣ ହେଲି ମୁଁ। ସୋମବାର ଦିନ ବରପାଲିରେ ବସେ ସାପ୍ତାହିକ ହାଟ। ସେଦିନ ଅଧିକ ସାର ବିକ୍ରୟ ହୁଏ। ମୁଁ ଟଙ୍କା ଗଣି ଗଣି କେତେ ହେଲା ତାହା ଜଣାଉଥାଏ ବବାଙ୍କୁ। ଚାରି ପାଞ୍ଚ ଶହ ଟଙ୍କା ପର୍ଯ୍ୟନ୍ତ ବିକ୍ରି ହୋଇଗଲେ ଆମେ ଭାରି ଆନନ୍ଦିତ ହେଉ। ବବା ବଜାର ଭିତରକୁ ଯାଇ ମୋ ପାଇଁ କିଣି ଆଣନ୍ତି ଦୁଇଟି ଗୋଲପ ଜାମୁ। ସାର ସରସର ହାତରେ ତାହା ଖାଇବା ପାଇଁ ସମ୍ଭବ ହୁଏ ନାହିଁ ବୋଲି ବବା ମୋତେ ଖୁଆଇ ଦିଅନ୍ତି ନିଜେ। ସେ ସବୁ ଦୃଶ୍ୟ ଚଳଚ୍ଚିତ୍ର ପରି ପ୍ରତିଭାତ ହେଉଛି ମୋ ଚକ୍ଷୁରେ। ରଙ୍ଗୀନ ଚଳଚ୍ଚିତ୍ର ନୁହେଁ। କଳାଧଳା ଚଳଚ୍ଚିତ୍ର ତାହା। ସାର ଦୋକାନଟି ମଧ୍ୟ ଆମ ପରିବାରର ଭାଗ୍ୟ ଅନୁସରଣ କରି ଯଥା ସମୟରେ ହୋଇଗଲା ଅଚଳ।

ପରବର୍ତ୍ତୀ ଜୀବନରେ ବବାଙ୍କ ସମୟ କଟୁଥିଲା କେବଳ ପୁସ୍ତକ ପାଠକରି। 'ତପସ୍ୱିନୀ ପ୍ରିଣ୍ଟର୍ସ' ନାମରେ ମହେନ୍ଦ୍ର ଦାଦା ଯେତେବେଳେ ଆରମ୍ଭ କଲେ ଏକ ପ୍ରେସ, ସେ ସମୟରେ ସେଇଠି ବସି ବବା ପାଠ କରୁଥିଲେ ପୁସ୍ତକାବଳୀ ଓ ଆଳାପ ଆଲୋଚନା କରୁଥିଲେ ସୁଧୀଜନଙ୍କ ସହିତ। ତେବେ ଏହି ପ୍ରେସ୍ କ୍ଷେତ୍ରରେ ମଧ୍ୟ ତାହା ହିଁ ଘଟିଲା, ଯାହା ଘଟିବା ଥିଲା ପୂର୍ବ ନିର୍ଦ୍ଧାରିତ। ବବା ଏଥର ପରିଣତ ବୟସରେ ଉପନୀତ ହୋଇ ଘରେ ରହି ପଢୁଥିଲେ ଗୋଟିଏ ପରେ ଗୋଟିଏ ଉପନ୍ୟାସ, ଗଳ୍ପ, ଜୀବନୀ, ଆତ୍ମଜୀବନୀ, ଭ୍ରମଣ କାହାଣୀ ଓ ଆଧ୍ୟାତ୍ମିକ ଗ୍ରନ୍ଥ। ବହିଟିଏ ପଢ଼ିସାରିବା ପରେ ମୋ ପାଖକୁ ଡାକରା ଆସେ ତାଙ୍କ ଦ୍ୱାରା। ନୂଆ ବହି ଖୋଜି ଆଣି ତାଙ୍କୁ ଯୋଗାଇ ଦେବାର ଦାୟିତ୍ୱ ଥିଲା ମୋର। ସେହି ଭୂମିକା ନିର୍ବାହ କରୁଥିଲି ତାଙ୍କ ଜୀବନର ଅନ୍ତିମ ପର୍ଯ୍ୟାୟ ପର୍ଯ୍ୟନ୍ତ। ଶେଷରେ ବବା ଏତେ ଦୁର୍ବଳ ହୋଇପଡ଼ିଲେ ଯେ ଆଉ ଖଟରୁ ଉଠିବା ତାଙ୍କ ପକ୍ଷରେ ସମ୍ଭବ ନଥିଲା। କିନ୍ତୁ ପୁସ୍ତକ ପାଠରେ ନଥିଲା ବିରାମ। ଯିଏ ଅନ୍ୟମାନଙ୍କୁ ମୃତ୍ୟୁ

ଭୟରୁ ମୁକ୍ତ କରିଦେଉଥିଲେ, ସେ ନିଜେ ଏହି ଭୟ କବଳିତ ହୋଇଥାନ୍ତେ ବା କିପରି ? ମୋତେ କହନ୍ତି, "ପ୍ରତିଦିନ ଶତାଧିକ ଥର ପ୍ରାର୍ଥନା କରୁଛି ପ୍ରଭୁଙ୍କୁ, ମୋତେ ଯଥାଶୀଘ୍ର ନେଇଯାଅ ବୋଲି।"

ଆମ ପରିବାରରେ ଜଣକ ପରେ ଜଣେ ଏତେ ଶୀଘ୍ର ଶୀଘ୍ର ଚାଲିଯାଉଥାନ୍ତି ଯେ ତାହା ଗୃହକୁ କରିଦେଉଥାଏ ଶୂନ୍ୟ ଓ ହାହାକାରମୟ। ମଝିଆଁ ବବା ଯେତେବେଳେ ଶଯ୍ୟାଶାୟୀ, ସେତେବେଳେ ବାପାଙ୍କ କିଡ୍‌ନି ଦୁଇଟି ହୋଇଗଲା ଅଚଳ। ବୁର୍ଲା ହସ୍‌ପିଟାଲକୁ ନେଇ ବାପାଙ୍କୁ ଯେତେବେଳେ ଡାଏଲେସିସ୍ ପାଇଁ ରଖାଯାଇଥିଲା, ସେତେବେଳେ ଶୁଣିଲି ମଝିଆଁ ବବାଙ୍କ ଶେଷ ନିଶ୍ୱାସ ତ୍ୟାଗର କରୁଣ ବାର୍ତ୍ତା। ବାପା ସଚେତନ ଥାନ୍ତି। ତାଙ୍କ ବଡ଼ଭାଇଙ୍କ ଏହି ବିଦାୟ ସମ୍ବାଦ ଜଣାଇଲି ବାଧ୍ୟ ହୋଇ। କାହିଁକି ନା ବବାଙ୍କ ସମ୍ପର୍କରେ ପ୍ରକାଶ ପାଉଥାଏ ଏକ ଛୋଟ ସ୍ମରଣିକା। ବାପାଙ୍କୁ କହିଲି ବବାଙ୍କ ସମ୍ପର୍କରେ ସେଥିଲାଗି କିଛି କହିବା ପାଇଁ। ବାପା ସେଦିନ ଯାହା କହିଲେ, ତାହା କେବେ ହେଲେ ଶୁଣିନଥିଲି କାହାଠାରୁ। ବାପାଙ୍କଠୁ ଜାଣିଲି ଯେ ମଝିଆବବା ମହାତ୍ମା ଗାନ୍ଧୀଙ୍କ ଆଦର୍ଶରେ ଅନୁପ୍ରାଣିତ ହୋଇ ଅରଟରେ କାଟୁଥିଲେ ସୂତା। ଯେଉଁମାନେ କାରାଗାରରେ ଆବଦ୍ଧ ହୋଇ ରହିଥିଲେ, ସେମାନେ ସ୍ୱାଧୀନତା ସଂଗ୍ରାମୀର ମର୍ଯ୍ୟାଦା ଲାଭ କରିବା ଗୌରବାବହ ବିଷୟ। କିନ୍ତୁ ଯେଉଁମାନେ ଏପରି ନିରାଡମ୍ବର ଭାବରେ ଜୀବନଯାପନ କରି ଗାନ୍ଧିଜୀଙ୍କ ରଚନାତ୍ମକ କାମକୁ ଦେଉଥିଲେ ଶ୍ରେୟ, ସେମାନେ କ'ଣ ସତ୍ୟାଗ୍ରହୀ ନୁହନ୍ତି ? ମଝିଆ ବବାଙ୍କ ଜୀବନ ଥିଲା କି ସରଳ ନିରାଡମ୍ବର ତାହା କଳ୍ପନା ବି କରିହେବ ନାହିଁ। ଗଙ୍ଗାଧର ତାଙ୍କର ପ୍ରିୟ କବିବନ୍ଧୁ ବ୍ରଜମୋହନ ପଣ୍ଡାଙ୍କୁ ଲେଖିଥିଲେ, "ମୁଁ ଉନ୍ନତ ବେଶଭୂଷା ବା ଉଚ୍ଚ ପଦପଦବୀ ପାଇଁ ଲାଳାୟିତ ନୁହେଁ। ଦରିଦ୍ର ଭାବରେ ଜୀବନ କଟାଇବାକୁ ଲଜ୍ଜିତ ନୁହେଁ। ମୋ ଜୀବନର ପ୍ରଧାନ କର୍ତ୍ତବ୍ୟ ହେଉଛି ସାଧୁତା ରକ୍ଷା।" ଏହି ବାକ୍ୟଟିର ଯଦି କିଏ ଯଥାର୍ଥ ଉତ୍ତରାଧିକାରୀ ଥିଲେ ସେ ହେଉଛନ୍ତି ମୋର ଏକାନ୍ତ ପ୍ରଣମ୍ୟ ଏହି ମଝିଆ ବବା।

ବାପାଙ୍କୁ ବବାଙ୍କ ତିରୋଧାନ ସମ୍ବାଦ ଯେତେବେଳେ ଦେଲି, ବାପାଙ୍କ ଆଖିରେ ଢଳଢଳ ହେଲା ଅଶ୍ରୁ ଜଳ। ସେ ତତ୍‌କ୍ଷଣାତ୍ ମୋତେ ନିର୍ଦ୍ଦେଶ ଦେଲେ - 'ତୁ ବରପାଲି ଯାଇ ବବାଙ୍କ ଅନ୍ତିମ ଯାତ୍ରାରେ ଅଂଶ ଗହଣ କର।' ବାପାଙ୍କୁ ସେହି ଅବସ୍ଥାରେ ଛାଡ଼ି ଚାଲିଆସିବା ଥିଲା ଅସମ୍ଭବ। ପୁଣି କାରୁଣ୍ୟଭରା ମଝିଆଁ ବବାଙ୍କ ବାତ୍ସଲ୍ୟ ସ୍ନେହରେ ଆପ୍ଲୁତ ମନ ମୋର ଧାଇଁଯାଉଥିଲା ବରପାଲି। ସମସ୍ତ ବବା, ମାମା, ବାପାଙ୍କ ଶେଷ ବେଳାରେ ଓଲଟା ଖଟରେ ଯେତେବେଳେ ବୋହି ନେବାକୁ ହେଉଥଲା ସ୍ୱର୍ଗଦ୍ୱାର ପର୍ଯ୍ୟନ୍ତ, ସେତେବେଳେ ସେମାନଙ୍କ ପୁତ୍ର ଭାବରେ କାନ୍ଧ ଦେଇଛି ସବୁବେଳେ। କେବଳ ମଝିଆଁ

ବାବାଙ୍କ କୋକେଇ ବୋହିବାକୁ ମିଳିନଥିଲା ମୋତେ ସୁଯୋଗ। କେବଳ ବାପାଙ୍କୁ ଛାଡ଼ି ଆସିବା ଥିଲା ଅସମ୍ଭବ ବୋଲି।

ଆଜି ଏକଥା ମନେପଡ଼ିବାବେଳେ ମଝିଆଁ ବବା ମୋ ପାଇଁ ଯେଉଁ ଛୋଟିଆ ଖଟଟିଏ ବରପାଲି ହାଟରୁ କିଣି ଦେଇଥିଲେ ସେହି କଥା ବେଶୀ ବେଶୀ ବ୍ୟାକୁଳ କରିଦେଉଛି। ସେ ମୋତେ ମୋର ପ୍ରାଣବନ୍ତ ଶରୀରଟିକୁ ବିଶ୍ରାମ ଦେବା ପାଇଁ ଯୋଗାଡ଼ କରିଦେଇଥିଲେ ସୁନ୍ଦର ଖଟଟିଏ। ଅଥଚ ତାଙ୍କ ନିଷ୍ପ୍ରାଣ ଶରୀରଟିକୁ ଓଲଟା ଖଟରେ ଶ୍ମଶାନ ଘାଟ ପର୍ଯ୍ୟନ୍ତ ବୋହିନେବାରେ ମୁଁ ହେଲି ଏହିପରି ଅକ୍ଷମ। ସେଥିପାଇଁ ଆଖିରେ ମୋର ଅଶ୍ରୁର ପ୍ଲାବନ। ବବାଙ୍କ ବିୟୋଗ ବେଦନା ବିନ୍ଧ କରେ ଛାତିକୁ ଯେତିକି ତାଙ୍କ ଅନ୍ତିମ ସଂସ୍କାରବେଳେ ତାଙ୍କୁ ନିଜ କାନ୍ଧରେ ବୋହି ନେବାର ଦାୟିତ୍ୱ ନିର୍ବାହ କରିପାରିଲି ନାହିଁ ବୋଲି, ସେଥିରେ କାରୁଣ୍ୟ ଜର୍ଜରିତ ହେଉଥିଲା ହୃଦୟ ମୋର।

ମୁଁ ସିନା ପାରିଲି ନାହିଁ ମୋର କର୍ତ୍ତବ୍ୟ ସମ୍ପାଦନ କରିବା। କିନ୍ତୁ ମଝିଆଁ ବବା ତାଙ୍କର ଏହି ସନ୍ତାନ ପ୍ରତି ଯାହା କର୍ତ୍ତବ୍ୟ ତାହା କରିଯାଇଥିଲେ ବହୁ ପୂର୍ବରୁ। ଛୋଟିଆ ଖଟଟେ କିଣିଦେଇ ମୋତେ ପ୍ରଦାନ କରିଥିଲେ ଆୟୁଷ୍ମାନ ହେବାର ମହା ଆଶୀର୍ବାଦ। ସେହି ସ୍ନେହାଶୀର୍ବାଦର ସନ୍ତକ ସେହି ଖଟଟି ମୁଁ କେବେହେଲେ କ'ଣ ବିସ୍ମରିଯାଇ ପାରିବି ? କେବେହେଲେ କ'ଣ ମଝିଆ ବବାଙ୍କ ପାଲା ଦାସକାଠିଆ ଓ ନାଟକ ଦେଖାଇ ନେବାର ଦୃଶ୍ୟ ସବୁକୁ ପୋଛି ପାରିବି ଅନ୍ତରରୁ ? ଖଟଟି କେତେଦିନ ପର୍ଯ୍ୟନ୍ତ ମୁଁ ବ୍ୟବହାର କରିଛି ଓ ସେଥିରେ ବିଶ୍ରାମ ନେବାବେଳେ ଲାଭ କରିଛି ଗଭୀର ପ୍ରଶାନ୍ତି, ତାହା ମୁଁ ହିଁ ଜାଣେ। ଆଉ ମଝିଆଁବବାଙ୍କ ଖଟରେ କାନ୍ଧ ଯୋଡ଼ିନପାରି ତାଙ୍କର ଚିରବିଦାୟ ବେଳର ସହଯାତ୍ରୀ ହୋଇପାରି ନଥିବାର ଦୁର୍ଭାଗ୍ୟ ମୋ ଭିତରେ ସୃଷ୍ଟି କରିଛି ଯେଉଁ ଶୂନ୍ୟତା, ସେହି ଅଶାନ୍ତ ମନକୁ କିପରି ବା ସାନ୍ତ୍ୱନା ଦେଇପାରିବି ମୁଁ ? ?

■

ମଝିଆଁ ମାମା : ମା' ମଙ୍ଗଳାଙ୍କ ଜ୍ୟୋତିରେଖା

ମାଆ ମଙ୍ଗଳାଙ୍କ ଅପାର କରୁଣାଲାଭ ମୋ ଜୀବନରେ ଯେପରି ସମ୍ଭବ ହେଲା, ତାହା ମୋର ସରଳ ଓ ନିଷ୍ପାପ ହୃଦୟର ପ୍ରାର୍ଥନା ଯୋଗୁଁ ବୋଲି ଏ ପର୍ଯ୍ୟନ୍ତ ଦୃଢ଼ ଧାରଣା ରହିଥିଲା । ମାତ୍ର ଏବେ ଅନୁଭବ କରୁଛି ଯେ ତା' ମଧ୍ୟରେ ଛପି ରହିଛି କେଉଁ ସୂକ୍ଷ୍ମ ସତ୍ୟ ।

ମଝିଆ ମାମା ଓ ମଝିଆ ବବା ମୋର ପିତାମହଙ୍କ ଆଜ୍ଞା ପାଳନ କରି ରହୁଥିଲେ ସ୍ୱଭାବକବି ଗଙ୍ଗାଧର ମେହେର ପୁରସ୍କାର ପାଇଥିବା ପଦ୍ମପୁର ବୋଡ଼ାସମ୍ବର ଜମିଦାରଙ୍କ ପ୍ରଦତ୍ତ ତେଣ୍ଡାପଦର ଗ୍ରାମରେ । ମୋର ଜନ୍ମ ପୂର୍ବରୁ ବାବା ମାମା ଓ ମହେନ୍ଦ୍ର ଦାଦାଙ୍କ ଆଗମନ ହୋଇଥିଲା ବରପାଲିକୁ ସ୍ଥାୟୀ ଭାବରେ ରହିବା ପାଇଁ । କାରଣ ତେଣ୍ଡାପଦରରେ ମହେନ୍ଦ୍ର ଦାଦାଙ୍କର ଉଚ୍ଚଶିକ୍ଷା ଲାଭର ସୁଯୋଗ ନଥିଲା । ସେମାନେ ବରପାଲି ଆସିବା ପରେ ଆମ ଗୃହରେ ଯେଉଁ ଆନନ୍ଦ ସଞ୍ଚାରିତ ହୋଇଥିଲା, ହୁଏତ ତାହା ଦେଖିବା ପାଇଁ ତା' ପରବର୍ଷ ଆବିର୍ଭାବ ହୋଇଥିଲା ଏହି ଲେଖକର । ସତେ ଯେମିତି ମଝିଆ ମାମାଙ୍କର ବାତ୍ସଲ୍ୟ ସ୍ନେହରେ ଭିଜିବା ପାଇଁ ମୁଁ ଆସିଥିଲି ପୃଥିବୀକୁ । ସେ ଯେଉଁ ଢବା ବା ଆଟୁଘରେ ରହୁଥିଲେ ସେଇଠି ଥିଲା ମା' ମଙ୍ଗଳାଙ୍କ କୁଠି । ସେହି ସ୍ଥାନରେ ଶ୍ରାବଣ ଶୁକ୍ଳ ଷଷ୍ଠୀ ତିଥି ଶୁକ୍ରବାର ଦିନ ୧୯୬୩ ମସିହା ଜୁଲାଇ ୨୬ ତାରିଖ ରାତି ଆଠଟାରୁ ଆଠଟା ପଇଁଚାଳିଶ ମଧ୍ୟରେ ମୋର ଜନ୍ମ । ଆଖି ଖୋଲିବା ମାତ୍ରକେ ମୁଁ କାହାକୁ ପ୍ରଥମେ ଦେଖିଥିଲି ତାହା କ'ଣ ମୋ ପାଇଁ ଜାଣିବା ସମ୍ଭବ ? କିନ୍ତୁ ମୋର ସମଗ୍ର ଶରୀର ଉପରେ ଯାହାଙ୍କର ମମତାସିକ୍ତ ସ୍ନେହର ସ୍ପର୍ଶ ବୋଳିହୋଇ ଗଲା ସେ ନିଶ୍ଚିତ ଭାବରେ ଯେ ମଝିଆଁ ମାମା ଏକଥା କହିବା ନିଷ୍ପ୍ରୟୋଜନ । ମୋର ଅଚେତନ ଅବସ୍ଥାରୁ ତାଙ୍କ ପ୍ରତି ମୋର ଆକର୍ଷଣ

ରହିଥିଲା ଅତି ଗଭୀର। ସେ ରହୁଥିବା ଢବା ଉପର ତଳେ ଯେଉଁଠି ଥିଲା କବିଙ୍କ ସାଧନା ପ୍ରକୋଷ୍ଠ, ସେହିଠାରେ ରହୁଥିଲୁ ବାପା, ମାଆ ଓ ମୁଁ। ଏହି ତଳ ଭାଗର ଘର ଉପରେ ଯେ ଅଛନ୍ତି ଏକ ସ୍ନେହଶୀଳା ଅପୂର୍ବ ପ୍ରାଣବନ୍ତ ମୂର୍ତ୍ତି ଏକଥା ଅଚେତନ ଭାବରେ ମଧ୍ୟ ମୋର ଅନ୍ତରାତ୍ମା ଅନୁଭବ କରୁଥିଲା। ସେଥିପାଇଁ ଯେଉଁ ଦିନଠୁ ଗୁରୁଣ୍ଡି ଗୁରୁଣ୍ଡି ଯିବା ଆସିବା କରିପାରିଲି ସେଇ ଦିନଠୁ ଉଚ୍ଚ ଉଚ୍ଚ ପାହାଚ ଅତିକ୍ରମ କରି ମୁଁ ଉପସ୍ଥିତ ହୋଇଯାଉଥିଲି ଉପରେ ଥିବା ମଝିଆ ମାମାଙ୍କ ନିକଟରେ। ସାରା ଜୀବନ ତ ତାଙ୍କ ସ୍ନେହରେ ହୋଇଛି ଆପ୍ଳୁତ। ଯେତେବେଳେ ଗଙ୍ଗାଧରଙ୍କ ଷ୍ଟାଚ୍ୟୁ ସମ୍ମୁଖରେ କବି ପରିବାରର ପୂର୍ଣ୍ଣାଙ୍ଗ ଫଟୋଚିତ୍ର ଉତ୍ତୋଳିତ ହେଲା, ସେତେବେଳେ ମୁଁ ମା'ଙ୍କ କୋଳରେ ନୁହେଁ, ମଝିଆ ମାମାଙ୍କ କୋଳ ମଣ୍ଡନ କରି ବସିଥିଲି ପ୍ରଥମ ଧାଡ଼ିରେ। ସେହି ଫଟୋଟି ଦେଖିବା ମାତ୍ରକେ ମୁଁ ଜାଣିପାରେ ଯେ ମୁଁ ହେଉଛି ତାଙ୍କର ଅଲିଅଳ ସାନପୁଅ।

ପୁରୁଣା ଘରେ ମାମାଙ୍କ ସହିତ ବିତୁଥିଲା ଅଧିକାଂଶ ସମୟ। ସେ ମଧ୍ୟ ତାଙ୍କର ମାତୃଗୃହକୁ ଅର୍ଥାତ୍ ମୋ ମାମୁଁଘରକୁ ମୋତେ ନେଇଯାଉଥିଲେ ସାଙ୍ଗରେ। ସେଠି ମିଳୁଥିଲା ଅପାର ଆଦର।

ସେହି ପୁରୁଣା ଘରେ ଥିବା ବେଳର ଅଲୌକିକ ଘଟଣାଟି ବିବୃତ କରିବା ନିହାତି ପ୍ରୟୋଜନ। ଚୈତ୍ର ମାସରେ ମାଆ ମଙ୍ଗଳାଙ୍କର ପୂଜା ହୁଏ। ସେଥିରେ ଚଣା ଲଡୁର ଭୋଗ ପ୍ରସ୍ତୁତ କରାଯାଏ। ପୂଜା ସରିବା ପରେ ସେହି ଛୋଟ ଛୋଟ ଚଣାଲଡୁ ବା ଚଣାଖଜା ଖାଇ ଖାଇ ମୁଁ ଅନୁଭବ କରେ ଅପୂର୍ବ ଅମୃତୋପମ ସ୍ୱାଦ। ପୂଜା ସରିଗଲା ପରେ ମଧ୍ୟ ଯେତେବେଳେ ବିତିଯାଏ ଅନେକ ଦିନ, ସେହି ଚଣାଖଜା ଖାଇବାକୁ ପୁଣି ଇଚ୍ଛା ଜାଗ୍ରତ ହୁଏ ମନରେ। ଥରେ ଏପରି ଆକାଂକ୍ଷା ମୋତେ ଆଲୋଡ଼ିତ କରିବାରୁ ମୁଁ ମାମାଙ୍କ ପାଖକୁ ଯାଇ କହିଲି ଯେ - "ମାମା! ଚଣାଖଜାଟିଏ ଦିଅ ମୋତେ ଖାଇବା ପାଇଁ।" ମାମା ମନା କଲେ। ପୂଜା ଅନେକ ଦିନରୁ ସରିଯାଇଥିବାରୁ ଆଉ ଚଣାଖଜା ତାଙ୍କ ପାଖରେ ଗଚ୍ଛିତ ନଥିଲା। ମୋର ବାରମ୍ବାର ଅନୁରୋଧ ପରେ ସେ ହଠାତ୍ ମୋତେ କହିଲେ "ଚଣା ଖଜା ଖାଇବାର ଯଦି ଏତେ ଇଚ୍ଛା ତୁ ଯାଇ ମା' ମଙ୍ଗଳାଙ୍କ ନିକଟରେ ଏକଥା କହ। ସେ ତୋତେ ଦେବେ। ତାଙ୍କ କଥା ମାନି ମୁଁ ଗଲି ମା' ମଙ୍ଗଳାଙ୍କ ପୂଜା କୋଠି ପାଖକୁ। କାନ୍ଥରେ ଗେରୁଆ ରଙ୍ଗର ଆସ୍ତରଣ ଉପରେ ଧଳା ରଙ୍ଗର ହାତ ଛାପ ପରିଶୋଭିତ ସେହି କୋଠିରେ ଛିଡ଼ା ହୋଇ ନାଚି ନାଚି ମା' ମଙ୍ଗଳାଙ୍କୁ କହିଲି "ମାଆ ମଙ୍ଗଳା, ମୋତେ ଚଣାଖଜାଟିଏ ଦିଅ। ଦି' ଚାରିଥର ଏଭଳି ଉଚ୍ଚାରଣ କରିବା ପରେ ହଠାତ୍ ଉପରୁ ଖସିପଡ଼ିଲା ଏକ ସତେଜ ଚଣାଖଜା ମୋ ଆଗରେ। ଏହା ଦେଖି ଆଶ୍ଚର୍ଯ୍ୟ ହେବା ଭଳି ଚେତନା ମୋର ହୋଇନଥିଲା ଉଦ୍ରେକ ମାମା କିନ୍ତୁ ଏଥିରେ ବିସ୍ମିତ

ହୋଇଯାଇଥିଲେ କ୍ଷଣକରେ। ସ୍ତମ୍ଭୀଭୂତ ହୋଇ ରହିଗଲେ କିଛି କ୍ଷଣ। ସେ ସବୁ କଥା ଭାବିବା ପାଇଁ ମୋର ନଥିଲା ସମୟ। ଚଣାଖଜାଟି ଉଠାଇ ଅଣି ଧରିଲି ପାଟି ଭିତରେ। ମାମା ମୋ ପାଖକୁ ଦୌଡ଼ି ଆସି ମୋ ମୁହଁ ଭିତରୁ କାଢ଼ିନେଲେ ଦୁଇ ଚାରିଟି ଚଣା ମହେନ୍ଦ୍ର ଦାଦାଙ୍କ ପାଇଁ। ଘଟଣାଟି ପ୍ରଚାରିତ ହୋଇଗଲା ଘରେ। ସମସ୍ତେ ଜାଣିଥିଲେ ଯେ ମା' ମଙ୍ଗଳା ହେଉଛନ୍ତି ଆମର ଇଷ୍ଟଦେବୀ ଓ ପ୍ରତ୍ୟକ୍ଷ ଶକ୍ତିର ଭାବମୟୀ ରୂପ। ତଥାପି ଏ ଘଟଣା ଆନନ୍ଦିତ ଓ ଆଚମ୍ବିତ କଲା ସମସ୍ତଙ୍କୁ।

ମାମା ଓ ବବା ଯେତେବେଳେ ଗଲେ ତେଣ୍ଡାପଦର, ଥରେ ମୋତେ ନେଇଯାଇଥିଲେ ସାଙ୍ଗରେ। ପଦ୍ମପୁର ମୋର ମାମୁଘଁର। ସେଥିପାଇଁ ମାମୁଁଘରେ ମୋତେ ଛାଡ଼ିଦେଇ ଚାରି ପାଞ୍ଚ କିଲୋମିଟର ଦୂରରେ ଥିବା ତେଣ୍ଡାପଦର ଗ୍ରାମକୁ ଚାଲିଗଲେ ସେମାନେ। ମାମୁଁଘର ମୋତେ ସେତେବେଳେ ଲାଗିଥିଲା ସମ୍ପୂର୍ଣ୍ଣ ଶୂନ୍ୟମନ୍ଦିର ଭଳି। ମନେମନେ ଖୋଜିଲି ମାମାଙ୍କୁ ଆଉ ବିଷଣ୍ଣ ବଦନରେ ଉଦାସ ମନରେ ବସିରହିଲି ଆକାଶକୁ ଅନାଇ ଅନାଇ। ମୋର ଅଜା ଓ ଆଈ ବୁଝିପାରିଲେ ମନକଥା। ତେଣ୍ଡାପଦର ଗ୍ରାମରୁ ଆସିଥିବା ଜଣେ ସମ୍ପର୍କୀୟା ମାମାଙ୍କ ସହିତ ସେମାନେ ମୋତେ ପଠାଇଲେ ତେଣ୍ଡାପଦରକୁ। ସେତେବେଳେ ତ ଜୋତା ପିନ୍ଧୁନଥାଏ ମୁଁ। ଖାଲି ପାଦରେ ସେଇ ମାମାଙ୍କ ପଛେ ପଛେ ବାରମ୍ବାର ପ୍ରଶ୍ନ ପଚାରି ପଚାରି ଉତ୍କଣ୍ଠିତ ଚିତ୍ତରେ ପହଞ୍ଚିଲି ବବା ମାମାଙ୍କ ପାଖକୁ। ଜାଣିଲି ସେଇଠି ରହିଛି ମମତାର ଅନାବିଳ ସ୍ରୋତ। ଯେଉଁ ନଦୀ ଅତିକ୍ରମ କରି ଆସିଥିଲି ତେଣ୍ଡାପଦରକୁ, ସେହି ମମତାମୟୀ ନଦୀଟିର କଲ୍ୟାଣମୟୀ ଭାବସ୍ରୋତ ଥିଲେ ମଝିଆଁ ମାମା।

ମାମା ଓ ବବାଙ୍କ ଗହଣରେ କିପରି ବିତିଗଲା ସାତଦିନ, ତାହା ଆଦୌ ଜାଣି ବି ପାରିଲି ନାହିଁ। ସେତେବେଳେ ତିନି ଚାରିଦିନ ଧରି ଝଁକେର ହେଲା ଅର୍ଥାତ୍ ମୂଷଳ ଧାରାରେ ଅବାରିତ ବାରିପାତ। ନଦୀରେ ଆସିଲା ବନ୍ୟା। ବର୍ଷା ଛାଡ଼ିବା ପରେ ବନ୍ୟାଜଳ ଦେଖାଇବା ପାଇଁ ମାମା ତୋତେ ନେଇଯାଇଥିଲେ ନଈ ପାଖକୁ। ଆଜି ଅନୁଭବ କରୁଛି ମୁଁ ସେଠି ଦେଖିଥିଲି ନଈର ବନ୍ୟାସ୍ରୋତ, ଏକଥା ସତ୍ୟ। ମାତ୍ର ମଝିଆଁ ମାମାଙ୍କ ସ୍ନେହ ଦୁଇକୂଳ ଲଂଘନ କରିପାରୁଥିବା ସ୍ରୋତସ୍ୱତୀ ପରି କିପରି ଭାବ ଉଦ୍‌ବେଳିତ ତାହା ହିଁ ସତେ ଯେପରି ଦେଖିବା ଲାଗି ଅନ୍ତଃପ୍ରେରିତ ହୋଇଯାଇଥିଲି ସେଠାକୁ।

ବରପାଲିର ନୂଆ ଘରକୁ ଆସିବା ପରେ ଏମିତି ଗୋଟିଏ ମୁହୂର୍ତ୍ତ ବି ବିତିନାହିଁ, ଯେଉଁ କ୍ଷଣରେ ମାମାଙ୍କ ସ୍ନେହରୁ ମୁଁ ହୋଇଛି ବଂଚିତ। ସେ ତାଙ୍କ କୋଳରେ ବସାଇ ମୋତେ ଖୁଆଇ ଦେଇଥିଲେ ଭାତ ଓ ବର୍ଷାଧିକ କାଳ ବ୍ୟାପୀ ଶୁଣାଇଥିଲେ ମହାଭାରତ ଅଠର ଖଣ୍ଡ ଗ୍ରନ୍ଥର ପୁଙ୍ଖାନୁପୁଙ୍ଖ କାହାଣୀ। ଶ୍ରୀକୃଷ୍ଣଙ୍କ ପ୍ରତି ତାଙ୍କର ରହିଥିଲା ସ୍ୱତନ୍ତ୍ର

ପ୍ରୀତି । ବୟସ ବଢ଼ିବା ପରେ ମୁଁ ଅନୁଭବ କଲି ଯେ ମୋ ଅନ୍ତର ମଧ୍ୟରେ ଶ୍ରୀକୃଷ୍ଣଙ୍କ ଯେଉଁ ପ୍ରେମମୟ ଶ୍ୟାମଳ ଭାବରୂପ ଅଙ୍କିତ ହୋଇ ରହିଛି, ତାହାର ଶିଳ୍ପୀ ହେଉଛନ୍ତି ସ୍ନେହମୟୀ ମଝିଆଁ ମାମା । ବରପାଲିରୁ ପ୍ରାୟ ଛ' ସାତ କିଲୋମିଟର ଦୂରରେ ଥିବା ଏକ ଜାଙ୍ଗଲିକ ପରିବେଶରେ ମାମାଙ୍କ କାକାଙ୍କ ନେତୃତ୍ୱରେ ଅନୁଷ୍ଠିତ ହୁଏ ଭାଗବତ ପାଠ । ତାହାକୁ ନୈମିଷାରଣ୍ୟ ବୋଲି କହନ୍ତି ସମସ୍ତେ । ଗ୍ରୀଷ୍ମଋତୁର ପ୍ରଚଣ୍ଡ ଖରାରେ ଖାଲି ପାଦରେ ତାଙ୍କ ସହ ଯାଉଥିଲି ନୈମିଷାରଣ୍ୟକୁ । ରାସ୍ତାକଡ଼ର କେନାଲ କୂଳେ କୂଳେ ଯିବାବେଳେ କେତେଥର ଯେ ସେହି ଜଳରେ ତୃଷା ନିବାରଣ କରିଛି ତାହା ହିସାବ କରାଯାଇପାରିବ ନାହିଁ । ନୈମିଷାରଣ୍ୟ ମଧ୍ୟରେ ବୃକ୍ଷ ସମୂହର ସୁଶୀତଳ ଛାୟାରେ ବସି ସମସ୍ତେ ଶୁଣନ୍ତି ଭାଗବତ । ମଝିଆ ମାମା ଆଖି ବୁଜିଦେଇ ଭାବ ବିହ୍ୱଳ ଭଙ୍ଗୀରେ ଶୁଣନ୍ତି ଶ୍ରୀକୃଷ୍ଣଙ୍କ ଜୀବନର ରୋମାଞ୍ଚକର ବର୍ଣ୍ଣନା । ମୁଁ ଛୋଟପିଲା ହୋଇଥିବାରୁ ସେସବୁ ତତ୍ତ୍ୱ କଥା ବୁଝିପାରୁନଥିଲି । ମାତ୍ର ମାମାଙ୍କ ଭାବବିହ୍ୱଳତା ହିଁ ମୋତେ ବୁଝାଇ ଦେଉଥିଲା ଯେ ଗଭୀର ଭାବ ସମୁଦ୍ରରେ ସେ ଅବଗାହନ କରୁଛନ୍ତି । ଅନ୍ୟପଟେ ଆମ୍ବବୃକ୍ଷରେ ଫଳିଥିବା କଞ୍ଚା ଆମ୍ବ ସବୁ ଝାଡ଼ିବାରେ ବ୍ୟସ୍ତ ଥା'ନ୍ତି ମୋ ବୟସର ପିଲାମାନେ । ମୁଁ ସେପଟକୁ ଯାଇପାରେନା । ଆଉ ଏପଟେ ଯେଉଁଠି ଭାଗବତ ପାଠ ହେଉଥାଏ ଓ ହୋମାଗ୍ନି ପ୍ରଜ୍ୱଳିତ ହେଉଥାଏ ସେପଟକୁ ମଧ୍ୟ ଯାଇହୁଏ ନାହିଁ । ତେଣୁ ମୋର ସମସ୍ତ ଧ୍ୟାନର କେନ୍ଦ୍ରବିନ୍ଦୁ ଥିଲେ ଏହି ସ୍ନେହ ସଜଳ ମୁଦ୍ରିତ ନୟନା ଭାବବିହ୍ୱଳା ମଝିଆଁ ମାମା ।

ବରପାଲିକୁ ଯେତେବେଳେ ଆସନ୍ତି ଯାତ୍ରାଦଳ ଆଉ ଅଭିନୟ କରନ୍ତି ମହାଭାରତ, ସେତେବେଳେ ମାମାଙ୍କ ସହିତ ଯାଇ ସାରାରାତି ଉଜାଗର ରହି ଉତ୍କଣ୍ଠିତ ଚିତ୍ତରେ ଦେଖୁଥିଲି ମହାଭାରତର ପ୍ରତିଟି ଦୃଶ୍ୟ । ମାମା କହୁଥିବା କାହାଣୀ ସତକୁ ସତ ମୋ ପାଇଁ ତୁଚ୍ଛା କାହାଣୀ ନଥିଲା । ସେହିପରି ଯାତ୍ରା ମଞ୍ଚରେ ଅଭିନୀତ ହେଉଥିବା ନାଟକ ମୋ ପାଇଁ ତୁଚ୍ଛା ନାଟକ ମାତ୍ର ନଥିଲା । ସେସବୁ ସତେ ଯେମିତି ଥିଲା ମୋ ପାଇଁ ବାସ୍ତବ କ୍ଷେତ୍ରରେ ଘଟୁଥିବା ମହାଭାରତର ମହାନ ରୋମାଞ୍ଚକର ଭାବ ଉଦ୍ଦୀପକ ଘଟଣାବଳୀ । ମାମା ମୋତେ ଏହିପରି ଯୋଡ଼ି ଦେଇଥିଲେ ମହାଭାରତ ସହିତ ଯେପରି, ସେପରି କେତେ କେତେ ସ୍ୱର୍ଗସ୍ଥ ଓ ଜୀବିତ ଆତ୍ମୀୟ ସ୍ୱଜନଙ୍କ ସହିତ । ତାଙ୍କ ସାଙ୍ଗରେ ଯେଉଁ ସ୍ଥାନକୁ ମୁଁ ଯାଏ ସମସ୍ତେ ପଚାରନ୍ତି 'ଏହିଟା ତୁମର ସାନପୁଅ କି ?' ମାମା ତାଙ୍କୁ ଯଥାର୍ଥ ଧାରଣା ଦିଅନ୍ତି । ମାତ୍ର ପରିତୃପ୍ତିର ଯେଉଁ ହସଧାରେ ଉକୁଟି ଉଠେ ତାଙ୍କ ମୁଖମଣ୍ଡଳରେ, ତାହା ଜଣାଇଦିଏ ଯେ ସେ ମୋତେ କିପରି ପୁତ୍ରବତ୍ ଗ୍ରହଣ କରି ଗୌରବ ଅନୁଭବ କରୁଛନ୍ତି । ସତକୁ ସତ ମୁଁ ତ ତାଙ୍କର ଅଲିଅଳ ପୁଅ ହିଁ ଥିଲି । ତେଣୁ 'ପୁତ୍ରବତ୍' କଥାଟି ଏଠାରେ ଏକାନ୍ତ ଅପ୍ରାସଙ୍ଗିକ ବୋଲି ବୋଧହୁଏ ।

ମାମାଙ୍କ ପାଇଁ ମୁଁ ଯେ କିଛି କରିପାରିଲି ନାହିଁ ତାହା ହିଁ ହେଉଛି ମୋର ସବୁଠୁ ବଡ଼ ଦୁଃଖ। ମହେନ୍ଦ୍ର ଦାଦାଙ୍କ ପୁଅ ମୋର ପ୍ରିୟ ପୁତୁରା ଦୀପ୍ତିମାନ କିଡ୍‌ନି ରୋଗରେ ଆକ୍ରାନ୍ତ ହେବାରୁ ତାକୁ ବି ବଞ୍ଚାଇ ପାରିନଥିଲୁ। ମୋତେ ଦେଖିବା ମାତ୍ରକେ ମାମା ଅଶ୍ରୁ ବିଗଳିତ କଣ୍ଠରେ କହନ୍ତି, ବାବୁ ବଂଚିଥିଲେ ତୁ ତାକୁ କେତେ ପଢ଼ାଇଥାଆନ୍ତୁ, ମାତ୍ର ବିଧିର ବିଧାନ ଥିଲା ଅଲଗା। ପ୍ରତିଦିନ ତାଙ୍କ ସହ ଯେତେବେଳେ ଦେଖାହୁଏ ଏହି ବାକ୍ୟଟି ଉଚ୍ଚାରଣ କରି ମୋର ବ୍ୟଥିତ ହୃଦୟକୁ ସେ ଲୋତକସିକ୍ତ କରିପକାନ୍ତି।

ମଝିଆଁ ବବା କେମିତି ନୀରବରେ ନିଶ୍ଚଳ ଭାବରେ ଉଚ୍ଚକୋଟୀର ତପସ୍ୱୀ ଭଳି ଚାଲିଗଲେ ଆରପାରିକୁ ତାହା ପରେ କହିବି। ବବାଙ୍କ ବିୟୋଗ ପରେ ମାମା ମଧ୍ୟ ଦିନେ ଗାଧୋଇବା ବେଳେ କୂଅ ପାଖରେ ପଡ଼ିଯାଇ ଆଉ ଉଠିପାରିଲେ ନାହିଁ। ସେ ଦିନଠାରୁ ସେ ରହିଲେ ଶଯ୍ୟାଶାୟୀ ହୋଇ। ଯେତେବେଳେ ବି ଯାଏ ତାଙ୍କ ପାଖକୁ ଯାଏ ଦେଖେ ସାରା ଶରୀର ତାଙ୍କର ଖଟରେ ଯେମିତି ଲଟକି ରହିଛି। କିନ୍ତୁ ମୋତେ ଦେଖିଦେବା ମାତ୍ରକେ ତାଙ୍କର ଦୁଇ ଆଖି ଯେମିତି ଉଜ୍ଜ୍ୱଳ ହୋଇଉଠେ, ତାହା ଚକିତ କରିଦିଏ ମୋତେ। ଏଭଳି ଅବସ୍ଥାରେ ମଧ୍ୟ ତାଙ୍କ ଆଖିର ଜ୍ୟୋତି ମ୍ଳାନ ପଡ଼ିଯାଇନଥିଲା। ମହେନ୍ଦ୍ର ଦାଦା ତାଙ୍କର ସେବା ତ କରୁଥିଲେ ନିଶ୍ଚୟ। ମାମା ପ୍ରତିଟି କ୍ଷଣରେ ଥିଲେ ପରିତୃପ୍ତ ଓ ଶୁଭାଶୀର୍ବାଦ ପ୍ରଦାନକାରିଣୀ ଏକ ମହାଶକ୍ତି। ଦାଦାଙ୍କୁ, ନାତି ନାତୁଣୀ ସମସ୍ତଙ୍କୁ ଏପରିକି ମୋର ସହଧର୍ମିଣୀ ଦୀପ୍ତିମୟୀଙ୍କୁ ସେ ଯେପରି ଆଦର କରୁଥିଲେ ତାହା କଳ୍ପନାତୀତ। ବେଳେବେଳେ ମାଆଙ୍କ ସହିତ ତାଙ୍କର ମନୋମାଳିନ୍ୟ ମଧ୍ୟ ହୁଏ। ମାତ୍ର ମାମା ପ୍ରଥମେ ଆସି ସଶ୍ରଦ୍ଧ କଣ୍ଠରେ ମାଆଙ୍କ ନାମ ଧରି ଡାକନ୍ତି ଅତି ସ୍ନେହରେ। ସେହି ଗୋଟିଏ ସମ୍ବୋଧନରେ ଲିଭିଯାଏ ସବୁ ବିଭାଜନର ରେଖା, ମା' ଓ ମାମା ପୁଣି ହୋଇଯାଆନ୍ତି ଏକାଠି।

ଆଜି ପର୍ଯ୍ୟନ୍ତ ମୋର ଧାରଣା ଥିଲା ଯାହା ଆଗରୁ କହିଛି ଯେ ମୋର ନିଷ୍ପାପ ଉତ୍ତରର ଆକାଂକ୍ଷା ନେଇ ତ ମାଆ ମଙ୍ଗଳାଙ୍କ ନିକଟରୁ ମୋତେ ମିଳିଥିଲା ଚଣାଖଜାର ଉପହାର। ସବୁ ସତକଥା କେବଳ ସ୍ୱପ୍ନରେ ଆସି ମାଆ ମଙ୍ଗଳା କହନ୍ତି ନାହିଁ। ଜାଗ୍ରତ ଥିବାବେଳେ ସେ ମନ ଭିତରେ ଉଦିତ ହୁଅନ୍ତି ପୂର୍ବାକାଶର ଯୋଗେଶ୍ୱରୀ ଉଷା ପରି। ଏକ ନିର୍ଦ୍ଦିଷ୍ଟ ମୁହୂର୍ତ୍ତରେ ମାଆ ମଙ୍ଗଳାଙ୍କ ଅନ୍ତଃସ୍ୱର ଶୁଣିପାରିଲି ମୁଁ ନିଜ ଅନ୍ତଃସ୍ଥଳରେ। ସେ ମୋତେ କହିଲେ ତୁ ଯାହାଙ୍କୁ ମଝିଆଁ ମାମା ବୋଲି ଯେତେ ଶ୍ରଦ୍ଧା କରୁ ତାଙ୍କ ଭିତରେ ମୁଁ ଯେ ପ୍ରକଟିତ ହେଉଥିଲି ସତେଜ ଭାବରେ ସେହି ରହସ୍ୟକୁ ଜାଣିପାରି ନଥିଲୁ। ସେଦିନ ଯେଉଁ ଚଣାଖଜାଟି ଦେଇଥିଲି ତୋତେ ଉପହାର ଭାବରେ, ତାହା ତୋହର ପ୍ରାର୍ଥନାର କେବଳ ସ୍ଫୁଲିଙ୍ଗ ସେତିକି ନୁହେଁ, ମଝିଆ ମାମାଙ୍କ ମାତୃ ହୃଦୟର

ଆନ୍ତରିକ ପ୍ରାର୍ଥନା ସଂଯୁକ୍ତ ହୋଇ ରହିଥିଲା ସେଥିରେ ଆଉ ମୁଁ ତାଙ୍କରି ପ୍ରାର୍ଥନା ମାଧ୍ୟମରେ ତାଙ୍କ ରୂପରେ ପ୍ରକଟିତ ହୋଇ ଦେଇଥିଲି ଚଣାଖଜାଟିଏ ତୋ ଭଳି ନିରୀହ ଆତ୍ମା ଉଦ୍ଦେଶ୍ୟରେ। ମା' ମଙ୍ଗଳାଙ୍କଠାରୁ ଏକଥା ଶୁଣିବା ପରେ ମୁଁ ନିଶ୍ଚିତ ହୋଇଗଲି ଯେ ବାସ୍ତବରେ ମାମା ଥିଲେ ମା' ମଙ୍ଗଳାଙ୍କର ମମତାମୟୀ ରୂପର ଏକ ଦିବ୍ୟ ଉଦ୍‌ଭାସନ। ସେହି ଉଦ୍ଭାସିତ ଅରୁଣ କିରଣ ଏବେ ମଧ୍ୟ ମୋତେ ଘେରି ରହିଛି ନିରନ୍ତର।

■

ଭୁବନେଶ୍ୱରର ମାମା : ଚିର ଲଳିତ ମଧୁର ସଂଗୀତ

ମୋ ଜୀବନରେ କିଏ କ'ଣ ଏତେ କଷ୍ଟ ଦେଇଥିଲେ ? ମୋ ମସ୍ତିଷ୍କର ସ୍ନାୟୁତନ୍ତ୍ରୀ ସବୁକୁ ଏତେ ଯନ୍ତ୍ରଣାକ୍ତ କେହି ବି କରିନଥିଲେ । ଭୁବନେଶ୍ୱରର ମାମା ଏହି ଅବର୍ଣ୍ଣନୀୟ ଯନ୍ତ୍ରଣା ଦେବା ପାଇଁ ଆସିଲେ କ'ଣ ବରପାଲିକୁ ? କେତେ ଆଶା ଥିଲା ଭୁବନେଶ୍ୱରର ବବା ଅବସର ଗ୍ରହଣ କରିବା ପରେ ସପରିବାର ଯେତେବେଳେ ଆସିବେ ବରପାଲିକୁ, ସେତେବେଳେ ପରିପୂର୍ଣ୍ଣ ହୋଇଯିବ ଆମର ଯୌଥ ପରିବାର । ବବା ମାମା, ଦାଦା ନାନୀ ଆଉ ଭଉଣୀ ଭୁବନେଶ୍ୱରରେ ଥିବାରୁ ଛୋଟଟି ବେଳରୁ ମୁଁ ସାନ ବଡ଼ବାପାଙ୍କୁ ଭୁବନେଶ୍ୱରର ବବା ଓ ସାନ ବଡ଼ମାଆଙ୍କୁ ଭୁବନେଶ୍ୱରର ମାମା ବୋଲି ସେମାନଙ୍କ ପଛପଟେ ସମ୍ବୋଧନ କରୁଥିଲି । ଆଉ ପ୍ରତ୍ୟକ୍ଷ ଭାବରେ ଯେତେବେଳେ ଡାକୁଥିଲି 'ବାବା' ଓ 'ମାମା' ବୋଲି କେବଳ ଉଚ୍ଚାରଣ କରୁଥିଲି ଆଉ ତାହା ମୋ କାନକୁ 'ବାପା' ଓ 'ମାଆ' ସମ୍ବୋଧନ କରିବା ପରି ଦେଉଥିଲା ଅପ୍ରମିତ ଆନନ୍ଦ । ମୋର ବଡ଼ ମା', ମା'; ଏହି ଚାରି ଯାଆଙ୍କଠାରୁ ସବୁଠୁ ଗାଠନିକ ଦୃଷ୍ଟିରୁ ସୁନ୍ଦର ଥିଲେ ଭୁବନେଶ୍ୱରର ମାମା । ତାଙ୍କର ଗୋରା ତକତକ ଶାରୀରିକ ଦ୍ୟୁତି ମଧ୍ୟରେ ପ୍ରଚ୍ଛନ୍ନ ହୋଇ ରହିଥିଲା ମମତାର ମଧୁର ନିର୍ଝର । ସେସବୁଠୁ ତାଙ୍କରି ଭାଷା ଥିଲା ଅଧିକ ମିଠା ମିଠା । କାହାରି ସହିତ ତାଙ୍କର କେବେ ହେଲେ ମନୋମାଳିନ୍ୟ ଘଟୁନଥିଲା । ଏପରିକି ତାଙ୍କ ସ୍ୱାମୀ ସାନବବାଙ୍କ ସହିତ କେବେ ବି ନୁହେଁ । ସେଥିପାଇଁ ସବୁ ଭାଇଭଉଣୀ ଗୋଟିଏ ମୁହୂର୍ତ୍ତ ମଧ୍ୟ ବାପା ମାଆଙ୍କ ମଧ୍ୟରେ ଦାମ୍ପତ୍ୟ ଜୀବନର କୌଣସି ରାଗ ରୋଷ କଦାପି ଦେଖିପାରୁନଥିଲେ । ଏଭଳି ଆଦର୍ଶ ଦାମ୍ପତ୍ୟ ପ୍ରଣୟ ସତେ ଯେମିତି 'ତପସ୍ୱିନୀ'ରେ ବର୍ଣ୍ଣିତ ରାମ-ସୀତାଙ୍କ ବା

'ପ୍ରଣୟ ବଲ୍ଲରୀ'ରେ ରଚିତ ଦୁଷ୍ମନ୍ତ-ଶକୁନ୍ତଳାଙ୍କ ଅଥବା ଇନ୍ଦୁମତୀ କାବ୍ୟର ଅଜ-ଇନ୍ଦୁମତୀଙ୍କ ପରି ଥିଲା ନୈସର୍ଗିକ।

ସପରିବାର ଯେତେବେଳେ ଖରାଛୁଟିରେ ସେମାନେ ସମସ୍ତେ ଆସନ୍ତି ବରପାଲିକୁ, ସେତେବେଳେ ମହାନଦୀର ଜଳସ୍ରୋତରେ ଗ୍ରୀଷ୍ମକାଳରେ ବି ଖେଳିଯାଏ ଅସଂଖ୍ୟ ଢେଉ ପରେ ଢେଉ। ଆମ ଘରଟି ମନେହୁଏ ଯେକୌଣସି ପର୍ବପର୍ବାଣିଠାରୁ ଆହୁରି ଉଲ୍ଲାସମୟ। ମାମା ତାଙ୍କର ମଧୁରତମ ଶବ୍ଦର ଉଚ୍ଚାରଣରେ ଯେମିତି ସୃଷ୍ଟି କରନ୍ତି ଏକ ଦିବ୍ୟ ସଂଗୀତର ଧ୍ୱନି। ଯେତେଦିନ ବରପାଲିରେ ରହନ୍ତି ସେ ପ୍ରତ୍ୟେକଙ୍କ ହୃଦୟକୁ କରିଦିଅନ୍ତି ପରିପୂର୍ଣ୍ଣ। ଯାହାକୁ ବି ସମ୍ବୋଧନ କରି ସେ ଡାକିଦିଅନ୍ତି, ସେତିକିରେ ଅନୁରଣିତ ହୋଇଯାଏ ଯେପରି ବୀଣା-ବକ୍ଷର ସୂକ୍ଷ୍ମ ତାର ସବୁ। ମୁଁ ବୀଣାର ଧ୍ୱନି କି ମାର୍ମିକ ତାହା ଶୁଣିବା ପରେ ଜାଣିଥିଲି ଯେ ମାମାଙ୍କ ଉଚ୍ଚାରଣରେ ରହିଛି ତା'ଠାରୁ ଅଧିକ ମଧୁର ମୂର୍ଚ୍ଛନା ସୃଷ୍ଟି କରିବାର କ୍ଷମତା। ଦେବୀ ପ୍ରତିମାଟିଏ ପରି ସେ ବିଚରଣ କରୁଥାନ୍ତି ପ୍ରତ୍ୟେକଙ୍କ ନିକଟକୁ। ସତେଯେପିତି ଗଙ୍ଗାଧର ସାହିତ୍ୟର ମାଧୁର୍ଯ୍ୟ ସ୍ଥୂଳ ରୂପ ଗ୍ରହଣ କରି ବିଗଳିତ କରିଦେଉଥିଲା ସମସ୍ତଙ୍କ ହୃଦୟକୁ।

ମୁଁ ଜନ୍ମ ହେବା ପରେ ପରେ ଭୁବନେଶ୍ୱରରୁ ଡଜନ ଡଜନ ପେଣ୍ଟ ସାର୍ଟ ପଠାଇ ଦିଅନ୍ତି ମୋ ପାଇଁ। ଦୂରରେ ଥିଲେ ମଧ ଚିଠି ଲେଖନ୍ତି ମା' ପାଖକୁ। ସେ ହିଁ ଆନୁଷ୍ଠାନିକ ଶିକ୍ଷାର୍ଜନରେ ସବୁ ବଡ଼ମାମା ଓ ମାଆଙ୍କଠାରୁ ଥିଲେ ଅଗ୍ରଭାଗରେ। ତାଙ୍କର ଦୁଇ ପୁଅ ଓ ଚାରିଟି ଝିଅଙ୍କୁ ସେ ଯେପରି ଦେଇଥିଲେ ଜୀବନ୍ୟାସ, ତାହା ପାରିବାରିକ ଜୀବନକ୍ଷେତ୍ରରେ ଏକ ମହତ୍ତର ଅବଦାନ। ଭଦ୍ରୋଚିତ ବ୍ୟବହାର ପ୍ରଦର୍ଶନ କରିବାରେ, ବଡ଼ମାନଙ୍କ ଆଜ୍ଞାନୁବର୍ତ୍ତୀ ହେବାରେ ସେ ପୁଅଝିଅଙ୍କୁ ଯେଉଁ ତାଲିମ ଦେଇଥିଲେ, ତାହା ଥିଲା ଆମ ପରିବାରରେ ସମ୍ପୂର୍ଣ୍ଣ ନୂତନ। ମୋତେ ଭୁବନେଶ୍ୱର ନେଇଯିବା ପାଇଁ କେତେ ଆନ୍ତରିକ ଭାବରେ ଇଚ୍ଛା ପ୍ରକାଶ କରିନଥିଲେ ସେ ! ମୁଁ ଯଦି ତାଙ୍କ ପାଖରେ ରହିଥାନ୍ତି ତା'ହେଲେ ଛୋଟଟି ବେଳରୁ ବ୍ୟବହାର କୁଶଳତା ଆୟତ୍ତ କରିପାରିଥାନ୍ତି ନିଶ୍ଚିତ ଭାବରେ। ବରପାଲିକୁ ସେ ଆସିବା ମାତ୍ରକେ 'ଛୁଆବାବୁ' ସମ୍ବୋଧନରେ ମୋ ପ୍ରାଣକୁ ତୋଳି ନେଉଥିଲେ ତାଙ୍କ ହୃଦୟ ଅଭ୍ୟନ୍ତରକୁ। ମୋର ବୟସ ବଢ଼ିବା ପରେ ମୋତେ ମୋ ନାଁରେ ଅର୍ଥାତ୍ 'ମଣୀନ୍ଦ୍ର' ନାମରେ ସମ୍ବୋଧନ କଲେ ବି ତାଙ୍କର ସ୍ନେହ ଥିଲା ଅପରିବର୍ତ୍ତିତ।

ପୁରୁଣା ଘରଠୁ ଆରମ୍ଭ କରି ନୂଆ ଘରକୁ ଆସିବା ପର୍ଯ୍ୟନ୍ତ କେତେ ଯେ ସ୍ମୃତି ତାଙ୍କୁ କେନ୍ଦ୍ର କରି ସଞ୍ଚିତ ରହିଛି ହୃଦୟରେ, ତାହା ବର୍ଣ୍ଣନାତୀତ। ସେ ଅଧିକାଂଶ ସମୟ ରହୁଥିଲେ ମା'ଙ୍କ ପାଖରେ। ଆଉ ପ୍ରତି ମୁହୂର୍ତ୍ତରେ ମୋତେ ଖାଲି ଦେଉଥିଲେ ସ୍ନେହର ପରଶ। ବେଳେବେଳେ ମୁଁ ଶୋଇପଡ଼ିଥାଏ ଆଉ ମା'ଙ୍କ ସହିତ ତାଙ୍କର ଚାଲିଥାଏ

ଅନ୍ତରଙ୍ଗ ଆଳାପ। ମୋର ନିଦ ଭାଙ୍ଗିଯିବା ପରେ ମୁଁ ଆଖି ଖୋଲେ ନାହିଁ। ମୁଦ୍ରିତ ନୟନରେ ଉଭୟଙ୍କ ଭାବ ଆଦାନ ପ୍ରଦାନର ଭାଷା ଶୁଣିବା ପାଇଁ ମୁଁ କରୁଥାଏ ଶୋଇପଡ଼ିଥିବାର ଅଭିନୟ। ନିଜ ଜୀବନର କେତେକେତେ ଅକୁହା କଥା ସେ ମାଆଙ୍କ ଆଗରେ କହୁଥାନ୍ତି ତାହା ଶୁଣି ନିଦ୍ରାରୁ ଉତ୍ତୀର୍ଣ୍ଣ ହୋଇ ଆଉ ଏକ ମଧୁରତମ ତନ୍ଦ୍ରାରେ ଆଛନ୍ନ ହୋଇଯାଉଥାଏ ସେତେବେଳେ।

ମନେପଡୁଛି ମାମା ଯେତେବେଳେ ଆସନ୍ତି, ସେତେବେଳେ ମୋର ଅଳି ଅଝଟ ସ୍ପର୍ଶ କରେ ଶୀର୍ଷ ଦେଶକୁ। କି ହୃଦୟ ବିଦୀର୍ଣ୍ଣ କରିଦେବା ଭଳି କ୍ରନ୍ଦନ କରେ ମୁଁ! ଉଚ୍ଚ ସ୍ୱରରେ ମାଆ ବାପାଙ୍କ ଆଗରେ ମୁଁ କ୍ରନ୍ଦନ କରିଚାଲେ ଏଇଥିପାଇଁ ଯେ ମାମାଙ୍କ କର୍ଣ୍ଣଗହ୍ୱରରେ ତାହା ପ୍ରବେଶ କରିବ ଓ ସେ ନିଶ୍ଚିତ ଭାବରେ ଆମ ପ୍ରକୋଷ୍ଠକୁ ଧାଇଁ ଆସିବେ ବ୍ୟଗ୍ର ହୋଇ। ମାମାଙ୍କ ନ ଆସିବା ପର୍ଯ୍ୟନ୍ତ କ୍ରନ୍ଦନର ସ୍ୱର ଲହରୀ ଉଚ୍ଚରୁ ଉଚ୍ଚତମ ଶୀର୍ଷକୁ ଉପନୀତ ହେଉଥାଏ। ମାମା ଏହି ଧ୍ୱନି ଶ୍ରବଣ କରି ଯେତେବେଳେ ତୀବ୍ର ଗତିରେ ଧାଇଁଆସନ୍ତି ମୋ ପାଖକୁ ସେତେବେଳେ ମୁନି କୁମାରୀମାନଙ୍କୁ ପାଖରେ ଦେଖି 'ତପସ୍ୱିନୀ' କାବ୍ୟରେ ସୀତାଙ୍କ କ୍ରନ୍ଦନ ଧ୍ୱନି ଯେପରି ଆହୁରି ହୋଇଥିଲା ହୃଦୟ ବିଦାରକ, ମୁଁ ତା'ଠାରୁ ଆହୁରି ନିଜସ୍ୱ ଅଭଦ୍ରୋଚିତ ଭଙ୍ଗୀରେ ଦୀର୍ଘ ସମୟ ପର୍ଯ୍ୟନ୍ତ କରେ କ୍ରନ୍ଦନ। ମୁଁ ଦୁଃଖର କାରଣ ଯେତେ ଜିଜ୍ଞାସା କଲେ ବି ଉତ୍ତର ମିଳେନାହିଁ ସହଜରେ ମୋ'ଠାରୁ। ଗଙ୍ଗାଧର ଲେଖିଛନ୍ତି ପରା 'ମାତା ବୁଝେ ସୁତା ବେଦନା'। ମାମା ବୁଝିପାରନ୍ତି ମୋ ହୃଦୟ କ୍ରନ୍ଦନଶୀଳ କାହିଁକି ? ତା'ପରେ ମୋତେ ପ୍ରବୋଧନା ଦେଇ କହନ୍ତି, "ତୋ କୁନୁ ଦାଦାର ଯେଉଁ ନୂଆସାର୍ଟଟି କିଣାଯାଇଛି ସେଇଟା ଏଥରକ ତୁ ହିଁ ପିନ୍ଧିବୁ।" ବାସ୍, ଏହି କଥା ତ ଶୁଣିବାକୁ ଚାହୁଁଥିଲି ମୁଁ ମାମାଙ୍କଠାରୁ। କୁନୁ ଦାଦାଙ୍କ ସାର୍ଟଟି ଦେଖିବା ପରେ ପରେ ହିଁ ତାହା ପିନ୍ଧିବାକୁ ଇଚ୍ଛା ହୋଇଥିଲା ମୋର। ତାହା କି ଲାଜରେ ବା ମୁଁ ପ୍ରକାଶ କରନ୍ତି ସ୍ୱାଭାବିକ ଭାବରେ ! ସେଥିପାଇଁ ଅନୁଷ୍ଠିତ ହୁଏ ଏକ କ୍ରନ୍ଦନର ପର୍ବ। ମୁଁ କାହିଁକି କହନ୍ତି ଯେ, କୁନୁଦାଦାଙ୍କ ସାର୍ଟଟା ମୁଁ ପିନ୍ଧିବି ବୋଲି ! ମାମା ତାଙ୍କ ପକ୍ଷରୁ ଏକଥା କହିବା ସିନା ହେଉଥିଲା ମର୍ଯ୍ୟାଦାବନ୍ତ। ଅର୍ଥାତ୍ କୁନୁଦାଦାଙ୍କ ସାର୍ଟ ପ୍ରତି ମୋର କୌଣସି ଆକର୍ଷଣ ନଥିଲା। ମାମା ନିଜ ତରଫରୁ ତାହା ମୋତେ ଦେବା ପାଇଁ କହିବା ଦ୍ୱାରା ତାଙ୍କ କଥା ମାନି ମୁଁ ସ୍ଥଗିତ ରଖିଲି କ୍ରନ୍ଦନକୁ ମୋର। ଏହା ହିଁ ଥିଲା ଭାବ ପ୍ରକାଶ କରିବାର ବାହ୍ୟ ଅର୍ଥ। ଭିତରେ କିନ୍ତୁ ଥିଲା କୁନୁଦାଦାଙ୍କ ସାର୍ଟ ପ୍ରତି ମୋର ପ୍ରଲୋଭନ ଅତିମାତ୍ରାରେ ବର୍ଣ୍ଣନାତୀତ।

ଯେଉଁ ସାର୍ଟଗୁଡ଼ିକ ମିହିର ଦାଦା ପିନ୍ଧନ୍ତି, ଆଉ କୁନୁଦାଦା ପିନ୍ଧନ୍ତି, ସେଇଟା ଏତେ ସୁନ୍ଦର ଦେଖାଯାଏ କାହିଁକି ? କାହିଁ ମୁଁ ପିନ୍ଧୁଥିବା ପୋଷାକ ତ ସେମିତି ଲୋଭନୀୟ

ନୁହେଁ। ମିହିର ଦାଦା ତ ବୟସରେ କେତେ ବଡ଼ ! ତାଙ୍କ ସାର୍ଟ ବା ମୋ ଦେହରେ ଖାପ ଖାଆନ୍ତା କିପରି ? କୁନୁଦାଦା ମୋଠୁ ତିନି ଚାରିବର୍ଷରେ ବଡ଼। ତେଣୁ ମୋର ଲୋଭାସକ୍ତ ଦୃଷ୍ଟି କେନ୍ଦ୍ରୀଭୂତ ହେଉଥାଏ କୁନୁଦାଦାଙ୍କ ସୁନ୍ଦର ସୁନ୍ଦର ସାର୍ଟଗୁଡ଼ିକ ଉପରେ। ପ୍ରତିଥର ବରପାଲି ଆଗମନବେଳେ ଏହିପରି ଉପାୟରେ ମୁଁ ଅଧିକାର କରିନେଉଥିଲି କୁନୁଦାଦାଙ୍କ ସୁନ୍ଦର ସାର୍ଟ ଏକାଧିକ। ଆଉ ତାହା ପ୍ରାପ୍ତ ହେଉଥିଲା ମାମାଙ୍କ ସ୍ନେହ ଓ କରୁଣାରୁ। ମୋ ମନକଥା ମାମା ଠିକ୍ ବୁଝିପାରୁଥିଲେ। ଯାହା ବାପା ମାଆ ମଧ୍ୟ କଳ୍ପନା କରିପାରୁନଥିଲେ। ସେଥିପାଇଁ ଭୁବନେଶ୍ୱରଠାରୁ ମଧ୍ୟ ଅନେକ ସମୟରେ କୁନୁ ଦାଦାଙ୍କ ସାର୍ଟଗୁଡ଼ିକ ସେ ପଠାଇଦିଅନ୍ତି ମୋ ପାଇଁ। ମୋର ନୂଆ ସାର୍ଟ ପିନ୍ଧିବାରେ ଯେତିକି ଆନନ୍ଦ ନଥାଏ କୁନୁଦାଦାଙ୍କ ପୁରୁଣା ସାର୍ଟ ପିନ୍ଧିବାରେ ଥାଏ ତା'ଠାରୁ ଶତଗୁଣରେ ଅଧିକ ଆନନ୍ଦ। ମୋର ସେଇ ପେଣ୍ଟ ସାର୍ଟ ପିନ୍ଧି ସ୍କୁଲକୁ ଯାଉଥିଲି ମହା ଉଲ୍ଲାସରେ। ସେହି ପୋଷାକର ସ୍ପର୍ଶରେ ଅନୁଭବ କରୁଥିଲି ମାମାଙ୍କଠାରୁ ଆରମ୍ଭ କରି କୁନୁଦାଦାଙ୍କ ପର୍ଯ୍ୟନ୍ତ ସମସ୍ତଙ୍କ ଶୁଭେଚ୍ଛାର ସ୍ପର୍ଶ ମୋ ପାଇଁ ଥିଲା କିପରି ମାର୍ମିକ। ମିହିର ଦାଦା ପିନ୍ଧୁଥିବା ଏକ ଟର୍କିସ୍ ଗଞ୍ଜି କୁନୁଦାଦା ପିନ୍ଧିଲେ। ତା'ପରେ ତାହା ଆସିଲା ମୋ ନିକଟକୁ। ବୟସ ଯେତେ ବଢ଼ିଲେ ବି ସେ ଗଞ୍ଜିଟିକୁ ଟାଣିଦେବା ମାତ୍ରକେ ସେତିକି ବଡ଼ ହୋଇଯାଉଥାଏ। ସେଥିପାଇଁ ଛାତ୍ର ଜୀବନରୁ ଅଧ୍ୟାପକ ହେବା ପର୍ଯ୍ୟନ୍ତ ତାହା ପିନ୍ଧୁଥିଲି ଓ ମୋ ପାଇଁ ତାହା ଥିଲା ସୌନ୍ଦର୍ଯ୍ୟମୟ ଏକ ସ୍ୱର୍ଗୀୟ ଉପହାରଠାରୁ ଅଧିକ। ବାପା ମାଆ ମୋର କୌଣସି ଅଭାବକୁ ଦୂର କରିବା ଲାଗି ଆଦୌ କୁଣ୍ଠିତ ନଥିଲେ। ଅଥଚ କୁନୁଦାଦାଙ୍କ ପୋଷାକ ପ୍ରତି ମୋର ଥିଲା ସ୍ୱତନ୍ତ୍ର ଆକର୍ଷଣ। କାରଣ ଆଜି ଜାଣିବାକୁ ପାଉଛି ଯେ ସେଇ ପୋଷାକର ପ୍ରତିଟି ସୂତାରେ ରହିଥିଲା ଭୁବନେଶ୍ୱର ମାମାଙ୍କ ଅପାର ସ୍ନେହ ଦାନ।

ପଶ୍ଚିମ ଓଡ଼ିଶାର ପୁଅ ଜିଉଁତିଆ ପର୍ବ ପ୍ରଖ୍ୟାତ ଏକ ଉପବାସ। ମାଆମାନେ ତାଙ୍କ ପୁଅଝିଅଙ୍କ ପାଇଁ ଏହା ପାଳନ କରନ୍ତି ନିର୍ଜଳା ଉପବାସରେ। ଆମ ପରିବାରରେ କେବଳ ମାଆ ନୁହେଁ, ମୋର ତିନି ବଡ଼ମାଆ ଅର୍ଥାତ୍ ମାମାମାନେ ମଧ୍ୟ ମୋ ପାଇଁ କରୁଥିଲେ ଉପବାସ। ସେହିପରି ମାଆ ମଧ୍ୟ ତାଙ୍କର ସବୁ ପୁତୁରା ଝିଆରୀଙ୍କୁ ବ୍ରତ ପିନ୍ଧାଉଥିଲେ ଓ ସେମାନଙ୍କ ଦୀର୍ଘ ଜୀବନ ପାଇଁ ପ୍ରାର୍ଥନା କରୁଥିଲେ ଆନ୍ତରିକ ଭାବରେ। ସାନାମାମା ଥା'ନ୍ତି ଭୁବନେଶ୍ୱରରେ। ଆସିପାରନ୍ତି ନାହିଁ ଏପରି ସୁଯୋଗରେ। ସେଥିପାଇଁ ଅନେକ ଦିନ ପରେ ଯେତେବେଳେ ବି ବରପାଲି ଆସନ୍ତି ପୁଅ ଜିଉଁତିଆରେ ପୂଜା ହୋଇଥିବା ଦୂବ ଓ ବ୍ରତ ଧରି ଆସିଥାନ୍ତି ବରପାଲିକୁ। ସେହି ବ୍ରତ ମୋ ମୁଣ୍ଡରେ ସ୍ପର୍ଶ କରି ବିଧି ଅନୁସାରେ ସେ ପାଳନ କରନ୍ତି ତାଙ୍କର ମାତୃ ହୃଦୟର କର୍ତ୍ତବ୍ୟ।

ମୁଁ ଯେତେବେଳେ ବି.ଏ. କ୍ଲାସ୍‌ରେ ଅଧ୍ୟୟନ କରୁଥିଲି ବରଗଡ଼ଠାରେ,

ସେତେବେଳେ କୋଣାର୍କକୁ ଆମେ ଆସିଲୁ କଲେଜ ପିଲାଙ୍କ ସହିତ । ବାପାଙ୍କ ନିର୍ଦ୍ଦେଶ ଥିଲା ଯେ ମୁଁ ଯେମିତି ବବା ମାମାଙ୍କ ପାଖକୁ ଯାଏ ଏହି ସୁଯୋଗରେ । ରାତି ବାରଟାରେ ବସ୍ ରହିଲା ଭୁବନେଶ୍ୱରରେ । ମୁଁ କେମିତି ୟୁନିଟ୍ ୪କୁ ଯାଇଥିଲି ଦୌଡ଼ି ଦୌଡ଼ି ତାହା କ'ଣ ଏବେ ଭୁଲିଯାଇ ପାରିବି ? କବାଟ ବାଡ଼େଇଥିଲି ଜୋର୍‌ରେ । ବବା ଉଠିପଡ଼ିଥିଲେ ମୋ ଡାକ ଶୁଣି ଓ ବବା ମାମା ଦୁହେଁ ମୋତେ ଦେଖି ଆଚମ୍ୱିତ ହୋଇଯାଇଥିଲେ । ସେହିଦିନ ପ୍ରଥମ କରି ଦେଖିଥିଲି ଏକ ଭିନ୍ନ ଦୃଶ୍ୟ । ତାହା ହେଲା ମାମାଙ୍କ ଉଦାସ ମୁଖମଣ୍ଡଳ । ତା'ର କାରଣ ଥିଲା ଭିନ୍ନ । ତାହା ମୁଁ ଜାଣିଥିଲି କିନ୍ତୁ ସେହି ଯନ୍ତ୍ରଣା ଭିତରେ ଥାଇ ମଧ୍ୟ ସେ ମୋତେ କହିଥିଲେ, "ବାବୁ ଏପରି ସମୟରେ ତୁ ଆସିଲୁ ଯେ ମୋର ଅନ୍ତରର ଖୁସିକୁ ପ୍ରକଟ କରିପାରୁ ନାହିଁ ମୁଁ ଠିକ୍ ଭାବରେ । କୁନୁଦାଦା ତାଙ୍କ ପଢ଼ାଘରେ ବସି ସେହି ରାତି ବାରଟା ପର୍ଯ୍ୟନ୍ତ ପଢୁଥାନ୍ତି । ସମସ୍ତଙ୍କୁ ଦେଖାକରି ଅଳ୍ପ ସମୟ ମଧ୍ୟରେ ହୃଦୟରେ ଗଭୀର ଅତୃପ୍ତି ଓ ଅବସୋସ ନେଇ ଫେରିଆସିଥିଲି ।

ମୋର ଯେତେବେଳେ କଲେଜରେ ଫାଷ୍ଟ ଇୟର୍, ସେହି ସମୟରେ ଆମେ ଯାଇଥିଲୁ ଭୁବନେଶ୍ୱରକୁ ଓ ମାମାଙ୍କର ଆଗ୍ରହର ଆଦୌ ତୁଳନା ହିଁ ନଥିଲା । ସେ ବୁଲାଇ ବୁଲାଇ ଆମକୁ ଦେଖାଇଥିଲେ କୋଣାର୍କ, ପୁରୀ ମନ୍ଦିର, ସମୁଦ୍ରର ବେଳାଭୂମି, ଖଣ୍ଡଗିରି, ଉଦୟଗିରି, ଧଉଳିଗିରି ଓ ନନ୍ଦନକାନନ ପ୍ରଭୃତି ପବିତ୍ର ତୀର୍ଥସ୍ଥଳ । ଏମ୍.ଏ. ଶ୍ରେଣୀ ଉତ୍ତୀର୍ଣ୍ଣ ହେବା ପରେ ବବା ମାମା ସପରିବାର ଚାଲିଆସିଥିଲେ ବରପାଲିକୁ । କାରଣ ବାବା ସେତେବେଳେ ଅବସରପ୍ରାପ୍ତ । ବୟସ ତ ମୋର ଏତେ ବଢ଼ିଯାଇଥିଲା । ମୁଁ କ'ଣ ଆଉ ଅଳି ଅଝଟ କରିବା ପରି ଅବସ୍ଥାରେ ଥିଲି କି ? ଚୁପ୍‌ଚାପ୍ ରହେ ମୁଁ । ମୋର ମୌନତା ଦେଖି ମାମା କହନ୍ତି, "ତୁ ଠିକ୍ ତୋର କୁନୁ ପରି । ସେ ବି ଏମିତି ଚୁପ୍ ରହି ପଢ଼େ ଆଉ ଚୁପ୍‌ଚାପ୍ ତୋ ପରି ଦୂରରେ ଏକୁଟିଆ ବସିରହି ଟିଭି ଦେଖୁଥାଏ ।" ସେତେବେଳେ କୁନୁଦାଦା ଥିଲେ ଚେନ୍ନାଇରେ । ତେଣୁ ମୋତେ ଦେଖି କୁନୁଦାଦାଙ୍କ ଅନୁପସ୍ଥିତିର ଦୁଃଖ ଓ ଅଭାବକୁ ସେ ଯେମିତି ସାନ୍ତ୍ୱନା ପ୍ରଦାନ କରୁଥିଲେ ମନେମନେ ।

ବରପାଲି ଫେରି ଆସିବାର ତିନିମାସ ପରର ଘଟଣା । ମାମା ମୋତେ ଏମିତି ପ୍ରଚଣ୍ଡ ଆଘାତ ଦେବେ ବୋଲି କଳ୍ପନା ସୁଦ୍ଧା କରିନଥିଲି ମୁଁ । ମୋ ମସ୍ତିଷ୍କର ସବୁ ସ୍ନାୟୁ ଛିନ୍‌ଛତ୍ର ହୋଇଗଲେ ସେହି ଗୋଟିଏ ମୁହୂର୍ତ୍ତରେ । ଅସ୍ଥିରତାର ଉତ୍ତାଳ ତରଙ୍ଗ ମୋତେ କରିଦେଇଥିଲା ସ୍ତବ୍ଧ । ଏତେ ଆଘାତ ମୁଁ କାହାଠାରୁ ବି ପାଇନାହିଁ । ଯିଏ ଏତେ ସ୍ନେହଶୀଳ ସେ ପୁଣି ଏତେ ନିଷ୍ଠୁର ହୋଇପାରିଲେ କିପରି ? ଯାହା କଳ୍ପନାରେ ବି ମୁଁ ଭାବିନଥିଲି ସେହି ରୂପ ପ୍ରଦର୍ଶନ କଲେ ସେ କାହିଁକି ? ଭାବିଥିଲି ମାମାଙ୍କ ସ୍ନେହରେ ଆପ୍ଳୁତ ହୋଇ କଟିଯିବ ବର୍ଷ ପରେ ବର୍ଷ । ମାତ୍ର ଏତେ ଅଳ୍ପ ସମୟ ମଧ୍ୟରେ ତାଙ୍କର ସ୍ୱରୂପ ପରିବର୍ତ୍ତନ

କରି ଯେଉଁ ଶକ୍ତ ଧକ୍କା ଦେଲେ ସେ ତାହା କ'ଣ କୌଣସି ମାଆ କରିବା ଉଚିତ ? ଯାହା ଥିଲା କଳ୍ପନାତୀତ ସେହି ଅବ୍ୟକ୍ତ ବେଦନାରେ କମ୍ପିତ କଲେ ସେ କାହିଁକି ମୋ ଅନ୍ତରକୁ, ତାହା ଆଦୌ ଜାଣିନପାରି କେବଳ ବିଶ୍ୱବିଧାତାଙ୍କ ପ୍ରତି କରୁଥିଲି ବେଦନାକ୍ତ ଅଭିଯୋଗ। ଏବେ ବି କହିବାକୁ ଇଚ୍ଛା ହେଉଛି, "ମାମା ! ତୁମେ କ'ଣ ଏହିଭଳି ଆହତ କରିବା ପାଇଁ ଆମକୁ ଆସିଥିଲ ବରପାଲିକୁ ? ତୁମର ହୃଦୟରେ ଥିବା ସ୍ନେହର ସୁବାସ ଗଲା କୁଆଡ଼େ ? ତୁମ କଣ୍ଠର ମଧୁର ସଂଗୀତ କେମିତି ହୋଇଗଲା ଅନ୍ତର୍ହିତ ? ତୁମ ଭଳି କୋମଳପ୍ରାଣା ମାତୃ ହୃଦୟ କ'ଣ ଏପରି ନିର୍ମମ ହେବା ସମ୍ଭବ ? ମୋର ଆଉ ସାର୍ଟ ଦରକାର ନଥିଲା ମାମା। ଦରକାର ଥିଲା କେବଳ ତୁମର ସେହି ଅମୃତମୟ ସ୍ନେହ ଟିକକ। ସେଇଥିରୁ ବି ମୋତେ ତମେ କଲ ବଂଚିତ ? ଏଇଆ ଭାବି କ'ଣ ଆସିଥିଲ ଏଠାକୁ ?"

ଯେଉଁଦିନ ଅକଳ୍ପନୀୟ ପ୍ରହାରରେ ଥରି ଉଠିଥିଲା ମୋର ଆପାଦମସ୍ତକ, ସେ ଦିନଠୁ ଆଜିଯାଏଁ ପଚାରୁଛି ଏହି ପ୍ରଶ୍ନ ସବୁ, ମାମାଙ୍କ ପ୍ରତି। ମାଆଙ୍କ ସହିତ ତାଙ୍କର ଭାବବିନିମୟ ଶୁଣିବାର ସୁଯୋଗରୁ ହେଲି ଚିର ବଞ୍ଚିତ। ମାଆ ଏବେ ସଂଗହୀନ। ଏକାକିନୀ।

■

ଭୁବନେଶ୍ୱରର ବବା : ପୁରୁଣା ଚଳଚ୍ଚିତ୍ରର କ୍ଲାସିକ୍ ନାୟକ

ଭୀତି ସଞ୍ଚାର ହେଉଥିଲା ତାଙ୍କୁ ଦେଖିଦେବା ମାତ୍ରକେ। ମୋ ପ୍ରତି ତାଙ୍କର ଯେ ସ୍ନେହ ଥିଲା ଆନ୍ତରିକ, ତାହା ନ ବୁଝିବା ପରି ନିର୍ବୋଧ ନଥିଲି ମୁଁ। କିନ୍ତୁ ସେ ବରପାଲି ଆସିବା ମାତ୍ରକେ ଯେପରି ବିଭିନ୍ନ କାମରେ ମୋତେ ନିୟୋଜିତ କରୁଥିଲେ, ପାଠ ପଚାରୁଥିଲେ ଓ ଅନେକ ସମୟରେ ବିଦ୍ରୂପାତ୍ମକ ଶର ନିକ୍ଷେପ କରୁଥିଲେ ତାହା ହିଁ ଥିଲା ଭୟର କାରଣ। ଭୁବନେଶ୍ୱରରୁ ବରପାଲି ଆସି ସେ ଯେତେବେଳେ ରହନ୍ତି ମାସାଧିକ କାଳ, ତାଙ୍କର ସୁଧୀ ବନ୍ଧୁବର୍ଗଙ୍କ ଆଗମନବେଳେ ସେମାନଙ୍କର ଚର୍ଚ୍ଚା କରିବାର ଦାୟିତ୍ୱ ମୋ ଉପରେ ନ୍ୟସ୍ତ ହୁଏ। ମୋତେ ବବା ପଠାନ୍ତି ଡାକଘରକୁ, ପଠାନ୍ତି ବନ୍ଧୁ ପରିଜନଙ୍କ ନିକଟକୁ ଆଉ ଟେନ୍ସଚାର୍ଟ ସାଦା ଖାତାରେ ପ୍ରସ୍ତୁତ କରିଦେଇ ତାହା ଘୋଷିବାକୁ କହନ୍ତି ସବୁବେଳେ। କେବଳ ଏତିକି ନୁହେଁ, ମୁଁ ଯେତେବେଳେ ପିଜୁଳି ଗଛ ମୂଳରେ ଖରା ଛାଇର ଖେଳ ଭିତରେ ଲେଖୁଥାଏ ହସ୍ତାକ୍ଷର, ମୋଠୁ ଖାତା ଛଡ଼ାଇନେଇ ମୋ ଅକ୍ଷର କିପରି ଅସୁନ୍ଦର ତାହା ବର୍ଣ୍ଣନା କରି ବିଦ୍ରୂପାତ୍ମକ ହାସ୍ୟ ପ୍ରକାଶ କରନ୍ତି ଓ ବାପାଙ୍କ ସମ୍ମୁଖରେ ତାଙ୍କ ପୁଅଝିଅ ଅର୍ଥାତ୍ ନାନୀ, ଦାଦାମାନଙ୍କ ଅକ୍ଷରଗୁଡ଼ିକର ଉଚ୍ଚ ପ୍ରଶଂସା କରି ଏପରିକି ତାଙ୍କର ସବୁଠୁ ଛୋଟଝିଅ, ମୋର ସାନଭଉଣୀ ବୁଲିର ଅକ୍ଷର ମୋଠାରୁ କେତେ ସୁନ୍ଦର ତାହା ତୁଳନା କରନ୍ତି। ବାପା କେବେହେଲେ କୌଣସି ବିଷୟରେ ମୋର ପ୍ରଶଂସା କରନ୍ତି ନାହିଁ ଓ ତାଙ୍କ ବଡ଼ଭାଇଙ୍କ ଆଜ୍ଞାନୁବର୍ତ୍ତୀ କନିଷ୍ଠ ଭ୍ରାତା ଭାବରେ ସବୁକଥା ସ୍ୱୀକାର କରିଯାଉଥାନ୍ତି ହସିହସି।

ବୟସ ଯେତେବେଳେ ମୋର ବଢ଼ିବାକୁ ଲାଗିଲା ମୁଁ ଅନୁଭବ କଲି ଯେ ବବାଙ୍କ ଏହି ବିଦ୍ରୂପ କିପରି ଶାଣିତ ଓ ଆହତ କରିବା ପାଇଁ ସର୍ବଦା ଉଦ୍ୟତ। ଯେତେବେଳେ

ବରପାଲିରେ ଦାଦା, ନାନୀଙ୍କ ବାହାଘର ହୁଏ, ସେତେବେଳେ କାର୍ଡ ବାଣ୍ଟିବାଠାରୁ ଆରମ୍ଭ କରି ପ୍ରୀତିଭୋଜନ ସମାପ୍ତ ହେବା ପର୍ଯ୍ୟନ୍ତ କି କାମ ତାଙ୍କର ଆଜ୍ଞା ପାଳନ କରି ମୁଁ ନ କରିଛି ! ତଥାପି ମିହିରଦାଦାଙ୍କ ବିବାହ ପରେ ସେ ଯେତେବେଳେ ବାପାଙ୍କୁ ଲେଖିଲେ ଚିଠି ଭୁବନେଶ୍ୱରରୁ ସେଥିରେ ଉଲ୍ଲେଖ କଲେ - "ମଣୀନ୍ଦ୍ର, ଏ ପର୍ଯ୍ୟନ୍ତ କିଛି ଶିଖିପାରିଲା ନାହିଁ। ଶିଷ୍ଟାଚାର କାହାକୁ କୁହାଯାଏ, ତାହା ଜାଣିପାରିଲା ନାହିଁ।" ଯେହେତୁ ସେତିକିବେଳେ ମୁଁ ମାଟ୍ରିକ୍ ପରୀକ୍ଷାରୁ ଉତ୍ତୀର୍ଣ୍ଣ ହୋଇସାରିଥିଲି ଏପରି ବାକ୍ୟର ଆଘାତକୁ ଅନୁଭବ କରିପାରୁଥିଲି ଓ ପ୍ରତିକ୍ରିୟା ମଧ୍ୟ ପ୍ରକାଶ କରଥିଲି ବାପାଙ୍କ ଆଗରେ। ସେହିଦିନ ବାପାଙ୍କ ସହିତ ଏକତ୍ର ଯେତେବେଳେ ରୋଷେଇଘରେ ପିଢ଼ା ଉପରେ ବସି ମଧ୍ୟାହ୍ନ ଭୋଜନ କରୁଥାଉଁ ଏବଂ ମା' ମଧ୍ୟ ଆମ ପାଖରେ ଥାନ୍ତି ଉପସ୍ଥିତ, ସେତେବେଳେ ଦୀର୍ଘ ସମୟ ଧରି କ୍ରନ୍ଦନ ନ କରି ମୁଁ ରହିପାରିଲି ନାହିଁ। ବାପା ମୋ ପ୍ରତି ଥିଲେ ଏକାନ୍ତ ସହାନୁଭୂତିଶୀଳ। କିନ୍ତୁ ତାଙ୍କ ବଡ଼ଭାଇଙ୍କ ଆଗରେ କୌଣସି କଥାର ପ୍ରତିବାଦ କରିବା ଥିଲା ତାଙ୍କର ସ୍ୱଭାବ-ବିରୁଦ୍ଧ।

ମୋର ନାମଲେଖା ହେଲା ବରପାଲି କଲେଜରେ। ଭୁବନେଶ୍ୱରର ବବାଙ୍କ ମନୋଭାବର ପରିଚୟ ପାଇ ଆହୁରି ଝାଉଁଳି ପଡ଼ିଥିଲି ମୁଁ। ସେ ବାପାଙ୍କୁ ଚିଠିରେ ଲେଖିଥିଲେ ଯେ "ମଣୀନ୍ଦ୍ରର ନାମଲେଖା କଲେଜରେ ହୋଇଯାଇଛି ବୋଲି ଜାଣିଲି। କିନ୍ତୁ ଆମର ସବୁ ପିଲା ଅର୍ଥାତ୍ ଚାରିପୁଅଯାକ ଯଦି ଉଚ୍ଚଶିକ୍ଷା ଲାଭ କରିବେ ଆଉ ଚାକିରି କରିବେ ତା'ହେଲେ ଘରେ ରହିବ କଏ ? ମଣୀନ୍ଦ୍ର ଉପରେ ହୁଏତ ପରିଣତ ବୟସରେ ଆମ ସମସ୍ତଙ୍କୁ ନିର୍ଭର କରିବାକୁ ପଡ଼ିପାରେ। ତେଣୁ ସେ କଲେଜରେ ନ ପଢ଼ି କୌଣସି ବ୍ୟବସାୟିକ କାର୍ଯ୍ୟରେ ଲାଗିଥିଲେ ଓ ବରପାଲି ଘରେ ତା'ର ରହିବା ନିଶ୍ଚିତ ହୋଇଥିଲେ ଭଲ ହୋଇଥାନ୍ତା।" ଏକଥା ପଢ଼ି ଦୁଃଖରେ ମ୍ରିୟମାଣ ହୋଇପଡ଼ିଥିଲି ମୁଁ। ସବୁଠାରୁ ଯଦି କାହାର କଥା ଅକ୍ଷରେ ଅକ୍ଷରେ ମୁଁ ପାଳନ କରୁଥିଲି ତା'ହେଲେ ସେ ହେଉଛନ୍ତି ଏହି ଭୁବନଶ୍ୱରର ବବା ଅଥଚ ମୁଁ ଶିଷ୍ଟାଚାର ଶିଖିପାରିଲି ନାହିଁ ବୋଲି ସେ ଦେଲେ ମୋ ସମ୍ପର୍କରେ ନିଷ୍ଠୁର ମନ୍ତବ୍ୟ। ପୁଣି ତାଙ୍କ ପୁଅମାନେ ଭଲ ପାଠ ପଢ଼ି ଚାକିରି କରିବେ ଓ ମୁଁ ସମସ୍ତଙ୍କ ସେବା କରିବା ପାଇଁ ଉଚ୍ଚ ଶିକ୍ଷାପ୍ରାପ୍ତ ନ ହୋଇ ଘରେ ରହିବି ଚିରଦିନ ପାଇଁ - ତାଙ୍କର ଏ ଭାବନା ମୋତେ ଅଧିକରୁ ଅଧିକ ବିଦ୍ଧ କଲା। ସେତେବେଳେ ମଧ୍ୟ ବାପାଙ୍କ ଆଗରେ ମୁଁ ବାଷ୍ପରୁଦ୍ଧ କଣ୍ଠରେ ପ୍ରକାଶ କରିଥିଲି ମୋର କ୍ଷୀଣ ପ୍ରତିବାଦ। ଏକଥା ସତ୍ୟ ଯେ ମୁଁ ସମସ୍ତଙ୍କଠାରୁ ଥିଲି ପାଠରେ ପଛୁଆ। ସେଥିପାଇଁ ନିଜକୁ ମଧ୍ୟ ହେୟ ମନେକରୁଥିଲି ମୁଁ। ବବା ବାପାଙ୍କ ସେବା କରିବା ପାଇଁ ବରପାଲିରେ ରହିବାକୁ ମୋର ଆଦୌ ଅନିଚ୍ଛା ମଧ୍ୟ ନଥିଲା। କିନ୍ତୁ ମୁଁ କଲେଜରେ ପାଠ ନ ପଢ଼େ

ଏକଥା ବବା ଭାବିପାରିଲେ ଓ ଲେଖିପାରିଲେ କିପରି - ଚାହା ଚିନ୍ତା କରି ମୁଁ ବିମର୍ଷ ଅନୁଭବ କଲି ।

ସରକାରୀ ଚାକିରିରୁ ଅବସର ଗ୍ରହଣ କରି ବବା ଫେରି ଆସିଲେ ଜନ୍ମ ମାଟିକୁ । ସେଥିରେ ମୋର ଆନନ୍ଦର ସୀମା ନଥିଲା । କିନ୍ତୁ ତାଙ୍କ ପାଖରେ ଛିଡ଼ା ହେବା ମାତ୍ରକେ କେବଳ ଉପହାସର ଶରବ୍ୟ ହେବାକୁ ପଡୁଥିଲା ମୋତେ । ମୁଁ କଥା କହି ଶିଖିନାହିଁ, ମୋର ଆଚରଣ ପରିଶୁଦ୍ଧ ନୁହେଁ, ମୋର ଚିନ୍ତା ଚେତନା ଅପରିପକ୍ୱ - ଏହି ବିଷୟ ଆଲୋଚନା କରି ମୋତେ ସେ ଦେଉଥିଲେ ଦାରୁଣ ଆଘାତ । ଏପରିକି ମୋର ଯେଉଁ ଅଳ୍ପସଂଖ୍ୟକ ସାଙ୍ଗ ସାଥୀ ଆସୁଥିଲେ ଘରକୁ, ସେମାନଙ୍କ ଅଶିଷ୍ଟତା ସମ୍ପର୍କରେ ମଧ୍ୟ ଅଭିଯୋଗ କରିବାରୁ ସେ ସମସ୍ତଙ୍କୁ ମୁଁ ମନା କରିଦେଇଥିଲି ଘରକୁ ଆସିବା ପାଇଁ । କେହି ସାଙ୍ଗ ସାଥୀ, ଅଧ୍ୟାପକ ହେବା ପରେ ଛାତ୍ରମାନେ ଆସି ଯେତେବେଳେ ବସୁଥିଲେ ବୈଠକ ପ୍ରକୋଷ୍ଠରେ, ତାହା ମଧ୍ୟ ତାଙ୍କୁ ମନେହେଉଥିଲା ଅଶାଳୀନ । ସେଥିପାଇଁ ମୋତେ ସହିବାକୁ ପଡୁଥିଲା ବିଦ୍ରୁପଭରା ଭର୍ତ୍ସନା । ତେଣୁ ମୋ ପାଖକୁ ଯିଏ ବି ଆସନ୍ତି ମୁଁ ତାଙ୍କୁ ସାକ୍ଷାତ କରେ ଘର ବାହାରେ, ରାସ୍ତା ପାଖରେ । ଘଣ୍ଟା ଘଣ୍ଟା ଧରି ଛିଡ଼ା ହୋଇ ସେମାନଙ୍କ ସହ ବାର୍ତ୍ତାଳାପ କରେ । ଅଥଚ ଯେଉଁମାନେ ଆମ ପରିବାରର ହିତ ଚିନ୍ତକ ନୁହନ୍ତି ଓ ଗଙ୍ଗାଧରଙ୍କ ନାମରେ ନାମିତ ଅନୁଷ୍ଠାନରେ ରହି କବିଙ୍କ ସ୍ମୃତି ପୂଜାରେ ଘଟାଇ ଚାଲିଥାନ୍ତି ବ୍ୟତିକ୍ରମ ଓ ଯେଉଁମାନଙ୍କୁ ବାପା ମଧ୍ୟ ଆଦୌ ଭଲପାଉନଥିଲେ ସେମାନଙ୍କୁ ଘର ଭିତରେ ବସାଇ ଚା' ପରିବେଷଣର ବ୍ୟବସ୍ଥା କରିଦେଉଥିଲେ ବବା । ସେମାନଙ୍କ ସହିତ ମିଶି ମଞ୍ଚସ୍ଥ କରୁଥିଲେ ନାଟକ । ନିର୍ଦ୍ଦେଶନା ଦେଉଥିଲେ ନାଟକର ସେମାନଙ୍କୁ ପାଖକୁ ଯାଇ ବିତାଉଥିଲେ ମୂଲ୍ୟବାନ ସମୟ । ଏ ସବୁ ଦୃଶ୍ୟ ଦେଖି ଦେଖି ମୋତେ କେବଳ କାନ୍ଦ କାନ୍ଦ ଲାଗୁଥାଏ । ମୁଁ ଭାବିଥିଲି ବବା ଭୁବନେଶ୍ୱରରୁ ଫେରି ଆସିବା ପରେ ଆମ ଘରର ଫେରିଆସିବ ଖୁସି । ଯେଉଁମାନେ ଆମ ପ୍ରତି ଅବହେଳା ପ୍ରଦର୍ଶନ କରୁଥିଲେ ସେମାନଙ୍କୁ ସତ୍‌ମାର୍ଗକୁ ଆଣିପାରିବେ ବବା । ସବୁ ଆଶା ଏପରି ଧୂଳିସାତ୍ ହୋଇଯିବ ମୁଁ ଏକଥା କଳ୍ପନା କରିଥାନ୍ତି କିପରି ?

ବିତିଗଲା ବର୍ଷାଧିକ କାଳ । ଥରେ ସେ ମୋ ଉଦ୍ଦେଶ୍ୟରେ କହିଲେ, "ତୁ କ'ଣ ଲେଖାଲେଖି କରୁଛୁ ପରା ! ଟିକିଏ ଆଣିବୁ ଦେଖିବା ।" ମୋ ଲେଖା ତାଙ୍କୁ ଦେଖାଇବାର ଆଦୌ ଇଚ୍ଛା ନଥିଲା ମୋର । ତଥାପି ତାଙ୍କ ନିର୍ଦ୍ଦେଶ ଅମାନ୍ୟ କରିନପାରି ମୋର କେତୋଟି ଗଳ୍ପ, ତାଙ୍କ ହାତକୁ ବଢ଼ାଇ ଦେଇଥିଲି ।

ଅନେକ ଦିନ ନିରବତାରେ ବିତିଯାଇଥିଲା । ମୋ ଲେଖା ପଢ଼ିବା ପରେ ବବା କିପରି ବିଦ୍ରୁପ କରିବେ ତାହା ଆଶଙ୍କା କରି ମୁଁ ସଂକୁଚିତ ହୋଇପଡ଼ିଥିଲି । ଦିନେ ସେ

ମୋତେ ଡାକିଲେ ତାଙ୍କ ପ୍ରକୋଷ୍ଠକୁ। କହିଲେ ତାଙ୍କ ପାଖରେ ବସିବାକୁ। ତା'ପରେ ତାଙ୍କ ଫାଇଲ ଭିତରୁ କାଢ଼ିଲେ ମୋର ଲେଖାଗୁଡ଼ିକ। ମୋ ଆଡ଼କୁ ଦେଖିଲେ ସିଧାସଳଖ ଭାବରେ। ମୁଁ ସିଧା ଦେଖିବାର ସାହସ ଜୁଟାଇପାରେ ନାହିଁ ବୋଲି ଚକ୍ଷୁ ନିମୀଳିତ କରି ପ୍ରସ୍ତୁତ ରହିଲି ତାଙ୍କ ଉପହାସର ସମ୍ମୁଖୀନ ହେବା ପାଇଁ। ଆଖିରେ ଦେଖୁନଥିଲି ମୁଁ। କିନ୍ତୁ କାନରେ ଯେଉଁ ଶବ୍ଦ ଅନୁରଣିତ ହେଲା ତାହା କ'ଣ ଭୁବନେଶ୍ୱରର ବବାଙ୍କର ? ସେ ସ୍ୱରରେ ନଥିଲା ବିଦ୍ରୂପର ଚିହ୍ନବର୍ଣ୍ଣ। ନଥିଲା ମୋତେ ଆଘାତ ଦେବା ପରି କୌଣସି ଶବ୍ଦ ଉଚ୍ଚାରଣ। ନଥିଲା ଉଚ୍ଚସ୍ୱରର ତୀବ୍ରତା। ଶୁଭୁଥିଲା ଏକ କୋମଳ ଦରଦୀ କଣ୍ଠର ସହାନୁଭୂତିସିକ୍ତ ଲଳିତ ସ୍ୱର। ଆଚମ୍ବିତ ହୋଇଗଲି ମୁଁ। ଆଖିଟେକି ଅନାଇବାକୁ ସାହସ ଜୁଟାଇ ବବାଙ୍କୁ ନୂତନ ରୂପରେ ଦେଖିବା ପାଇଁ। ଦୁଇଟି ଆଖି ତାଙ୍କର ହୋଇଉଠିଥିଲା ସଜଳ। କଣ୍ଠସ୍ୱରରେ ସେହି ସଜଳ ଆଖିର ଭାଷା ହିଁ ପ୍ରତିଧ୍ୱନିତ ହେଉଥିଲା କ୍ଷଣଟିଏ ପୂର୍ବରୁ। ସେ ଦେଖାଯାଉଥିଲେ କଳାଧଳା ଚଳଚ୍ଚିତ୍ରର ଏକ କ୍ଲାସିକ୍ ନାୟକ ପରି। ସମଗ୍ର ମୁଖମଣ୍ଡଳଟି ତାଙ୍କର ଭାବାଚ୍ଛନ୍ନ। ପାଖରେ ବସାଇ ମୋ ଗଳ୍ପପାଠର ଯେଉଁ ଅନୁଭୂତି ବ୍ୟକ୍ତ କଲେ ତାହା ବର୍ଣ୍ଣନା କରିବା ଆତ୍ମପ୍ରଶସ୍ତି ହୋଇଯିବ। ତେଣୁ ସେଥିରୁ ରହୁଛି କ୍ଷାନ୍ତ ହୋଇ। ମୋ ହାତକୁ ସାଶ୍ରୁଲୋଚନରେ ବଢ଼ାଇଦେଲେ ଗଳ୍ପ ସବୁ ଆଉ ଆବେଗ ସ୍ପନ୍ଦିତ ସ୍ୱରରେ ସଂକେତ ଦେଲେ ସାହିତ୍ୟ ସର୍ଜନା ଅବ୍ୟାହତ ରଖିବାକୁ। ମୋ ଅନ୍ତରରେ ପୂର୍ବ ପ୍ରତିଷ୍ଠିତ ଭୁବନେଶ୍ୱରବବାଙ୍କ ପ୍ରତିଚ୍ଛବି ପରିବର୍ତ୍ତିତ ହୋଇଯାଇଥିଲା ସେତେବେଳେ। ମୋ ଆଖିକୁ ସେ ଦିଶୁଥିଲେ ଫଟୁବାବା ଗଙ୍ଗାଧର ମେହେର ଆଉ ପିତାମହ ଭଗବାନ ମେହେରଙ୍କ ପରି। ସେଦିନଠାରୁ ମୁଁ ତାଙ୍କୁ ଯେକୌଣସି ଲେଖା ପ୍ରସ୍ତୁତ କରିବା ମାତ୍ରକେ ପ୍ରଥମେ ଦେଖାଇ ଦେଉଥିଲି। ତାହା ବି ଦେଖିବାର ତାଙ୍କର ଥିଲା ଐକାନ୍ତିକ ଇଚ୍ଛା। ଲେଖା କେତେ ସୁନ୍ଦର ଓ ମାର୍ଜିତ ଭାବରେ ସଂଶୋଧନ କରାଯାଇପାରେ ତାହା ଦେଖିଲି ପ୍ରଥମ କରି ତାଙ୍କରି ସମ୍ପାଦନା କାର୍ଯ୍ୟରେ। ମୋର ପ୍ରତ୍ୟେକଟି ଲେଖା ତାଙ୍କ ହାତର ସ୍ପର୍ଶରେ ହୋଇଯାଉଥିଲା ଅଧିକ ପରିଚ୍ଛନ୍ନ ଓ ପ୍ରଭାବଦୀପ୍ତ। ମୁଁ ତାଙ୍କ ପାଖରେ ଆଦୌ ବସିପାରେ ନାହିଁ। ମୋ ବେକର ମଇଳା ହାତରେ ଘଷି ଘଷି ସଂକୁଚିତ ଭଙ୍ଗୀରେ ଶୁଣୁଥାଏ ତାଙ୍କର ସଦୁପଦେଶ। ଯେଉଁ ଲେଖାଟି ଦେଖାଇଛି ତାଙ୍କୁ ପ୍ରତ୍ୟେକଟି ଲେଖା ସମ୍ପର୍କରେ ସେ ଯେପରି ପ୍ରଦାନ କରିଥାନ୍ତି ଉଚ୍ଚ ଅଭିମତ ତାହା ପ୍ରକାଶ କରିବା ପାଇଁ ମୁଁ ଏକାନ୍ତ ଅକ୍ଷମ। କେଉଁ ଲେଖା ପଢ଼ି ତାଙ୍କ ଚକ୍ଷୁ ଅଶ୍ରୁ ସଜଳ ହୋଇଉଠୁଥିଲା ତ ଆଉ କେଉଁ ଲେଖା ପଢ଼ି ତାଙ୍କ ଚେତନାର ଆଲୋକଧାରା ବିଚ୍ଛୁରିତ କରି ଦେଉଥିଲେ ମୋ ଆଗରେ ସେ। କହୁଥିଲେ ଏଭଳି ଲେଖାଯାଇପାରେ ତାହା ଆମର କଳ୍ପନା ବାହାରେ ଥିଲା।

ବବାଙ୍କ ସ୍ୱରୂପ ଯେତେବେଳେ କ୍ରମଶଃ ସ୍ପଷ୍ଟରୁ ସ୍ପଷ୍ଟତର ହୋଇଉଠିଲା ସେତେବେଳେ ତାଙ୍କ ମାଧ୍ୟମରେ ମୁଁ ଲାଭ କରୁଥିଲି ପ୍ରପିତାମହ କବି ଗଙ୍ଗାଧର ଓ ପିତାମହ ଭଗବାନ ମେହେରଙ୍କ ସ୍ନେହସିକ୍ତ ସ୍ପର୍ଶ । ସେ ଯେତେବେଳେ ବରପାଲିରେ ଅତିବାହିତ କରୁଥିଲେ ନିଜର ଯୌବନକାଳ ସେତେବେଳେ ତାଙ୍କ ଘନିଷ୍ଠ ବନ୍ଧୁମାନଙ୍କ ସାହଚର୍ଯ୍ୟରେ ପ୍ରତିଷ୍ଠା କରିଥିଲେ ଗଙ୍ଗାଧରଙ୍କ ନାମରେ ଅନୁଷ୍ଠାନଟିଏ । ମାତ୍ର ଯେତେବେଳେ ସେ ଚାଲିଗଲେ ଭୁବନେଶ୍ୱରକୁ, ସେତେବେଳେ ତାଙ୍କ ପରିସଜ୍ଜିତ ସବୁ ଯୋଜନା କିଭଳି ଅକାଳ ନିର୍ବାସନ ଲାଭ କଲେ ସେହି ବେଦନା ବାପା ଚିଠିରେ ବ୍ୟକ୍ତ କରି ଜଣାଉଥିଲେ ତାଙ୍କୁ । ବବା ଏ ଚିଠିଗୁଡ଼ିକର ଉତ୍ତର ଦେଉଥିଲେ ଏହିପରି ଭାଷାରେ ଯେ – "ସେମାନଙ୍କ ସହିତ ଏକତ୍ର ମିଶି ଆମକୁ କାମ କରିବାକୁ ହେବ । ସମାଲୋଚନା କରି କୌଣସି ପରିବର୍ତ୍ତନ ଅଣାଯାଇପାରିବ ନାହିଁ । ସତକୁ ସତ ବବା ଅବସର ଗ୍ରହଣ କରି ଆସିବା ପରେ ସେହି ଅଧ୍ୟାୟର ଶୁଭାରମ୍ଭ ସେ ଘଟାଇଲେ । ସେମାନଙ୍କ ସହିତ ମିଶି ଗଙ୍ଗାଧର ସାହିତ୍ୟ ଓ ସଂସ୍କୃତିର ପ୍ରଚାର ପ୍ରସାର କରିବାର ସ୍ୱପ୍ନରେ ସେ ହେଲେ ତଲ୍ଲୀନ । ଏହି ଭାବ ବିଭୋରତାରେ ଯବନିକା ଟାଣି ହୋଇଯିବା ପାଇଁ ଲାଗିଲା ନାହିଁ ବିଶେଷ ବିଳମ୍ବ । ଅନାୟାସରେ ସେ ବୁଝିପାରିଥିଲେ ଯେ ସେମାନେ ଆଉ ତାଙ୍କର ଅନୁଗତ ବନ୍ଧୁ ହୋଇ ରହିନାହାନ୍ତି । ସ୍ୱାର୍ଥର ଅହମିକାରେ ସେମାନଙ୍କ ଆଖିର ସ୍ୱଚ୍ଛତା କେବେଠୁ ଲୁଣ୍ଠିତ ହୋଇସାରିଛି । ଏହାପରେ ଘଟିଲା କ'ଣ ? ସ୍ପଷ୍ଟବାଦୀ ମୋର ପୂଜନୀୟ ବବା ଯେତେବେଳେ ନିର୍ଭୀକ ଭାବରେ ଶୁଣାଇଦେଲେ ନିଜ ଅନ୍ତରର ପ୍ରତିକ୍ରିୟା, ସେହିଦିନଠୁ ସେ ହେଲେ ଉକ୍ତ ଅନୁଷ୍ଠାନରୁ ନିର୍ବାସିତ । ଆଉ କୌଣସି ସଭାସମିତିକୁ ତାଙ୍କୁ ଆମନ୍ତ୍ରଣ କରାଗଲା ନାହିଁ । ଠିକ୍ ଏହି ସମୟରେ ତାଙ୍କର ସହସ୍ର ଅସନ୍ତୋଷ ପ୍ରତିକ୍ରିୟା ପ୍ରକାଶ କରିବା ପାଇଁ ଲୋଡ଼ିଲେ ସେ ଏକ ଉପଯୁକ୍ତ ମାଧ୍ୟମ । ଆଉ ସେତେବେଳେ ତାଙ୍କ ଆଖି ଆଗରେ ତାଙ୍କର ଭ୍ରାତୃଷ୍ପୁତ୍ର ମଣୀନ୍ଦ୍ରର ସରଳ ନିରୀହ ରୂପଟି ତାଙ୍କ ଆଗରେ ଉଦ୍ଭାସିତ ହୋଇଉଠିଲା । ଗଙ୍ଗାଧରଙ୍କ ନାମରେ ନାମିତ ଏକ ମହାନ୍ ସାହିତ୍ୟ ଅନୁଷ୍ଠାନର ସମ୍ପାଦକ କରିଦେଲେ ସେ ତାକୁ । ସେଇଠୁ ଆରମ୍ଭ ହେଲା ତାଙ୍କର ମହାସଂଗ୍ରାମ । ଯେଉଁମାନେ ଗଙ୍ଗାଧରଙ୍କ ନାମରେ ପ୍ରତିଷ୍ଠିତ ପବିତ୍ର ଗୃହରେ ଖେଳୁଥିଲେ ତାସ୍, କ୍ୟାରମ ତାହାକୁ ପରିଣତ କରିଥିଲେ ସାନ୍ଧ୍ୟକାଳୀନ ଅରୁଚିକର ଖଟିରେ, ତାହାର ପ୍ରତିବାଦ କଲେ ସେ ଯେପରି ତୀବ୍ର ଭାବରେ, ତାହା ମୋ ପ୍ରାଣକୁ କେବଳ ନୁହେଁ, ବରପାଲି ମାଟିରେ ସୃଷ୍ଟି କଲା କମ୍ପନ ପରେ ଅନେକ କମ୍ପନ । ତାଙ୍କ ଶାଣିତ ବିଦ୍ରୂପର ଶର ନିକ୍ଷେପ ହେଲା ସେମାନଙ୍କ ପ୍ରତି । ଯେଉଁମାନଙ୍କୁ ଚା ପାନରେ ଆପ୍ୟାୟିତ କରି ସେ ନିଜର ଅନୁଗତ କରାଇବା ପାଇଁ ରଖିଥିଲେ ଲକ୍ଷ୍ୟ, ତାହା ଭୁଷୁଡ଼ି ପଡ଼ିଲା ସଂକୀର୍ଣ୍ଣ

ସ୍ୱାର୍ଥପର ଭୂକମ୍ପରେ। ମୁଁ ହେଲି ତାଙ୍କର ଆୟୁଧ। ମୋ ମନରେ ମଧ୍ୟ ଥିଲା ସେଭଳି ଅପରିଚ୍ଛନ୍ନ କାର୍ଯ୍ୟ ପ୍ରତି ଯେଉଁ ବିରୁଦ୍ଧ ଭାବ ତାହା ପ୍ରତିଫଳିତ ହେଲା ମୋ ଆଚରଣରେ। ତେବେ ଅଭିମନ୍ୟୁ ସପ୍ତରଥୀ ଦ୍ୱାରା ଶରବିଦ୍ଧ ହେଲା ପରି ମୁଁ ହୋଇଥିଲି କ୍ଷତାକ୍ତ, ବେଦନା ଜର୍ଜରିତ ଓ ପରାଜୟ ସ୍ୱୀକାର ନ କରି ମଧ୍ୟ ପରାଜିତ।

କେତେ ଦିନ ପର୍ଯ୍ୟନ୍ତ ଏହି ବିରୋଧୀ ତତ୍ତ୍ୱଙ୍କ ସହିତ ଲଢ଼ିପାରିଥାନ୍ତେ ବବା ? ଲଢ଼ିପାରିଥାନ୍ତା ମୋ ପରି ଦୁର୍ବଳ ନିରୀହ ସତ୍ତାଟିଏ ? ? ସେମାନଙ୍କ ସହିତ ଏକତ୍ରିତ ହୋଇ ପରିବର୍ତ୍ତନ ଆଣିବା ଯେପରି ଥିଲା ଅସମ୍ଭବ, ସେହିପରି ସେମାନଙ୍କୁ ସମାଲୋଚନା କରି ମଧ୍ୟ କୌଣସି ଦୃଶ୍ୟାନ୍ତର ସୃଷ୍ଟି କରିବା ଥିଲା ଅସମ୍ଭବ। ଉଭୟ କ୍ଷେତ୍ରରେ ଅସଫଳ ହେବା ପରେ ବବା ପୁଣି ଆମର ପାରିବାରିକ ସମସ୍ୟା ଭିତରେ ଏପରି ଛନ୍ଦି ହୋଇପଡ଼ିଲେ ଯେ ନିଜ ପ୍ରିୟ ଜନ୍ମ ଭୂଇଁ, ନିଜର ପ୍ରିୟ କବି ଆଉ ପ୍ରିୟ ଉତ୍ତରାଧିକାରୀମାନଙ୍କ ପାଇଁ କିଛି ବି କରିପାରିଲେ ନାହିଁ। ଅନେକ ଦିନ ଧରି ବରପାଲିରେ ତାଙ୍କୁ ଅନୁପସ୍ଥିତ ରହିବାକୁ ପଡ଼ିଲା। କେତେବେଳେ ଭୁବନେଶ୍ୱରରେ ଆଉ କେତେବେଳେ ବରପାଲିରେ ବିତିଯାଉଥାଏ ତାଙ୍କର ବେଦନାଦାୟକ ଦିବସ ରାତ୍ରି।

ମୁଁ ଉଚ୍ଚଶିକ୍ଷା ଲାଭ କରି ବରପାଲି ମହାବିଦ୍ୟାଳୟରେ ଅଧ୍ୟାପକ ହୋଇ ଆମରି ଘରେ ରହିଥିଲି ବବାଙ୍କ ତିରୋଧାନ କାଳ ପର୍ଯ୍ୟନ୍ତ। ସେ ଯେ ଚାହୁଁଥିଲେ ମୋ ଭଳି ଅପାରଗ ପୁତ୍ରର ସେବା ଲାଭ କରିବା ସକାଶେ, ସେଥିପାଇଁ ମୁଁ କେଡ଼େ ଅନୁପଯୁକ୍ତ ତାହା ଜାଣିପାରିଥିଲେ ଠିକଣା ସମୟରେ। ତାଙ୍କର ଶେଷଦିନଗୁଡ଼ିକ ଯଦି ବିତିଥାନ୍ତା ବରପାଲିରେ ତା'ହେଲେ ବାପାଙ୍କ ସେବାରେ ମୁଁ ଯେପରି ନିଜକୁ ନିୟୋଜିତ କରିଥିଲି ତାଙ୍କ ସେବାରେ ମଧ୍ୟ ସେପରି ତ୍ରୁଟି କରିନଥାନ୍ତି ଆଦୌ। ଅଥଚ ଶେଷ କେତୋଟି ଦିନ ପାଇଁ ସେ ଚାଲିଆସିଥିଲେ ଭୁବନେଶ୍ୱରକୁ ମିହିର ଦାଦାଙ୍କ ପାଖକୁ। ସେ କେବେହେଲେ ଆଶଙ୍କା କରିନଥିଲେ ଯେ ତାଙ୍କ ପ୍ରାଣବାୟୁ ରାଜଧାନୀରେ ଉଡ଼ିଯିବ ବୋଲି। ପ୍ରିୟ ଜନ୍ମମାଟିକୁ ଫେରିଆସିବାର ଆଶା ଉଜ୍ଜୀବିତ ରହିଥିଲା ତାଙ୍କ ମନରେ। ଜୀବନ୍ତ ଶରୀରରେ ତ ଲେଉଟି ଆସିପାରିଲେନି ସେ। ଆସିଲେ ଧଳା ବସ୍ତ୍ରରେ ସମ୍ପୂର୍ଣ୍ଣ ଆବୃତ୍ତ ହୋଇ। ପ୍ରିୟ ଜନ୍ମମାଟିର ପ୍ରିୟ ପରିଜନ ଦେଲେ ଆନ୍ତରିକ ଶ୍ରଦ୍ଧାଞ୍ଜଳି ତାଙ୍କୁ। କବିଙ୍କ ସମାଧି ସମ୍ମୁଖରେ ଜଳିଉଠିଲା ତାଙ୍କର ଚିତାଗ୍ନି। ଚୁପ୍‌ଚାପ୍ ଛିଡ଼ା ହୋଇଥାଏ ହାତ ଯୋଡ଼ି ପୂଜ୍ୟ ବବାଙ୍କ ଅମର ଆତ୍ମା ଉଦ୍ଦେଶ୍ୟରେ। ସେ ଯେଉଁ କେତୋଟି ପତ୍ର ଭୁବନେଶ୍ୱରରୁ ଥାଇ ଲେଖିଥିଲେ ମୋ ଉଦ୍ଦେଶ୍ୟରେ, ସେହି ଧାଡ଼ିଗୁଡ଼ିକ ଅମର ଜ୍ୟୋତିରେ ଭାସ୍ୱର ହୋଇ ମୋ ଆଖି ଆଗରେ ପରିଦୃଶ୍ୟମାନ ହୋଇ ଉଠୁଥିଲା। ବବା ଲେଖିଥାନ୍ତି – "ଆଜି ଯଦି ଦାଦା ଅର୍ଥାତ୍ କବିପୁତ୍ର ଭଗବାନ ମେହେର ଥା'ନ୍ତେ ତା'ହେଲେ ତୋର ଲେଖା ପାଠ କରି

ସେ ଲାଭ କରିଥାନ୍ତେ ପରମ ସନ୍ତୋଷ । ଆମର ସେଇ ସୌଭାଗ୍ୟ ନାହିଁ ।" ଏ ପ୍ରସଙ୍ଗରେ ବିନମ୍ରତା ପୂର୍ବକ ଏତିକି ଏ ଅକିଂଚନ କହିବାକୁ ଚାହେଁ ଯେ ଆମ ପରିବାରର ଅନ୍ୟ କେହି ହେଲେ ମୋର ସାମାନ୍ୟ ପ୍ରତିଭାଟିକୁ ଏପରି ଅସାମାନ୍ୟ ଆଖିରେ ଅନାଇ ପାରିନାହାନ୍ତି ।

ବବାଙ୍କ ଚିତାଗ୍ନି ପାଖରେ ଛିଡ଼ା ହୋଇ ହାତଯୋଡ଼ି ମୋ ଅନ୍ତର କହୁଥିଲା – ଏହା ଭୁବନେଶ୍ୱର ବବାଙ୍କ ନିଷ୍ପ୍ରାଣ ଶରୀର ନୁହେଁ, ଗଙ୍ଗାଧରଙ୍କ ପବିତ୍ର ପ୍ରାଣବନ୍ତ ଆଧାର ।

ବାପା : ଅସମାପ୍ତ ଜୀବନ ଗ୍ରନ୍ଥ

ଏମିତି ଗୋଟିଏ ମୁହୂର୍ତ୍ତ ନାହିଁ ମୋ ଜୀବନରେ, ଯେଉଁ ମୁହୂର୍ତ୍ତରେ ବାପାଙ୍କ ଛବି ମୋ ହୃଦୟରେ ଉଭାସିତ ହୋଇ ଉଠିନାହିଁ। ତେବେ ଆଜି ରବୀନ୍ଦ୍ରନାଥଙ୍କ ପ୍ରତ୍ୟାବର୍ତ୍ତନ ଗଳ୍ପଟି ପଢ଼ିସାରିବା ପରେ ମୁଁ ଆଉ ଲୁହ ସମ୍ଭରଣ କରିପାରୁନାହିଁ। କୋହ ସମ୍ଭରଣ କରିପାରୁ ନାହିଁ।

ବାପା ସମ୍ବଲପୁରୀ ବସ୍ତ୍ରାଳୟର ମାତ୍ର ସାଧାରଣ କର୍ମଚାରୀଟିଏ ଥିଲେ। କେତେ ଅଳ୍ପ ଦରମାରେ ସେ ପରିବାର ପରିଚାଳନା କରିପାରୁଥିଲେ ସେକଥା ବଡ଼ ହେବା ପରେ ମୁଁ ବୁଝିପାରିଥିଲି। ଶୈଶବ କାଳରେ, କୈଶୋର ଏବଂ ଯୌବନ କାଳରେ ମଧ୍ୟ ବାପା ଏମିତି ଗୋଟିଏ ମିନିଟ ମଧ୍ୟ ଦେଇନାହାନ୍ତି ଯେଉଁ ସମୟରେ ମୁଁ ପରିବାରର ବା ତାଙ୍କର ଦାରିଦ୍ର୍ୟକୁ ଅନୁଭବ କରିପାରିବି। ଛୋଟଟି ବେଳରୁ ଯେତେବେଳେ ଯାହା ବି ଚାହୁଁଥିଲି ସବୁ ଜିନିଷ ମୋ ହାତ ପାହାନ୍ତାକୁ ଆସି ପହଂଚି ଯାଉଥିଲା। ମୋର ସବୁ ଅଳି ଅର୍ଦ୍ଦଳି - ମୋର ସବୁ ଇଚ୍ଛା, ଅନୁରୋଧ, ଦାବି ମୁହୂର୍ତ୍ତେ ମାତ୍ର ବିଳମ୍ବ ନ ହୋଇ ବାପାଙ୍କ ଦ୍ୱାରା ଅନୁମୋଦିତ ହୋଇଯାଉଥିଲା। ସେଥିପାଇଁ ତାଙ୍କର ବନ୍ଧୁ ମହଲରେ ଓ ତାଙ୍କର କେତେକ ସହକର୍ମୀ ତାଙ୍କୁ ଉପହାସ ମଧ୍ୟ କରୁଥିଲେ। ଏତେ ଗେହ୍ଲାରେ ମୋତେ ବଢ଼ାଉଥିବାରୁ ତାଙ୍କୁ ପରିବାର ଭିତରେ ଓ ବାହାରେ ଅନେକ ବିଦ୍ରୂପ ସହ୍ୟ କରିବାକୁ ପଡୁଥିଲା। ତଥାପି ସେ ନିଜ ପ୍ରତିଜ୍ଞାରେ ଯେପରି ଅଟଳ ଥିଲେ, ସେକଥା ଭାବିଲେ ଆଜି ଆଶ୍ଚର୍ଯ୍ୟ ଲାଗିଯାଉଛି।

ବାପା ନିଜେ କହନ୍ତି, ଆମେରିକାନ ଫ୍ରେଣ୍ଡସ ସୋସାଇଟି ଯେତେବେଳେ ବରପାଲିରେ ତାଙ୍କର କାର୍ଯ୍ୟ ଆରମ୍ଭ କଲେ, ସେତେବେଳେ ସେ ଅନୁବାଦକ ଭାବରେ ସେଠି ଯୋଗ ଦେଇଥିଲେ। ଜଣେ ଆମେରିକାନ ଡାକ୍ତର କୁଷ୍ଠରୋଗୀ ମାନଙ୍କର ଘା'କୁ ଆଦୌ ଘୃଣା ନ କରି ଯେପରି ପ୍ରେମର ସହିତ ପରିଷ୍କାର କରୁଥିଲେ, ସେ ଦୃଶ୍ୟ ତାଙ୍କ

ହୃଦୟକୁ ବଦଳାଇ ଦେଇଥିଲା । ଛୋଟବେଳେ ଖଣ୍ଡିଆ ଖାବରା ହୋଇ ଯେତେବେଳେ ମୁଁ କ୍ଷତାକ୍ତ ହେଉଥିଲି ଏବଂ ସେ କ୍ଷତ ପାଚି ଯାଉଥିଲା, ପ୍ରତିଦିନ ସେସବୁକୁ ସେ ଯେପରି ଯତ୍ନର ସହିତ ପରିଷ୍କାର କରିଦେଉଥିଲେ, ତାହା ମନେପଡ଼ିଲେ ଦୋହଲି ଯାଉଛି ହୃଦୟ । ଖାଲି ମୋର ନୁହେଁ, ତାଙ୍କର ବାପା, ବଡ଼ଭାଇ କାହାରି ମଳ ମୂତ୍ର ପରିଷ୍କାର କରିବା ପାଇଁ ତିଳେ ମାତ୍ର ସଂକୋଚ କରୁନଥିଲେ ସେ ।

ବାପାମାନେ କ'ଣ ଏମିତି ବି ହୋଇପାରନ୍ତି ? ମୁଁ ଅଧ୍ୟାପକ ହେବା ପର୍ଯ୍ୟନ୍ତ ମୋର ସବୁ ପୋଷାକ ପତ୍ର ସିଏ ହିଁ କିଣି ଆଣୁଥିଲେ । ଦେହ ଖରାପ ହେଲେ ସିଏ ହିଁ ଡାକ୍ତରଙ୍କ ପାଖକୁ ମୋତେ ନେଇଯାଆନ୍ତି । ଡାକ୍ତରଙ୍କ ପାଖକୁ ଯିବା ପାଇଁ ମୁଁ ଅନିଚ୍ଛା ପ୍ରକାଶ କଲେ ନିଜେ ଯାଇ ମଧ୍ୟରାତ୍ରରେ ବି ଔଷଧ ମୋ ପାଇଁ ନେଇ ଆସନ୍ତି । ତା' ତୁଳନାରେ ମୁଁ ତାଙ୍କ ପାଇଁ କ'ଣ ବା କରିପାରିଛି ? କିଡ୍‌ନି ଦୁଇଟି ତାଙ୍କର ଯେତେବେଳେ ଅଚଳ ହୋଇପଡ଼ିଲା ଆଉ ବାରମ୍ବାର ଡାକ୍ତରଙ୍କ ପାଖକୁ ନେଇ ତାଙ୍କର ଚିକିତ୍ସା କରିବାକୁ ପଡୁଥିଲା, ବାରମ୍ବାର ତାଙ୍କୁ ରକ୍ତ ଦେବାକୁ ପଡୁଥିଲା, ସେତେବେଳେ ଯେଉଁମାନେ ତାଙ୍କୁ ଦେଖିବାକୁ ଆସୁଥିଲେ ସମସ୍ତଙ୍କ ଆଗରେ ମୋର ପ୍ରଶଂସା କରୁଥିଲେ । ମାତ୍ର ମୁଁ ଜାଣେ ବାପାଙ୍କ ସେବାରେ ମା' ହିଁ ଥିଲେ ସମ୍ପୂର୍ଣ୍ଣ ସମର୍ପିତା ।

ଆଜି କାହିଁକି ରବୀନ୍ଦ୍ରନାଥଙ୍କ ସେଇ ଗଳ୍ପଟି ମୋ ପ୍ରାଣରେ ଝଂକୃତ ହେଉଛି ? ସେଠି ରାଇଚରଣ ନାମକ ଜଣେ ଚାକର ତା'ର ମୁନିବଙ୍କ ପୁଅକୁ ଯେତେବେଳେ ଖେଳାଉଥିଲା, ସେଇ ସମୟରେ ତା'ର ସାମାନ୍ୟ ଅସାବଧାନତା ପାଇଁ ଶିଶୁଟି ଭାସିଯାଇଥିଲା ନଈ ସ୍ରୋତରେ । ଏହି ହୃଦୟ ବିଦାରକ ସମ୍ବାଦ ତା'ର ମୁନିବକୁ ସେ କିପରି ଦେଇପାରିଥାନ୍ତା ? କେବଳ ଆକୁଳ କ୍ରନ୍ଦନ କରି ସେ ଜଣାଇବାକୁ ଚାହୁଁଥିଲା ଯେ, ସେ କିଛି ଜାଣିପାରି ନାହିଁ । ପଦ୍ମା ନଈରେ ଭାସିଗଲା ଶିଶୁଟି । ବୁଡିଗଲା ତା'ର ଜୀବନ ଦୀପ ଚିରଦିନ ପାଇଁ । ଆଉ ସା'ନ୍ତାଣୀ ଭାବିଲେ ଯେହେତୁ ଶିଶୁଟି ଦେହରେ ଥିଲା ମୂଲ୍ୟବାନ ଅଳଙ୍କାର, ସେଥିପାଇଁ ତାକୁ କେଉଁଠି ବିକ୍ରି କରିଦେଇଛି ଏଇ ରାଇଚରଣ । ରାଇଚରଣର ହୃଦୟ ଭାଙ୍ଗି ପଡ଼ିଥିଲା । ପ୍ରୌଢ଼ ବୟସରେ ସିଏ ତଡ଼ା ଖାଇଲା ମୁନିବଙ୍କ ଘରୁ । ତେବେ ଏ କ୍ଷେତ୍ରରେ ଯାହା ଏକାନ୍ତ ସ୍ମରଣୀୟ, ତାହା ହେଲା ସେ ଏ ପର୍ଯ୍ୟନ୍ତ ଥିଲା ନିଃସନ୍ତାନ ହୋଇ । ଆଉ ଠିକ୍ ଗୋଟିଏ ବର୍ଷ ପରେ ତା'ର ଜନ୍ମ ନେଲା ଯେଉଁ ପୁଅଟି, ଆଉ ସେଇ ପୁଅ ଯେପରି କହିଲା କଥା, କଲା ଯେପରି ଅଙ୍ଗଭଙ୍ଗୀ, ଆଖିରେ ଫୁଟାଇଲା ଯେଉଁ ଅପୂର୍ବ ଭାବ, ତାହା ଦେଖି ରାଇଚରଣ ହୋଇଛି ଆଶ୍ଚର୍ଯ୍ୟ । କାହିଁକି ନା ମୁନିବଙ୍କ ଯେଉଁ ଶିଶୁପୁତ୍ରଟିକୁ ହରାଇବାକୁ ପଡ଼ିଥିଲା ତାକୁ, ତା'ରି ପୁଅ ଭିତରେ ସେଇ ରୂପ, ସେଇ ଗୁଣ, ସେଇ ଭାବଭଙ୍ଗୀ ଆବିଷ୍କାର କରି ସେ ହେଲା ଚକିତ । ଆଉ ରାଇଚରଣ

କି ଦାରିଦ୍ର୍ୟ ଭିତରେ ଥିଲା, ସେ କଥା କ'ଣ କହିବାର ଆଉ ଆବଶ୍ୟକତା ଅଛି ? ତଥାପି ସେ ସବୁବେଳେ ତା'ର ପୁଅକୁ ଗୋଟିଏ ବଡ଼ଘରର ପିଲା ପରି ବଢ଼ାଇବାକୁ ଲାଗିଲା ।

ବାପା ଠିକ୍ ସେଇମିତି ମୋତେ ବଢ଼ାଉଥିଲେ ପିଲାଟି ବେଳରୁ । ମୁଁ ସବୁବେଳେ ଅନୁଭବ କରୁଥିଲି ଯେମିତି ମୁଁ କୌଣସି ରାଜ ପରିବାରର ସନ୍ତାନ । ମୋର ଖାତା, କଲମ, ବହି, ପୋଷକପତ୍ର ସବୁଥିରେ ଆଭିଜାତ୍ୟର ସଂକେତ ବାରି ହୋଇପଡୁଥିଲା, ଅଭାବ ବୋଲି କିଛି ଅଛି ଏକଥା କେବେ ମୁଁ ଅନୁଭବ କରୁନଥିଲି ।

ବାପା କ'ଣ ଖାଲି ଏତିକି କରୁଥିଲେ ? ନା, ଆଉ ଯାହା ସେ କରୁଥିଲେ ତା' ଭାବିଲେ ବୁକୁ ଫାଟିଯାଏ ମୋର । ପ୍ରତିଦିନ ସକାଳୁ ସେ ମୋର ଜୋତା ସଫା କରିଦେଉଥିଲେ, ବଂଚିଥିବା ପର୍ଯ୍ୟନ୍ତ । ଯଦି ସେ ପାଇଖାନା ବ୍ୟବହାର ପାଇଁ ଯାଇଥାନ୍ତି ଆଉ ଠିକ୍ ସେତିକିବେଳକୁ ମୋର ଯିବାର ପ୍ରୟୋଜନ ହୁଏ, ମା' କବାଟ ଠକ୍ ଠକ କରିଦେଲେ ଗୋଟିଏ ସେକେଣ୍ଡ ବିଳମ୍ବ ନ କରି ସେ ଚାଲିଆସୁଥିଲେ ବାହାରକୁ । ଏତେ ସୌଜନ୍ୟ, ଏତେ ଶିଷ୍ଟାଚାରଭରା ବ୍ୟବହାର କରୁଥିଲେ ଆଉ ବାକ୍ୟ ଉଚ୍ଚାରଣ କରୁଥିଲେ, ଯାହା ମୋତେ ଲଜ୍ଜିତ କରି ଦେଉଥିଲା । ତାଙ୍କ ପାଖରେ ଛିଡ଼ା ହୋଇ ଯଦି ମୁଁ କଥା ହେଉଥିବି, ତାହା ହେଲେ ମୋତେ କ୍ଷଣଟିଏ ଛିଡ଼ା ହେବା ପାଇଁ ମଧ୍ୟ ଦିଅନ୍ତି ନାହିଁ । ଶ୍ରେଷ୍ଠ ଅତିଥିଙ୍କୁ ଯେପରି ଶ୍ରେଷ୍ଠ ଆସନରେ ଅଳଙ୍କୃତ କରାଯାଏ, ଠିକ୍ ସେହିପରି ମୋତେ ବସିବା ପାଇଁ ସେ ଅନୁରୋଧ କରନ୍ତି । ବେଳେବେଳେ ମୁଁ ଭାବେ ବାପା ମୋ ପ୍ରତି କାହିଁକି ଏପରି ଆଚରଣ କରୁଛନ୍ତି ? କାହିଁକି ଏତେ ସୌଜନ୍ୟ, କାହିଁକି ଏତେ ଭଦ୍ରୋଚିତ ବ୍ୟବହାର ? କାହିଁକି ଏତେ ନରମ କଥା ? ମୁଁ କ'ଣ ଅତିଥି ? ମୁଁ କ'ଣ ତାଙ୍କର ନିଜର ପୁତ୍ର ନୁହେଁ ? ବେଳେବେଳେ ମୋତେ ଲାଗେ ମୁଁ ଯେମିତି ବାହାରର ପିଲାଟି । ଆସିଛି ଏ ପରିବାରକୁ ଅତିଥି ରୂପେ । ସେମିତି ସତ୍କାର ପାଉଥିଲି ସାରା ଜୀବନ । ଯାହା କିଛି ଉତ୍ତମ ଖାଦ୍ୟ, ତାହା ମୋ ପାଇଁ ସଂରକ୍ଷିତ ହୋଇ ରହୁଥିଲା । ବାପା ଭାରି ପିତୃଭକ୍ତ ଥିଲେ । ତାଙ୍କ ବାପାଙ୍କ ଜୀବନକାଳ ମଧ୍ୟରେ ଘରେ ଫ୍ୟାନଟିଏ ଲଗାଇ ପାରିଲେ ନାହିଁ ବୋଲି ତାଙ୍କ ବାପାଙ୍କ ଚାଲିଯିବା ପରେ ଫ୍ୟାନ ପବନର ସୁଖରୁ ନିଜକୁ ବଂଚିତ କରି ରଖୁଥିଲେ । କିନ୍ତୁ ଯେତେବେଳେ ଦେଖିଲେ ନିଦାଘର ପ୍ରଚଣ୍ଡ ପ୍ରଭାବରେ ମୋ ସାରା ଦେହ ସ୍ୱେଦସିକ୍ତ ହୋଇଯାଉଛି, ସେତେବେଳେ ଫ୍ୟାନ କିଣିଆଣି ଲଗାଇଦେଲେ ମୁଁ ଶୋଉଥିବା ଖଟ ଉପରେ । ଯାହା ତାଙ୍କ ବାପାଙ୍କ ପାଇଁ କରିପାରୁନଥିଲେ ମୋ ପାଇଁ ସେକଥା ତାଙ୍କୁ କରିବାକୁ ପଡ଼ିଲା । ବାରମ୍ବାର ମୋତେ ଜ୍ୱର ହୁଏ, ସାରା ରାତି ସମ୍ପୂର୍ଣ୍ଣ ଉଜାଗର ହୋଇ ବସିଥାନ୍ତି ସେ ମୋ ପାଖରେ । ବାରମ୍ବାର ଥର୍ମୋମିଟରରେ ଦେଖୁଥାନ୍ତି

ଜ୍ୱର। କାଗଜରେ ନୋଟ୍ କରୁଥାନ୍ତି ସେ ସବୁର ବିବରଣୀ। ଆଉ ଡାକ୍ତରଙ୍କୁ ଗୋଟି ଗୋଟି କରି ପ୍ରତ୍ୟେକ ଦିନର ଅସୁସ୍ଥତା ବର୍ଣ୍ଣନା କରି କହନ୍ତି ସେ। ଡାକ୍ତରଙ୍କର କିନ୍ତୁ ସେସବୁ କ'ଣ ଶୁଣିବାକୁ ଧୈର୍ଯ୍ୟ ଥାଏ ? ବାପା ତା'ହେଲେ କରନ୍ତି କ'ଣ ? ଏକ ଦୀର୍ଘ ବିବରଣୀ ଲେଖି ଡାକ୍ତରଙ୍କୁ ଚିଠି ରୂପରେ ଧରାଇ ଦିଅନ୍ତି। ଆକୁଳ ପ୍ରାର୍ଥନା କରନ୍ତି ଈଶ୍ୱରଙ୍କ ନିକଟରେ, ତାଙ୍କର ପିତା ଓ ପିତାମହଙ୍କ ପବିତ୍ର ଆତ୍ମା ନିକଟରେ, ମୁଁ କେମିତି ଆରୋଗ୍ୟ ହୁଏ ବୋଲି। ଅଷ୍ଟମ ଶ୍ରେଣୀ ପଢ଼ିବା ବେଳକୁ ଯେମିତି ମୋତେ ଜଣ୍ଡିସ ହେଲା ଆଉ ଗୋଟିଏ ଦିନରେ ୧୫/୧୭ ଥର ବାନ୍ତି ହେଉଥିଲା, ପେଟରେ ପାଣି ଟିକିଏ ବି ରହୁନଥିଲା, ସେତେବେଳେ ଜମିବାଡ଼ି ବିକ୍ରି କରିଦେଇ ମୋର ଚିକିତ୍ସା କରିବାକୁ ସେ ପ୍ରସ୍ତୁତ ହେଉଥିଲେ। ମୁଁ ତ ଏକ ସାଧାରଣରୁ ଅତି ସାଧାରଣ, ଅତି ନିମ୍ନମାନର ବୋକା ପିଲାଟିଏ ମାତ୍ର ଥିଲି, ନା ମୋତେ ପାଠ ଆସୁଥିଲା, ନା ଘରକାମ କରିପାରୁଥିଲି। ନା କାହାକୁ କିଛି ସାହାଯ୍ୟ କରିପାରୁଥିଲି, କିଛି ବୋଲି କିଛି ନାହିଁ। ମୋର କିଛି ସୁଗୁଣ ନଥିଲା କି କିଛି ପ୍ରତିଭା ବି ନଥିଲା। ଅଥଚ ମୋ ପରି ଏକ ନିର୍ବୋଧ ପିଲାକୁ ରାଜପୁତ୍ରର ଶ୍ରେଷ୍ଠ ସମ୍ମାନ ଦେଇ କାହିଁକି ଗଢୁଥିଲେ ବାପା ?

ବି.ଏ. ଶ୍ରେଣୀରେ ପଢ଼ିବାବେଳେ ମୋତେ ବରଗଡ଼ ଆସିବାକୁ ହେଲା। ମୋର ପିଉସୀଙ୍କ ପୁଅ ବଡ଼ଭାଇ, ଯିଏ ମୋତେ ସହୋଦର ଭାଇଠୁ ବି ଅଧିକ ସ୍ନେହ ଦେଇଛନ୍ତି ସେଇ ମନୋରାଞ୍ଜନ ଦାଦାଙ୍କୁ ନିର୍ଦ୍ଦେଶ ଦେଲେ ବାପା ମୋ ପାଇଁ ତାଙ୍କ ଘରେ ସ୍ୱତନ୍ତ୍ର ଭାବରେ ଲାଟ୍ରିନ ବସାଇବା ପାଇଁ। ମୋ ପାଇଁ କରାଗଲା ପାଣିର ବ୍ୟବସ୍ଥା। ମନୋରଞ୍ଜନ ଦାଦା ହିଁ କୂଅରୁ କାଢ଼ି ଦିଅନ୍ତି ବାଲଟିରେ ପାଣି। ଆଉ ଯେଉଁଠିକୁ ଯିବା ଆସିବାକୁ ପଡ଼ିଲେ ସବୁବେଳେ ବାପା କାରଟିଏ ରିଜର୍ଭ କରି ମୋତେ ନେବା ଆଣିବା କରନ୍ତି। କଲେଜରେ ପଢୁଥିବାବେଳେ ସେହିଭଳି କାର୍‌ରେ ଆଣି ମୋତେ ଭୁବନେଶ୍ୱର, ପୁରୀ, କୋଣାର୍କ, ନନ୍ଦନକାନନ, ଖଣ୍ଡଗିରି, ଉଦୟଗିରି ଏସବୁ ଦେଖାଇ ଦେଇଥିଲେ। ପୁଣି ଦିନବେଳା ଆସିଲେ ମୁଁ ରାସ୍ତାର ଉଭୟ ପାର୍ଶ୍ୱରେ ଥିବା ବୃକ୍ଷଲତା, ଜାଙ୍ଗଲିକ ସୁଷମା, ଜୀବଜନ୍ତୁ ଆଉ ଖୋଲା ଆକାଶ ଦେଖିପାରିବି ବୋଲି ସେ ମୋତେ ଦିନବେଳା ହିଁ ଆଣିଥିଲେ ଭୁବନେଶ୍ୱରକୁ। ପୁଣି ଯେଉଁ ରାସ୍ତା ଦେଇ ଆସିଲୁ, ଗଲୁ ଆଉ ଏକ ରାସ୍ତା ଦେଇ ନୂତନ ଦୃଶ୍ୟ ସବୁ ଦେଖିବା ପାଇଁ।

ବାପା ମୋତେ କେବଳ ଅଭିଜାତ ପରିବାରର ସନ୍ତାନ ପରି ଗଢ଼ିବାରେ ସନ୍ତୁଷ୍ଟ ନଥିଲେ। ସେ ଥିଲେ ସାହିତ୍ୟର ମରମୀ ପାଠକ। ଥିଲେ ସ୍ୱଭାବକବି ଗଙ୍ଗାଧର ମେହେରଙ୍କ ପୌତ୍ର। ପୁଣି ଲୋକଲୋଚନ ଆଢୁଆଳରେ କରୁଥିଲେ ସାହିତ୍ୟର ନିରବ ନୀରାଜନା। କବି ଗଙ୍ଗାଧରଙ୍କଠାରୁ ଆରମ୍ଭ କରି ରାଧାନାଥ, ମଧୁସୂଦନ, ନନ୍ଦକିଶୋର

କେଉଁ କବିଙ୍କ ଆତ୍ମା ସହ ସେ ମୋତେ ଯୋଡ଼ିଦେଇ ନାହାନ୍ତି ! ରବୀନ୍ଦ୍ରନାଥ, ଶରତଚନ୍ଦ୍ର, ବିଭୂତିଭୂଷଣ ବନ୍ଦୋପାଧ୍ୟାୟ ହୁଅନ୍ତୁ କି ଯୀଶୁ, ରାମକୃଷ୍ଣ ପରମହଂସ, ବିବେକାନନ୍ଦ ହୁଅନ୍ତୁ, ସମସ୍ତଙ୍କ ରଚନାର, ଉପଦେଶାତ୍ମକ ବାଣୀ ମୋ ଆଗରେ ବାରମ୍ବାର ସେ ଉଚ୍ଚାରଣ କରିଛନ୍ତି ବିଭୋର ଚିତ୍ତରେ। ମୁଁ ସବୁ ବହି ପଢ଼ିପାରେ ନାହିଁ ବୋଲି ହୃଦୟସ୍ପର୍ଶୀ କ୍ଷୋଭ ବ୍ୟକ୍ତ କରନ୍ତି ମୋ ଆଗରେ। ବିଭିନ୍ନ ପୁସ୍ତକର ତାତ୍ପର୍ଯ୍ୟପୂର୍ଣ୍ଣ ଅଂଶ ପଢ଼ିଦେଇ ଶୁଣାଇ ଦିଅନ୍ତି। ଆଉ ବହୁ ଅଂଶରେ ପେନ୍‌ସିଲ ବା ପେନ୍‌ରେ ଚିହ୍ନ ଦେଇ ରଖିଦିଅନ୍ତି ପରେ ଏପରିକି ତାଙ୍କ ମୃତ୍ୟୁ ପରେ ମୁଁ ସେସବୁ ଅକ୍ଷରକୁ ଯେମିତି ପଢ଼ିପାରିବି।

ବାପା ଜାଣୁଥିଲେ ଯେ ସେ ଯେଉଁ ମହାନ୍ ଅନୁଭବର କଥା ଉଚ୍ଚାରଣ କରନ୍ତି, ତାହା ମୋ ଟିକି ହୃଦୟ ଧାରଣ କରିପାରିବ ନାହିଁ। ତଥାପି ସେ କେତେବେଳେ ମହାତ୍ମା ଗାନ୍ଧୀଙ୍କ ଜୀବନର ଘଟଣା ତ କେତେବେଳେ ବିନୋବା ଭାବେଙ୍କ କଥା, ପର୍ଲ ଏସ୍ ବକ୍‌ଙ୍କ ଲେଖା ସମ୍ପର୍କରେ ଗଭୀର ଅନୁରାଗର ସହିତ କହି ଚାଲିଥାନ୍ତି।

ଅନେକ ସମୟରେ ତାଙ୍କ ସହିତ ମୋର ଯୁକ୍ତିତର୍କ ବି ହୁଏ। ମୋର ପ୍ରତିଟି ଯୁକ୍ତିକୁ ଧୈର୍ଯ୍ୟର ସହ ଶୁଣନ୍ତି ଆଉ ତା'ର ଉତ୍ତର ଦିଅନ୍ତି ସ୍ନେହପୂର୍ଣ୍ଣ କଣ୍ଠରେ। ଥରେ ମୁଁ ତାଙ୍କୁ ପଚାରିଥିଲି ବାପା ତୁମେ ଯେଉଁମାନଙ୍କୁ ଭଲ ପାଉନାହଁ ବା ଯେଉଁମାନେ ମନ୍ଦ ଚରିତ୍ରର ବ୍ୟକ୍ତି ବୋଲି ଜାଣି ତାଙ୍କଠୁ ଦୂରେଇ ରହିଛ ସେମାନଙ୍କୁ ଯଦି ମୁଁ ଭଲପାଏ, ଆଦର କରେ, ସମ୍ମାନ କରେ ତୁମେ ଗ୍ରହଣ କରିପାରିବ କି ? ମୋର ଏ ପ୍ରଶ୍ନରେ ବାପାଙ୍କ ମୁହଁର ଭାବ ସମ୍ପୂର୍ଣ୍ଣ ବଦଳି ଯାଇଥିଲା। ସାମାନ୍ୟ କ୍ରୋଧ ପ୍ରକାଶ କରି କହିଥିଲେ - ତା'ହେଲେ ତୋ'ଠାରୁ ମୋ ବିଶ୍ୱାସ ତୁଟିଯିବ। ଏକଥା କହିସାରି ସେ ଶୌଚାଳୟକୁ ଗଲେ। ଆଉ ସେଠୁ ଫେରିବା ପରେ ତାଙ୍କ କହିଥିବା ବାକ୍ୟଟି ହିଁ ତୁଟି ଯାଇଥିଲା। ମୁହଁରେ ଶୁଭ୍ରହସ ଧାରେ ଖେଳାଇ ମୋ ଉଦ୍ଦେଶ୍ୟରେ କହିଲେ - 'ହଁ, ତୁ ତୋ ଇଚ୍ଛା ଅନୁସାରେ ସମସ୍ତଙ୍କୁ ଭଲ ପାଇପାରିବୁ। ସେଥିରେ ମୋ ମନରେ କିଛି କଷ୍ଟ ହେବ ନାହିଁ।'

ବାପା ମୋ ପ୍ରାଣସତ୍ତାଟି କେତେ କ୍ଷୁଦ୍ର ତାହା ଜାଣୁଥିଲେ। ତେବେ ତଥାପି ସେଇ କ୍ଷୁଦ୍ରାତିକ୍ଷୁଦ୍ର ସତ୍ତାଟିକୁ ଉଦାର, ପ୍ରଶସ୍ତ, ବିନୟୀ ହେବା ପାଇଁ ସବୁବେଳେ ନେଇଯାଉଥିଲେ ବହୁ ଉର୍ଦ୍ଧ୍ୱକୁ। ଏବେ ଗଭୀର ଭାବରେ ଭାବିଲେ ମୁଁ ଉପଲବ୍ଧି କରିପାରେ ଯେ ବାପା ମୋତେ କେଉଁ ସ୍ତରରେ ଦେଖିବାକୁ ଚାହୁଁଥିଲେ। ମୁଁ କ'ଣ ସେଥିପାଇଁ ଯୋଗ୍ୟ ଥିଲି ? ମୋ ଭିତରେ କ'ଣ ସଂକୀର୍ଣ୍ଣତା କି ଘୃଣାଭାବ ନଥିଲା ? ନା ତା ନୁହଁ। ସେସବୁ ସତ୍ତ୍ୱେ ସେ ସଚେତନ ଭାବରେ ସବୁ ସଂକୀର୍ଣ୍ଣ ବନ୍ଧନରୁ ମୋତେ ମୁକ୍ତ କରାଇନେବାକୁ ଚାହୁଁଥିଲେ।

ମୋତେ ସର୍ବଦା ସୁଖୀ, ସନ୍ତୁଷ୍ଟ ଓ ସୁନ୍ଦର ରୂପରେ ଦେଖିବା ପାଇଁ ଚାହୁଁଥିଲେ ସତ; କିନ୍ତୁ ଏଥିପାଇଁ ଅନ୍ୟ କାହାଠାରୁ ଅର୍ଥ ଋଣ ଆଣି ମୋତେ ସେ ପଢ଼ାଇନଥିଲେ। ତାଙ୍କ ଖାଇବା, ପିଇବା, ତାଙ୍କର ଦରକାରୀ ଜିନିଷରୁ କାଟି ସେ ଯାହା ସଞ୍ଚୟ କରି ରଖୁଥିଲେ ସବୁ ଅଜାଡ଼ି ଦେଉଥିଲେ ମୋ ପାଇଁ। ସେ ଲେଖୁଥିଲେ ଗଳ୍ପ, ପ୍ରବନ୍ଧ, ଚିଠି ଓ ଡାଏରୀ। କିନ୍ତୁ ନିଜ ଲେଖା ପ୍ରକାଶ କରିବା ପାଇଁ ଆଦୌ ଧ୍ୟାନ ନ ଦେଇ ମୋ ବହି ଛପେଇବା ପାଇଁ ଦେଉଥିଲେ ପଇସା। ମନୋରଞ୍ଜନ ଦାଦାଙ୍କ ସହ ମିଶି ଆମେ ଯେତେବେଳେ 'ଅଙ୍କୁର' ପତ୍ରିକା ପ୍ରକାଶ କରୁଥିଲୁ ବିଜ୍ଞାପନର ଅଭାବ ହେଲେ ସେ ଭରଣା କରିଦେଉଥିଲେ ଅର୍ଥରାଶି।

ବାପାଙ୍କ ବିଷୟରେ ଯାହା କହିଲେ ବି ତାହା ଅସମାପ୍ତ ହୋଇ ରହିବ। ପୁସ୍ତକଟିଏ ଲେଖିଲେ ଅପୂର୍ଣ୍ଣ ରହିବ ତା'ର ବହୁ ପୃଷ୍ଠା। ଏଇଭଳି ମୋର ବେଶଭୂଷା, ମୋର ଚଳଣି, ମୋର ବ୍ୟବହାର, ମୋର ହୃଦୟ ସବୁକିଛିକୁ ମାର୍ଜିତ ଆଉ ଅନୁପମ କରିଦେବାରେ ସେ ନିଜକୁ ଢାଳି ଦେଇଥିଲେ। ତାଙ୍କ ଜୀବନର ବୋଧହୁଏ ଏକମାତ୍ର ଉଦ୍ଦେଶ୍ୟ ଥିଲା ତାଙ୍କ ପୁଅଟିକୁ ଅସାଧାରଣ କରି ଗଢ଼ିବା ପାଇଁ, ଯେଉଁଥିପାଇଁ ଆଗରୁ କହିଛି ମୁଁ ଆଦୌ ଯୋଗ୍ୟ ନଥିଲି।

ମୋର କୌଣସି ଦୋଷ ତ୍ରୁଟି ପାଇଁ ବାପା ମୋତେ କେବେହେଲେ ଡରାଇ ବା ଧମକ ଦେଇ ମୋର ଚରିତ୍ର ସଂଶୋଧନ ପାଇଁ ଚାହିଁନାହାନ୍ତି। ସ୍କୁଲରେ ଖେଳବେଳେ ଶିକ୍ଷକ ମୋତେ ପ୍ରହାର କରୁଥିବା କଥା ତାଙ୍କ କାନକୁ ଆସିଛି ସେ ସ୍କୁଲରେ ପହଞ୍ଚି ମୋତେ ଯେମିତି କୌଣସି ପ୍ରକାର ଶାରୀରିକ ଦଣ୍ଡ ଦିଆ ନ ଯାଏ ସେଥିପାଇଁ ଅନୁରୋଧ କରିଛନ୍ତି ଶିକ୍ଷକମାନଙ୍କୁ।

ବୟସ ଟିକିଏ ବଢ଼ିବା ପରେ ଅଷ୍ଟମ ନବମ ଶ୍ରେଣୀ ପଢ଼ିବାବେଳକୁ ଏକୁଟିଆ ମୁଁ ସିନେମା ହଲ୍‌କୁ ଯାଇ ଦେଖିଆସେ ସିନେମା। ଥରେ ସେକେଣ୍ଡ ସୋ' ଦେଖିଯିବା ପାଇଁ ଇଚ୍ଛା ପ୍ରକାଶ କରିବାରୁ ବାପା ମନା କଲେ ନାହିଁ। ମାତ୍ର ହଲ୍‌ରେ ଚଳଚ୍ଚିତ୍ର ପ୍ରଦର୍ଶନରେ ଶେଷ ଯବନିକା ପଡ଼ିବା ମାତ୍ରକେ ଓ ଲାଇଟ୍ ସବୁ ଜଳି ଉଠିବା ମାତ୍ରକେ ଦେଖିଲି ମୋର ଦୁଇ ତିନି ଧାଡ଼ି ପଛରେ ବାପା ବସିଥିବା ସିଟ୍‌ରୁ ଉଠି ତତ୍‌କ୍ଷଣାତ୍ ବାହାରିଗଲେ ବାହାରକୁ। ମୋର ଅଜାଣତରେ ସେ ଏଇମିତି ମୋତେ ଜଗି ରହିଥିଲେ ସଦା ସର୍ବଦା। ସ୍କୁଲ ବାର୍ଷିକ ଉତ୍ସବ ଥରେ ସରିବା ବେଳକୁ ମୁଁ ଏକୁଟିଆ ଫେରି ଆସୁଥିବାବେଳେ ସେ ମୋ ସହିତ ଆସିଲେ ଘର ପର୍ଯ୍ୟନ୍ତ। ମୁଁ ଯେ ସ୍କୁଲରେ କିପରି ନିଃସଙ୍ଗ ଜୀବନ ବିତାଉଥିଲି ତାହା ଜାଣିପାରି ତାଙ୍କ ମୁହଁ ବେଦନାକ୍ତ ହୋଇ ଉଠିଥିଲା ସେଦିନ। ତେବେ ଆଜି ଛପନ ବର୍ଷରେ ପଦାର୍ପଣ କଲା ପରେ ବୁଝୁଛି ମୋର ଅନ୍ତରଙ୍ଗ

ସାଥୀ ବାପା ବ୍ୟତୀତ ଆଉ କେହି ହୋଇପାରି ନଥାନ୍ତେ। ରାତି ନଅଟାରେ ଟିଉସନରୁ ଫେରେ ମୁଁ। କୌଣସି ପିଲାଙ୍କ ଅଭିଭାବକ ନିଜ ପୁଅକୁ ଆଣିବା ପାଇଁ ଯାଆନ୍ତି ନାହିଁ। ବାପା ହିଁ କେବଳ ଯାଆନ୍ତି ମୋ ପାଇଁ; ଅଥଚ ସବୁ ପିଲାଙ୍କୁ ନିଜ ସ୍ନେହବଳୟରେ ପରିପୂର୍ଣ୍ଣ ଆନନ୍ଦ ଦେଇ ଦୁଇ କିଲୋମିଟର ରାସ୍ତା ଅତିକ୍ରମ କରି ଫେରାଇ ଆଣନ୍ତି ଜନବସତି ପର୍ଯ୍ୟନ୍ତ।

କଳାତ୍ମକ ଚଳଚ୍ଚିତ୍ର ପ୍ରତି ତାଙ୍କର କି ଗଭୀର ଆକର୍ଷଣ ! ସେସବୁ ଦେଖିବା ପାଇଁ ପ୍ରେରଣା ଭରିଦିଅନ୍ତି ମୋ ଭିତରେ। ଜହ୍ନମାମୁଁ, ବାରମଜା, ଶିଶୁଲେଖା, ମୀନାବଜାର ସବୁ ବହି କିଣିଆଣନ୍ତି। ବିଶ୍ୱବିଦ୍ୟାଳୟରେ ମୋର ନାମଲେଖା ହେବାବେଳକୁ କଲିକତାରୁ ମଗାଇ ଆଣନ୍ତି ବଙ୍ଗଳା ଭାଷାର ବହି। ଆମ ପରିବାରର ଆର୍ଥିକ ସ୍ଥିତି ତ ଶୋଚନୀୟ। କଲେଜରୁ ମୁଁ ପାଉଥାଏ ସାତ ଶହ କି ଆଠ ଶହ ଟଙ୍କା ଦରମା। ଭବିଷ୍ୟତରେ ସେଇ ପଦବୀ ସରକାରଙ୍କ ଅଧୀନକୁ ନିଶ୍ଚୟ ଆସିବ - ଏ ଭରସା ରହିଥିଲା ସମସ୍ତଙ୍କର। ଆମ ଆଗରେ ଆଉ କୌଣସି ବିଶେଷ ପନ୍ଥା ବି ନଥାଏ। ଅଥଚ ବାପା ମୋତେ ଅଭୟବାଣୀ ଦେଇ କହିବେ - 'ତୋର ଇଚ୍ଛା ହେଲେ ଚାକିରି କରିବୁ। ନତୁବା ନୁହଁ। ଆମେ କଷ୍ଟେମଷ୍ଟେ ଚଳିଯିବା ଈଶ୍ୱରଙ୍କ କୃପାରୁ।'

ସତେ କି ବାପା ଥିଲେ କୋଟିପତି ଆଉ ତାଙ୍କ ପୁତ୍ରକୁ ସେ ଦେଉଥିଲେ ନିର୍ଭୟ ରହିବାର ସୁଦୃଢ଼ ପ୍ରତିଶ୍ରୁତି। ସେଥିପାଇଁ ମୁଁ ମଧ୍ୟ କେବେ ବାଧ୍ୟବାଧକତାରେ ଚାକିରି କରୁନଥିଲି। ମୁଁ ଚାକିରି କରୁଛି ଏକଥା ହିଁ ମୁଁ ଭୁଲିଯାଏ। ମୋ ପାଇଁ ତାହା ଥିଲା ଜୀବନର ମହାନ ବ୍ରତ। ମୋର ଛାତ୍ରଛାତ୍ରୀଙ୍କୁ ପରିବାରର ସଦସ୍ୟ ଭଳି ଭଲପାଇବାରେ ଆଉ ସେମାନଙ୍କ ପ୍ରାଣକୁ ସାହିତ୍ୟ, ସଂସ୍କୃତି ପ୍ରତି ଆକୃଷ୍ଟ କରିବାରେ ମୁଁ ଲାଭ କରୁଥିଲି ଚରମ ପରିତୃପ୍ତି। ପିଲାମାନେ ମୋତେ 'ସାର୍' ବୋଲି ସମ୍ବୋଧନ କରିଦେଲେ ମୋର ଛାତି ପୂରି ଉଠୁଥିଲା। ସେମାନଙ୍କ ଓଠରେ ଫୁଲ ଫୁଟିବା ପରି ହସ ଧାରେ ଦେଖିଲେ ମୋ ଭିତରେ ନୂତନ ପ୍ରାଣ ସଞ୍ଚାର ହେଉଥିଲା। ମୁଁ ଯେ ଉତ୍ସର୍ଗୀକୃତ ଭାବରେ ମୋର ଚାକିରିକୁ ପ୍ରକୃତ ସେବା ମନେକରି ନିଜକୁ ସମର୍ପିତ କରି ରଖିଥିଲି, ତା'ର ପଶ୍ଚାତରେ ଥିଲା ବାପାଙ୍କ ସେଇ ମହାନ୍ ବାଣୀ ଉଚ୍ଚାରଣର ପ୍ରଭାବ। ମୁଁ ସିନା ଦରମା କମ୍ ପାଉଥିଲି, କିନ୍ତୁ ମନେ ହେଉଥିଲା ସହସ୍ର ସଂଖ୍ୟାର ମୋତି ମାଣିକ୍ୟ ମୋ ଧନାଗାରକୁ ପରିପୂର୍ଣ୍ଣ କରି ରଖିଛନ୍ତି। ଛାତ୍ରଛାତ୍ରୀମାନଙ୍କ ପ୍ରତି ମୋର ଏଇ ଆବେଗସିକ୍ତ ସ୍ନେହକୁ ବାପା ବିରୋଧ କରିବା ତ ବହୁ ଦୂରର କଥା, ବରଂ ନିଃସ୍ୱାର୍ଥପର ଭାବରେ ସେମାନଙ୍କୁ ଭଲପାଇବା ପାଇଁ ଅନବରତ ପ୍ରେରଣା ଦେଉଥିଲେ।

ସେଥିପାଇଁ ମୁଁ ମହାଜନ ଘରର ସନ୍ତାନ ପରି ଯିବା ଆସିବା କରୁଥିଲି କଲେଜକୁ।

ଦରକାର ପଡ଼ିଲେ ମୋ ପକେଟରୁ ପଇସା ଦେଇ ପିଲାଙ୍କୁ ସାହାଯ୍ୟ କରୁଥିଲି ଆଉ ପିଲାମାନେ ବି ଭାବୁଥିଲେ ସାରଙ୍କ ଅର୍ଥାଭାବ ଆଦୌ ନାହିଁ ବୋଲି । ନିଜକୁ ଦରିଦ୍ର ବୋଲି ପିଲାଙ୍କ ଆଗରେ କେବେ ମୁଁ ପ୍ରକାଶ କରେନା । ତେବେ ମୋର ବିନୟବୋଧକୁ ବଜାୟ ରଖିବା ପାଇଁ ପ୍ରତି ମୁହୂର୍ତ୍ତରେ ପାଉଥାଏ ଅଭ୍ରାନ୍ତ ପ୍ରେରଣା ମୋର ପୂଜ୍ୟ ପିତାଙ୍କଠାରୁ ।

ଆଜି ରବୀନ୍ଦ୍ରନାଥଙ୍କ ରାଇଚରଣ ଚରିତ୍ର ଭିତରେ ବାପାଙ୍କ ଆବେଗକୁ ମୁଁ ଅନୁଭବ କରୁଛି ମର୍ମେମର୍ମେ । ରାଇଚରଣ କ'ଣ କଲା ତା' ଜୀବନରେ, ସେଇ ଗଳ୍ପର ମରମୀ ପାଠକମାନେ ତାହା ଜାଣିଥିବେ ନିଶ୍ଚୟ । ତା'ର ପୁଅଟିକୁ ବଡ଼ ଘରର ପିଲା ପରି ବଢ଼ାଇ ବଢ଼ାଇ ଯେତେବେଳେ ସେ ଯୌବନରେ ଉପନୀତ, ସେତେବେଳେ ତାକୁ ନେଇ ପହଞ୍ଚାଇ ଦେଇଥିଲା ତା' ମୁନିବ ଘରକୁ । କହିଥିଲା ସା'ନ୍ତାଣୀଙ୍କୁ ସତରେ ସେ ତାଙ୍କର ଶିଶୁ ସନ୍ତାନଟିକୁ ସେଦିନ ଚୋରି କରି ନେଇଥିଲା ଆଉ ତାକୁ ରଖିଥିଲା ନିଜ ଘରେ । ଆଶ୍ଚର୍ଯ୍ୟ କଥା ଯେ, ସେହି ମୁନିବଙ୍କ ଘରେ ମଧ୍ୟ ସେ ପର୍ଯ୍ୟନ୍ତ କୌଣସି ସନ୍ତାନ ଜନ୍ମ ନେଇନଥିଲେ । ପୁତ୍ର ଶୋକରେ ସ୍ୱାମୀ ସ୍ତ୍ରୀ ହୃଦୟ ଭାଙ୍ଗିଦେଇ ସେଇଭଳି ଥିଲେ ମ୍ଳାନ ଓ ମଳିନ ହୋଇ । ସେମାନଙ୍କ ଭିତରେ ରାଇଚରଣ ଏକ ବିରାଟ ଅବିଶ୍ୱାସ୍ୟ ବିସ୍ମୟ ଆଣିଦେଲା ମାନସିକ ଭାବରେ । ପିଲାଟିର ମୁହଁରେ ଶରୀରରେ ଦାରିଦ୍ର୍ୟର ଚିହ୍ନ ହିଁ ନାହିଁ । ଏତେ ସୁନ୍ଦର ଛୁଆଟି ନିଶ୍ଚୟ ରାଇଚରଣର ନୁହେଁ । ତାକୁ ଦେଖି ମୁନିବ ଏବଂ ତାଙ୍କ ସ୍ତ୍ରୀ ଆବେଗପ୍ରବଣ ହୋଇ ଉଠିଲେ । ଏତେ ଦିନର ପୁରଣା ଚାକରଟିଏ କାହିଁକି ଅବା ପ୍ରତାରଣା କରିବାକୁ ଯିବ – ଏକଥା ଭାବି ତା'କଥାରେ ବିଶ୍ୱାସ ସ୍ଥାପନ କଲେ ସେମାନେ । ସେ ଯେଉଁ କାମ କରିଛି ତାହା ଅକ୍ଷମଣୀୟ । ସେ ହେତୁ ସାଆନ୍ତାଣୀ ତା' ପ୍ରତି ପୂର୍ବ ପରି ଥିଲେ ନିଷ୍ଠୁର । ରାଇଚରଣ ମୁନିବଙ୍କ ଗୋଡ଼ ତଳେ ପଡ଼ି କହିଛି, ମୁଁ କିଛି କରିନାହିଁ । ସବୁ ଭଗବାନ କରିଛନ୍ତି । କହିଛି 'ସବୁ ମୋର ଅଦୃଷ୍ଟ, ସବୁ ମୋର ଭାଗ୍ୟ ।' ଯେଉଁ ପିଲାଟିକୁ ଅର୍ଥାତ୍ ତା'ର ପୁଅକୁ ଆଣି ମୁନିବଙ୍କ ପାଖରେ ଠିଆ କରିଦେଲା, ସେଇ ପିଲାଟି ବି ଆଶ୍ଚର୍ଯ୍ୟଜନକ ଭାବରେ ମୁହୂର୍ତ୍ତକରେ ଅନୁଭବ କଲା ଯେ ପ୍ରକୃତରେ ଛୋଟଟିବେଳରୁ ତାକୁ ଯେପରି ଯତ୍ନରେ ରାଇଚରଣ ବଢ଼ାଇଛି, ତାହା ମୁନିବଙ୍କ ପୁଅକୁ ବଢ଼ାଇବା ପରି । ସତେକି ନିଜ ପ୍ରକୃତ ବାପା ମାଆଙ୍କୁ ଦେଖି ସେ ବି ବୁଝିପାରିଲା ରାଇଚରଣର ଦୋଷକୁ । ରାଇଚରଣ କାହାରିକୁ କିଛି କହିଲା ନାହିଁ । ଶେଷରେ ପୁଅ ଆଡ଼କୁ ଅନାଇଛି ସେ । ପ୍ରଣାମ କରିଛି ସମସ୍ତଙ୍କୁ ଆଉ ଚିରଦିନ ପାଇଁ ହଜିଯାଇଛି ଜନଅରଣ୍ୟ ଭିତରେ ।

ଏହି ରାଇଚରଣ । ତା'ର ପୁଅଟିକୁ ମୁନିବ ପୁଅ ପରି କାହିଁକି ବଢ଼ାଇଥିଲା ତାହା

ମୁଁ ଜାଣେ। ଯେଉଁମାନେ ଏହି ଗଳ୍ପର ପାଠକ ସେମାନେ ବି ଜାଣନ୍ତି। ବାପା ରବୀନ୍ଦ୍ରନାଥଙ୍କ ଗଳ୍ପର ଥିଲେ ପ୍ରିୟ ପାଠକ। ସେ ବି ଜାଣିଥିଲେ ରାଇଚରଣର ଏହି ମହାନ୍ ତ୍ୟାଗକୁ।

ଗୋଟିଏ କ୍ଷଣ ବି ବାପା ମୋତେ ତାଙ୍କ ଆଖିରୁ ଅନ୍ତର କରିବାକୁ ଚାହାନ୍ତି ନାହିଁ। ସାନ ପିଉସୀଙ୍କ ଝିଅ ମନୋରମା ନାନୀଙ୍କ ବିବାହବେଳେ ସାତଦିନ ପାଇଁ ଜିଦ୍ କରି ଯେତେବେଳେ ସୋନପୁର ଯିବା ପାଇଁ ମୁଁ ଚାହିଁଲି, ସେତେବେଳେ ମୋ ମୁହଁକୁ ଦେଖି ଅଶ୍ରୁସିକ୍ତ ନୟନରେ ବାପା କିପରି ଅନୁମତି ଦେଇଥିଲେ, ସେକଥା ଆଜି ବି ମନେପଡ଼ିଯାଉଛି। ଯେକୌଣସି ସ୍ଥାନକୁ ମୁଁ ଗଲେ ମୋର ଫେରିବା ପର୍ଯ୍ୟନ୍ତ ସତୃଷ୍ଣ ନୟନରେ ଚାହିଁଥାନ୍ତି ସେ। ଆଉ ଭଗବାନଙ୍କୁ ଆକୁଳ ପ୍ରାର୍ଥନା କରୁଥାନ୍ତି ମୁଁ ଯେପରି ନିରାପଦରେ ଫେରିଆସେ। ଆଜିକୁ ୧୪ ବର୍ଷ ହେଲାଣି ଏହି ହତଭାଗା ପୁତ୍ରକୁ ଏକାକୀ ମା' ପାଖରେ ଛାଡ଼ିଦେଇ ବାପା ବାହୁଡ଼ି ଗଲେଣି ସେଇ ସ୍ଥାନକୁ, ଯେଉଁ ସ୍ଥାନରୁ କେହି କେବେ ଆଉ ଫେରିଆସନ୍ତି ନାହିଁ। ବାପାଙ୍କ କଥା ପ୍ରସଙ୍ଗ ମା'ଙ୍କ ସହିତ ଯେତେବେଳେ ପଡ଼େ, ମା' ବାପାଙ୍କ ହୃଦୟର ସୂକ୍ଷ୍ମ ମର୍ମ ଉଦ୍‌ଘାଟନ କରିଦେଇ ମୋତେ ଅଶେଷ ସ୍ନେହ ଆଉ ସାନ୍ତ୍ୱନା ଦେଇ କହନ୍ତି, "ବାପା ଯେଉଁଠି ଥିଲେ ବି ତୋ ପାଇଁ ସର୍ବଦା ପ୍ରାର୍ଥନା କରୁଥିବେ ଈଶ୍ୱରଙ୍କୁ।" ମା'ଙ୍କ ଏ ବାକ୍ୟଟି ଶୁଣି ଛଳଛଳ ହୋଇଯାଏ ସାରା ହୃଦୟ। ଛଳଛଳ ହୋଇଉଠେ ଆଖି ଦୁଇଟି। ଆଉ ନିର୍ବାକ୍ ନିସ୍ପନ୍ଦ ହୋଇ ବାପାଙ୍କ ଭାବନାରେ ଏକାଗ୍ର ହୋଇଯାଏ ଚିତ୍ତ ମୋର। ତେବେ ଆଜି ରବୀନ୍ଦ୍ରନାଥଙ୍କ ଏ ଗଳ୍ପଟି ପଢ଼ିସାରିଲା ପରେ, ବାପାଙ୍କୁ ପଚାରିବାକୁ ଇଚ୍ଛା ହେଉଛି ଗହନ ପ୍ରଶ୍ନଟିଏ। ସେ ସଶରୀରେ ଥିଲେ ନିଶ୍ଚୟ ପଚାରିଥାନ୍ତି ଏହି ନିଗୂଢ଼ ପ୍ରଶ୍ନଟି। ତଥାପି ସେ ଯେପରି ଥା'ନ୍ତୁ ନା କାହିଁକି ତାଙ୍କୁ ଆଜି ପଚାରୁଛି, 'ବାପା! ସ୍ୱପ୍ନରେ ହେଲେ ଥରେ ତମେ ଉଭାସିତ ହୁଅ ମୋ ହୃଦୟରେ, ଆଉ ବାପା, ଥରେ ତମେ କହିଦିଅ ମୋର ଜନ୍ମବେଳଠୁ ମୋର ଯୌବନ ଉତ୍ତୀର୍ଣ୍ଣ ହେବା ପର୍ଯ୍ୟନ୍ତ ଏତେ ଦାରିଦ୍ର୍ୟ ଭିତରେ ଥାଇ ବି କାହିଁକି କାହିଁକି ତମେ ମୋତେ ରାଜପୁତ୍ର ପରି ଗଢ଼ିଥିଲ ? ରାଇଚରଣ ତା'ର ମୁନିବଙ୍କ ଶିଶୁପୁତ୍ରଟିକୁ ହରାଇ ଦେଇଥିଲା ବୋଲି ନିଜ ପୁତ୍ରକୁ ସିନା ରାଜପୁତ୍ର ପରି ବଢ଼ାଇ ଫେରାଇଦେଲା ମୁନିବଙ୍କୁ, ମାତ୍ର ମୁଁ ତ ତୁମରି ପୁତ୍ର। କାହାକୁ ତ ଅସାବଧାନତା ବଶତଃ ତମେ ରାଇଚରଣ ପରି ହଜାଇ ଦେଇନଥିଲ। କାହା ମନରେ ତ ପୁତ୍ର ବିଚ୍ଛେଦର ଦୁଃଖ ସୃଷ୍ଟି କରିନଥିଲ। ତେବେ ବାପା, କାହିଁକି, କାହିଁକି ତୁମେ ମୋତେ ଏତେ ଆଭିଜାତ୍ୟପୂର୍ଣ୍ଣ ସମ୍ଭ୍ରାନ୍ତ ପରିବେଶରେ ବଢ଼ାଇଥିଲ ? କହିଦିଅ ଥରେ ବାପା, ତୁମର ସେ ମୁନିବ କିଏ, ଯାହା ପାଖରେ ତୁମେ ମୋତେ ଉପସ୍ଥାପିତ କରିବା ପାଇଁ ଚାହୁଁଥିଲ ? କହ, କହ, ଏ କଥାର ଉତ୍ତର ନ ପାଇବା ଯାଏ ତୁମକୁ ପଚାରି ଚାଲିଥିବି ମୋର ଏହି ବ୍ୟାକୁଳତାଭରା ପ୍ରଶ୍ନଟି

ଜୀବନସାରା। ଆଜି ସତକୁ ସତ ଅନୁଭବ କରୁଛି ତୁମେ କାହିଁକି ଲେଖକ ଭାବରେ ନିଜକୁ ପ୍ରତିଷ୍ଠିତ କରିପାରିନଥିଲ। ମୋର ଅନେକ ଦୋଷ ଦୁର୍ବଳତା ମୋ ନିଜର। ମାତ୍ର ମୁଁ ହିଁ ତ ଥିଲି ତୁମର ଶ୍ରେଷ୍ଠ ରଚନା। ତୁମର ଏ ଶ୍ରେଷ୍ଠ ସୃଷ୍ଟିର 'ଉତ୍ସର୍ଗ' ପୃଷ୍ଠାରେ କାହା ନାଁ ଲେଖିବା ପାଇଁ ଚାହୁଁଥିଲ ବାପା ? ? କାହା ପାଖରେ ମୋତେ ସମର୍ପଣ କରିବା ପାଇଁ ହିଁ ତୁମେ ବରଣ କରିଥିଲ ଏତେ ଦୁଃଖ, କ୍ଳେଶ, ବେଦନା ଆଉ ପ୍ରାଣପୂର୍ଣ୍ଣ ଆନନ୍ଦର ଜ୍ୟୋତି ବିଚ୍ଛୁରଣ କରୁଥିଲ ଜୀବନସାରା ? ?

ବାପା ଏଇ ଗୂଢ଼ ରହସ୍ୟ ମୋ ପାଖରେ ଥରେ ଉନ୍ମୋଚନ କରିଦିଅ। କହିଦିଅ ତୁମ ଅନ୍ତରାତ୍ମାର ସତ୍ୟ, କହିଦିଅ ତୁମର ଉଦ୍ଦେଶ୍ୟ ଆଉ ମୋର ଅତୃପ୍ତ ଆତ୍ମାରେ ଥରେ ଗାନ କର ଶାନ୍ତିର ସଂଗୀତ।

ମା' : ଧରିତ୍ରୀର କ୍ଷମା

ପିଲାଟି ଏପରି ଦୁର୍ବ୍ୟବହାର ପ୍ରଦର୍ଶନ କରିବ - ଏହା ଥିଲା ମୋର କଳ୍ପନାର ବାହାରେ। ବିଭାଗ ମୁଖ୍ୟ ଭାବରେ ଦାୟିତ୍ୱ ଗ୍ରହଣ କରିଥିଲି ଏହି ପିଲାମାନଙ୍କ ଶ୍ରଦ୍ଧାପ୍ଲୁତ ମୁହଁକୁ ଚାହିଁ। କେବେ ବି ଚିନ୍ତା କରିପାରିନଥିଲି ଯେ, ସୁଶୀଳ ଓ ବିନମ୍ର ଆଚରଣ ସର୍ବଦା ପ୍ରଦର୍ଶନ କରୁଥିବା ପିଲାଟି ଏମିତି କ୍ରୋଧ ଜର୍ଜରିତ କଣ୍ଠରେ ମୋ ଆଗରେ କଥା କହିବ ବୋଲି। କଲେଜରେ ଅଧ୍ୟାପକ ଥିବା ବେଳଠାରୁ ଜାଣିଥିଲି ଯେ ଯେଉଁ ସୁକୁମାର ଛାତ୍ରଟିର ଓଠରେ ଫୁଟିଉଠେ ନରମ ଫୁଲ ପରି ନିଷ୍ପାପ ହସ ଟିକକ, ସେହି ପିଲା ଯେତେବେଳେ ହୁଏ ଅନ୍ତିମ ପର୍ଯ୍ୟାୟର ଛାତ୍ର, ସେତେବେଳେ ସେହି ସମାନ ଓଠରେ ବୋମା ବର୍ଷଣ ହୁଏ। ଏ ଅନୁଭୂତିରେ ଜର୍ଜରିତ ହୋଇଛି ଅନେକ ଥର। ତଥାପି ଏହି ଘଟଣାଟି ଯାହା ଘଟିଗଲା ବିଭାଗ ମୁଖ୍ୟ ଭାବରେ ମୁଁ ଦାୟିତ୍ୱ ଗ୍ରହଣ କରିବା ପରେ, ତାହା ଥିଲା ମୋର ଅଚିନ୍ତନୀୟ।

ନିଜ ପ୍ରକୋଷ୍ଠରେ ବିଭାଗ ଭିତରେ ବସି ରହିଥିଲି ବେଦନାବିଦ୍ଧ ପ୍ରାଣ ନେଇ। ଭାବୁଥିଲି ସେହି ପିଲାଟିର କର୍କଶ ବ୍ୟବହାର ସମ୍ପର୍କରେ। ନିଜକୁ ନିଜେ କହୁଥିଲି ସାମାନ୍ୟ କୁକୁରଟିଏକୁ ସ୍ନେହ କଲେ ସେ ବୁଝିପାରେ ହୃଦୟର କଥା ଓ ପୁଲକିତ ହୋଇ ହଲାଇ ଦେଉଥାଏ ତା'ର ଲାଞ୍ଜ ଗୋଟିକ। ଅଥଚ ଉଚ୍ଚଶିକ୍ଷିତ ଏହି ଛାତ୍ରମାନେ କିପରି ଯେ ବୁଝିପାରନ୍ତି ନାହିଁ ଆନ୍ତରିକତାର ଭାବକୁ, ତାହା ମୋତେ ବିସ୍ମିତ କରିଦିଏ।

ଚିନ୍ତାଗ୍ରସ୍ତ ହୋଇ ବସିଥିବାବେଳେ ଘରୁ ଫୋନ ଆସିଲା ଯେ ମାଆଙ୍କ ଦେହ ଅସୁସ୍ଥ। ତେଣୁ ମୋତେ ଶୀଘ୍ର ଫେରିବାକୁ ପଡ଼ିବ ଘରକୁ। ସେଥିପାଇଁ ଅଫିସ କାର୍ଯ୍ୟରେ ପୂର୍ଣ୍ଣଚ୍ଛେଦ ପକାଇବା ଲାଗି ମୁଁ ଥିଲି ବିବ୍ରତ। ମାଆ ବାପାଙ୍କ ଗୋଟିଏ ସନ୍ତାନ ବୋଲି ଯେଉଁ ଅଜସ୍ର ସ୍ନେହରେ ଆପ୍ଲୁତ ହୋଇଛି ସାରା ଜୀବନ, ତାହା ତ ପ୍ରତିଟି ଶିରା ପ୍ରଶିରା ମଧ୍ୟରେ ଭେଦି ଯାଇଛି। ବାପା ଚାଲିଗଲେଣି ପ୍ରାୟ ୧୫ ବର୍ଷ ତଳୁ। ମାଆଙ୍କୁ ବାପା

ଚାଲିଯିବା ପୂର୍ବରୁ କହିଥିଲେ - "ବାବୁ, ଯେଉଁଠି ରହିଲେ ତା' ପାଖରେ ହିଁ ତୁ ରହିବୁ, ନିଶ୍ଚୟ।" ମାଆ ଯଦିଓ ମଧ୍ୟରେ ମଧ୍ୟରେ ଯିବା ପାଇଁ ଚାହାନ୍ତି ବରପାଲିକୁ, ତଥାପି ତାଙ୍କ ମନଟି କେନ୍ଦ୍ରୀଭୂତ ହୋଇ ରହିଥାଏ ମୋ ଉପରେ। ଅପରାହ୍ନର ସୂର୍ଯ୍ୟାଲୋକ ମଳିନ ପଡ଼ି ଆସୁଥାଏ। ଏଭଳି ମୁହୂର୍ତ୍ତରେ ଆପେଆପେ ବାଲ୍ୟକାଳଠାରୁ ଆରମ୍ଭ କରି ଏ ପର୍ଯ୍ୟନ୍ତ ମାଆଙ୍କ ସହିତ ବିତାଇଥିବା ଅସଂଖ୍ୟ ମୁହୂର୍ତ୍ତରୁ କେତୋଟି ଘଟଣା ମନେପଡ଼ିଯାଉଥାଏ। ଛୋଟଟି ବେଳରୁ ମାଆ କେବଳ ତାଙ୍କ ନିଜ ଭିତରେ ମୋତେ ଆବଦ୍ଧ କରି ରଖିନଥିଲେ। ଯୌଥ ପରିବାରର ତଥା ପରିବାରର ବାହାରେ ମଧ୍ୟ ଯେଉଁମାନେ ଥିଲେ ମୋ ପ୍ରତି ସ୍ନେହଶୀଳ, ସେମାନଙ୍କୁ ସତେ ଯେମିତି ମାଆ ମୋତେ ସମର୍ପଣ କରିଦିଅନ୍ତି ସମ୍ପୂର୍ଣ୍ଣ ଭାବରେ। ସେଥିପାଇଁ କେତେ ଯେ ବାତ୍ସଲ୍ୟ ସ୍ନେହର ଆଭାରେ ମୁଁ ପରିପ୍ଲାବିତ, ତାହା ବର୍ଣ୍ଣନା କରିବା ଅତ୍ୟନ୍ତ କଷ୍ଟସାଧ୍ୟ। ଏତେ ସ୍ନେହରେ ମୁଁ ବଢୁଥିଲେ ମଧ୍ୟ ଆଉ ବାହାରକୁ ଅତ୍ୟନ୍ତ ନିରୀହ ସରଳ ଦେଖାଯାଉଥିଲେ ମଧ୍ୟ ମୋର କ୍ରୋଧ ଆଉ ଅଭିମାନ କମ୍ ଫୁଟିନଥିଲା ପିଲାଟି ବେଳରୁ। ମନେପଡୁଛି ପିଉସୀ ଦିନକର ଜଳଖିଆ କିଣି ଖାଇବା ପାଇଁ ଦଶ ପଇସା ଦେଇନଥିଲେ ବୋଲି ମୁଁ କ୍ରୋଧାନ୍ୱିତ ହୋଇ କଚାଡ଼ି ଦେଇଥିଲି ଏକ କଂସାବାସନ 'ଖୁରୀ'। ସେହି ଛୋଟ ପିଲାଟି ଭିତରେ ଭରି ରହିଥିଲା ଏତେ କ୍ରୋଧର ନିଆଁ ଯେ ସେ ବାସନ ଖଣ୍ଡିକ ଭାଙ୍ଗି ଯାଇଥଲା ସେହି ମୁହୂର୍ତ୍ତରେ। ମୋତେ ସାଙ୍ଗରେ ନ ନେଇ ମାଆ ଥରେ ଚାଲି ଯାଇଥାଆନ୍ତି ଆମ ଘରଠାରୁ କିଛି ଦୂରରେ ଥିବା କୁଷ୍ଟାବନ୍ଧ ବା ଜଳାଶୟ ନିକଟକୁ। ସ୍କୁଲରୁ ଫେରି ଦେଖେ ମାଆ ଘରେ ଅନୁପସ୍ଥିତ। ପଞ୍ଚମକୁ ଚଢ଼ିଗଲା ପିତ୍ତ ମୋର। ଅଖା ଭିତରେ ଭର୍ତ୍ତି ହୋଇ ରହିଥିଲା ଯେତେ ଚାଉଳ, ସେ ସବୁ କାନ୍ଦି କାନ୍ଦି ବିଛାଇଦେଲି ଘରସାରା। ମାଆ ଫେରିବା ପରେ ବର୍ଷଣ ହେଲା ତାଙ୍କ ଉପରେ ଏହାଠାରୁ ଅଧିକ ତୀକ୍ଷ୍ଣ ଶବ୍ଦ ପୁଞ୍ଜ ଆଖି ଲୁହ ମିଶ୍ରିତ ହୋଇ। ମୋ ଅଧିକାରରୁ ବଂଚିତ ହେବାର ସାମାନ୍ୟ ଅଭାବ ମୋତେ କରିଦେଉଥିଲା ଉଗ୍ର।

ଆଜି ଏ ସବୁ କଥା କାହିଁକି ମନେପଡୁଛି ଭାବିପାରୁନଥିଲି, ଯେଉଁ ସ୍ନେହଧାରାରେ; ବର୍ଦ୍ଧିତ ମୋର ଜୀବନ ତାହା ଚିନ୍ତା କଲେ କୃତଜ୍ଞ ହୋଇଉଠେ ହୃଦୟ। ଅଥଚ ବହୁ ସମୟରେ ମାଆଙ୍କ ପ୍ରତି ଯେପରି ନିଷ୍ଠୁର ବ୍ୟବହାର ମୁଁ ପ୍ରଦର୍ଶନ କରିଛି, ତାହା ଭାବିଲେ ମୁଁ ଯେ କ୍ଷମା ପ୍ରାର୍ଥୀ ହେବାର ମଧ୍ୟ ଯୋଗ୍ୟ ନୁହେଁ, ଏକଥା ବୁଝିପାରେ। ମାଆ ମୋତେ ସ୍କୁଲକୁ ପଠାଇବାବେଳେ କି ଯତ୍ନରେ ଖୁଆଇ ଦିଅନ୍ତି ସାର୍ଟ ପେଣ୍ଟ ପିନ୍ଧାଇଦେଇ ମୁଣ୍ଡ କୁଣ୍ଡାଇ ଦିଅନ୍ତି ତାଙ୍କ ପୁରୁଣା ରୀତିରେ, ତାହାର ଦୃଶ୍ୟ ଭାସିଆସେ ଗୋଟି ଗୋଟି ହୋଇ। ମୋର ସାର୍ଟ ଥାଏ ସାତ ଆଠ ଖଣ୍ଡ। ଅଥଚ ତା' ମଧ୍ୟରୁ ଦୁଇ

ତିନୋଟି ସାର୍ଟକୁ ମୁଁ ଭଲପାଏ ବେଶୀ। ଏବେ ବି ସେ ଅଭିରୁଚି ଅନ୍ତର୍ହିତ ହୋଇନାହିଁ। ମାଆ ମୋତେ କହନ୍ତି, ଯେଉଁ ସାର୍ଟଗୁଡ଼ିକୁ ତୁ ପିନ୍ଧୁନୁ, ତୁ ନଥିବାବେଳେ ସେମାନେ ମୋ ଆଗରେ କାନ୍ଦନ୍ତି। ମାଆଙ୍କର ଏହି କଥା ଶୁଣିବା ପରେ ପ୍ରତିଟି କମିଜ ପ୍ରତି ମୋର ଶ୍ରଦ୍ଧା ସମାନ ଭାବରେ ବିତରଣ କରିବା ପାଇଁ ପ୍ରୟାସ କରେ। ଥରକୁ ଥର ବିଫଳ ହେଲେ ବି।

କଲେଜରେ ଅଧ୍ୟାପକ ହେବା ପରେ ମାଆ ମୋତେ ଛାଡ଼ି ଦେଇ ଥରେ ଯାଇଥାନ୍ତି ମାମୁଘର। ସେତେବେଳେ ଆଈଙ୍କ ଅବସ୍ଥା ଥାଏ ସଙ୍କଟାପନ୍ନ। ସେହି ସମୟରେ ମୁଁ ହେଲି ଜ୍ୱରାକ୍ରାନ୍ତ। ବିଜୁଳି ବେଗରେ ସମ୍ବାଦ ପ୍ରେରିତ ହେଲା ମାଆଙ୍କ ପାଖକୁ। କିନ୍ତୁ ମାଆ ଯେ ଠିକ୍ ସେହି ବେଗରେ ପ୍ରତ୍ୟାବର୍ତ୍ତନ କଲେ ନାହିଁ ଗୃହକୁ ଏହି ଶୂନ୍ୟତାବୋଧ ଜ୍ୱରାକ୍ରାନ୍ତ ଥିବାବେଳେ ମଧ୍ୟ ମୋତେ କରିଥିଲା କ୍ରୋଧାକ୍ରାନ୍ତ। ଯେତେବେଳେ ଫେରିଆସିଲେ ମା', ଫୁଟି ଯାଇଥିଲା ବୋମା ଶକ୍ତିଶାଳୀ ବାରୁଦ ସାହାଯ୍ୟରେ। ମାଆଙ୍କ କ୍ଷଣିକ ଅନୁପସ୍ଥିତି ଏହିପରି ବୋମାବର୍ଷି ବାରୁଦରେ ପରିଣତ କରି ଦେଉଥିଲା ମୋତେ। ମାଆ ପିତାମହଙ୍କଠାରୁ ଆରମ୍ଭ କରି ଆମ ଯୌଥ ପରିବାରରେ କାହାର ଯେ ସେବା କରିନାହାନ୍ତି ଏପରି ଦୃଷ୍ଟାନ୍ତ ଆଦୌ ନାହିଁ। ସମଗ୍ର ଜୀବନ ତାଙ୍କର ବିତିଯାଇଛି ଅନ୍ୟମାନଙ୍କର ଯତ୍ନ ନେବାରେ ଓ ସେବା ଶୁଶ୍ରୂଷା କରିବାରେ। ସମସ୍ତଙ୍କ ପ୍ରତି ତାଙ୍କର ଆବେଗଭରା ଅନୁରକ୍ତି ଏ ପର୍ଯ୍ୟନ୍ତ ରହିଛି ସଜଳ ହୋଇ। ଏହି କିଛିଦିନ ତଳେ ମୋର ପିତାମହୀଙ୍କର ଜନ୍ମଦିନ ପାଳନ କରୁଥିଲେ ସେ। ଘରର କେହି ଯାହା ମନେପକାନ୍ତି ନାହିଁ, ସେହି କଥା ବା ଘଟଣା ମନେପକାଇ ସେ ସ୍ୱର୍ଗତ ଆତ୍ମାମାନଙ୍କ ପ୍ରତି ଯେପରି ଶ୍ରଦ୍ଧା ନିବେଦନ କରନ୍ତି, ତାଙ୍କର ପୁତୁରା ଝିଆରୀ, ଭଣଜା, ଭାଣିଜି ସମସ୍ତଙ୍କୁ ସେହିପରି ଭାଳି ହୁଅନ୍ତି। କିଏ କେଉଁଦିନ ଜନ୍ମ ନେଇଥିଲେ ତାହା ତାଙ୍କର ସ୍ୱତଃ ମନେପଡ଼ିଯାଏ। ତାଙ୍କ ଶାଶୁଙ୍କୁ ସେ ଦେଖିନାହାନ୍ତି। ପିତାମହୀଙ୍କ ଅକାଳ ବିୟୋଗ ଅନ୍ତେ ଅନିଚ୍ଛା ସତ୍ତ୍ୱେ ବାପା ସମ୍ମତି ପ୍ରଦାନ କରିଥିଲେ ବିବାହ ସକାଶେ। ମାଆ ସେଇଥିପାଇଁ ତାଙ୍କ ଶାଶୁମାଆଙ୍କୁ ଦେଖିପାରିନାହାନ୍ତି; ମାତ୍ର ଆଜି ପର୍ଯ୍ୟନ୍ତ ତାଙ୍କର ସ୍ମୃତିପୂଜା କରି ଆସୁଛନ୍ତି ସ୍ନେହାଧୀନା ସୁକନ୍ୟା ପରି।

ବିତି ତ ଗଲାଣି ଅନେକ ଦିନ। ବରପାଲିରେ ମୋ ପଢ଼ାଘର ମଝିରେ ମଝିରେ ସମ୍ପୂର୍ଣ୍ଣ ପରିଷ୍କାର କରେ ମୁଁ। ବହିଗୁଡ଼ିକ କନାରେ ପୋଛି ସଜାଇ ରଖେ ପ୍ରତିଟି ଥାକରେ। ପଢ଼ାଘରକୁ ଲାଗି ରହିଛି ମାଆ ବାପାଙ୍କର ପ୍ରକୋଷ୍ଠ। ମୋ ପୁତୁରା ଦୀପ୍ତିମାନ ବୁର୍ଲା ଡାକ୍ତରଖାନାରେ ଚିକିତ୍ସିତ ହେଉଥିଲା ବୋଲି ମୁଁ ଯାଇଥାଏ ସେଠାକୁ। ତା'ର ଦୁଇଟି ଯାକ କିଡ୍‌ନି ହୋଇଯାଇଥାଏ ଅଚଳ। ସେ ଯେ ଆମମାନଙ୍କ ଆଶା ପୂରଣ କରି ବଂଚି

ରହିବ ଦୀର୍ଘକାଳ ବ୍ୟାପୀ ଏ ଭାବନା ଧ୍ୱସ୍ତବିଧ୍ୱସ୍ତ ହୋଇଯାଉଥାଏ ସେତେବେଳେ। ବୁର୍ଲାରୁ ତାକୁ ନେଇ ଆମେ ଫେରିଆସିଲୁ ଘରକୁ। ପ୍ରଥମେ ଯେତେବେଳେ ମୁଁ ପ୍ରବେଶ କଲି ବାପା ମାଆଙ୍କ ପ୍ରକୋଷ୍ଠକୁ, ସେତେବେଳେ ଦେଖିଲି ମାଆ ତାଙ୍କର କୋଠରୀଟିକୁ ପରିଷ୍କାର ପରିଚ୍ଛନ୍ନ କରିଦେଇଛନ୍ତି। ଆଉ ମୋ ପଢ଼ାଘରର କବାଟ ରହିଛି ଉନ୍ମୁକ୍ତ ହୋଇ। ପଢ଼ାଘର ଭିତରକୁ ଯାଇ ଦେଖିଲି ସଦ୍ୟ ପରିଷ୍କାର ପରିଚ୍ଛନ୍ନ କରିଥିବା ବହିଥାକ ସବୁ ଧୂଳି ମଳିରେ ଭର୍ତ୍ତି ହୋଇଯାଇଛି। ମାଆ ତାଙ୍କ କୋଠରୀଟିକୁ ପରିଷ୍କାର କରିବା ସମୟରେ ଧ୍ୟାନ ଦେଇପାରିନାହାନ୍ତି ମୋ ପଢ଼ାଘରର କବାଟକୁ ବନ୍ଦ କରିବା ପାଇଁ। ଫଳରେ ବାପା ମାଆଙ୍କ ପ୍ରକୋଷ୍ଠର ସବୁ ଧୂଳି ମଳି ମୋ ପଢ଼ାଘରକୁ ପ୍ରବେଶ କରି ପ୍ରସ୍ତ ପ୍ରସ୍ତ ବସିଯାଇଛି ପ୍ରତିଟି ଥାକରେ। ଏହା ଦେଖି ମୋର କ୍ରୋଧ ସେହିପରି ଉଠିଗଲା ପଞ୍ଚମକୁ। ମାଆଙ୍କୁ କି ଅଜସ୍ର ଗାଳି ନ ଦେଲି ସେଦିନ! କେବେହେଲେ ସେପରି ବ୍ୟବହାର ପ୍ରଦର୍ଶନ କରିନଥିଲି, ସେଦିନ କ୍ରୋଧବଶତଃ ତାହା କଲି ଅତି ନିଷ୍ଠୁର ଭାବରେ। କହିଲି - ତୋ ଆଖିକୁ କ'ଣ ଦେଖାଯାଉ ନାହିଁ ଯେ ପଢ଼ା ଘରଟି ଏତେ ପରିଷ୍କାର କରି ମୁଁ ଯାଇଛି ବୁର୍ଲାକୁ। ମୋର ଅନୁପସ୍ଥିତିରେ ତୁ ମୋ କୋଠରୀକୁ ସଫା ସୁତୁରା କରି ସବୁ ମଇଳା ଭର୍ତ୍ତି କରିଦେଲୁ ମୋ ପଢ଼ାଘରେ? ଏ ଶବ୍ଦ ସବୁ ଗୁଳି ବର୍ଷଣ କରି ବାହାରି ଆସୁଥିଲା ମୋ ମୁହଁରୁ। ସମଗ୍ର ଶରୀର କମ୍ପିତ ହୋଇଗଲା ସେହି କ୍ରୋଧ ଜର୍ଜରିତ ଅବସ୍ଥାରେ। ମାଆ କିଛି କହିପାରୁନଥାନ୍ତି। ଯାହା କହିବା ପାଇଁ ପ୍ରୟାସ କରୁଥାନ୍ତି ତାହା ଶୁଣିବା ଅବସ୍ଥାରେ ତାଙ୍କର ସୁପୁତ୍ର ନଥାନ୍ତି। ରାଗି ରାଗି ପାହାଚ ଦେଇ ଉଠିଗଲି ଉପର ପ୍ରକୋଷ୍ଠକୁ। ଅନେକ ସମୟ ନେଲି ବିଶ୍ରାମ। ମାତ୍ର କ୍ରୋଧର ଶ୍ରମ ଯାହାକୁ କରିଛି କ୍ଳାନ୍ତ ସେ କ'ଣ ସହଜରେ ହୋଇପାରେ ଶାନ୍ତ?? ମୁଁ ଖାଲି ଖଟ ଉପରେ ପଡ଼ି ଛଟପଟ ହେଲି। ସନ୍ଧ୍ୟା ଉତ୍ତୀର୍ଣ୍ଣ ହୋଇଗଲା। ମନରେ ଭରିଯାଇଥିଲା ଦାରୁଣ ଯନ୍ତ୍ରଣା। ଜାଣିଲି ଏ ଯନ୍ତ୍ରଣା ଦୂରୀଭୂତ ହେବ ସେତିକିବେଳେ, ଯେତେବେଳେ ମାଆଙ୍କ ନିକଟରେ କ୍ଷମା ପ୍ରାର୍ଥୀ ହୋଇ ମୁଁ ଛିଡ଼ା ହେବି। ମହାତ୍ମା ଗାନ୍ଧୀ ନିଜ ଦୋଷ ସ୍ୱୀକାର କରି ପିତାଙ୍କୁ ଲେଖିଥିଲେ ଯେପରି ମର୍ମସ୍ପର୍ଶୀ ପତ୍ରଟିଏ ସେଭଳି ଅଲିଖିତ ପତ୍ରଟିଏ ଅନ୍ତର ଭିତରେ ଧରି ଓହ୍ଲାଇ ଆସିଲି ତଳକୁ ପାହାଚ ପରେ ପାହାଚ। ମୋର ଓହ୍ଲାଇ ଆସିବା ସହିତ ମନର ସବୁ କ୍ରୋଧ ମଧ୍ୟ ମସ୍ତିଷ୍କରୁ ଓହ୍ଲାଇ ଆସୁଥିଲା ପାଦ ପର୍ଯ୍ୟନ୍ତ ଆଉ ଶରଣାଗତ ହେବା ପାଇଁ ଯାଉଥିଲା ମାଆଙ୍କ ନିକଟକୁ। ଶିରିଡ଼ି ସତ୍ୟ ସାଇବାବା ଦିନେ ବସିଥାନ୍ତି ଉପର ପ୍ରକୋଷ୍ଠରେ। ସର୍ପ ଦଂଶନରେ ଯନ୍ତ୍ରଣାବଦ୍ଧ ହୋଇ ଜଣେ ଭକ୍ତ ଯେତେବେଳେ ପାହାଚ ଦେଇ ଉଠିଆସୁଥାନ୍ତି ସାଇବାବା ଚିତ୍କାର କରି କହିଲେ - "ଓହ୍ଲାଇ ଯାଆ କହୁଚି, ଶୀଘ୍ର ଓହ୍ଲାଇ ଯାଆ।" ଲୋକ ଜଣକ କେତେ ଆଶାରେ ବାବାଙ୍କ ପାଖକୁ

ଆସୁଥିଲା । ବାବା କିନ୍ତୁ ତାଙ୍କୁ ଏହିପରି ଓହ୍ଲାଇଯିବା ପାଇଁ ଦେଲେ କଠୋର ନିର୍ଦ୍ଦେଶ ! ଭକ୍ତ ଜଣକ ଆଶ୍ଚର୍ଯ୍ୟ ହୋଇ ସେହି ମୁହୂର୍ତ୍ତରେ ଅନୁଭବ କଲା ଯେ ତା' ଦେହରୁ ସର୍ପ ଦଂଶନର ଜ୍ୱାଳା ସମ୍ପୂର୍ଣ୍ଣ ଅନ୍ତର୍ହିତ । ବାବା ଉପରେ ଥାଇ ହସିଦେଇ କହିଲେ, "ଆରେ ମୂର୍ଖ ତୋତେ ଓହ୍ଲାଇଯିବା ପାଇଁ ମୁଁ କହୁନଥିଲି । ତୋର ସର୍ପ ଦଂଶନର ଜ୍ୱାଳାକୁ ଓହ୍ଲାଇଯିବା ପାଇଁ ଦେଉଥିଲି ଆଦେଶ ।" ଠିକ୍ ସେହିପରି ପାହାଚ ପରେ ପାହାଚ ଓହ୍ଲାଇ ଆସୁ ଆସୁ ମୁଁ ନୁହେଁ, ମୋର କ୍ରୋଧ ଯେପରି ଖସି ଆସୁଥିଲା ତଳକୁ ତଳକୁ । ମାତୃ ଆବାହନରେ ମନ୍ତ୍ରସିକ୍ତ ହୋଇ ।

ଗଲି ମାଆଙ୍କ ପାଖକୁ । ମାଆ ଶୋଇ ରହିଥାନ୍ତି ଖଟ ଉପରେ ଦୁଃଖାଭିଭୂତା ହୋଇ । ମୁଁ ଉଠାଇଲି ତାଙ୍କୁ । ଆଉ ପାଖରେ ବସିପଡ଼ି ଛୋଟ ଶିଶୁଙ୍କ ପରି ଲାଗିଲି କାନ୍ଦିବାକୁ । ମାଆ ବ୍ୟସ୍ତ ବିବ୍ରତ ହୋଇ କହିଲେ - "ବାବୁରେ କାହିଁକି ଏପରି ବିକଳ ହୋଇ କାନ୍ଦୁଛୁ ? ସବୁ କଥା ଠିକ୍ ହୋଇଯିବ । ତୋ ପଢ଼ାଘର ବାପା ଓ ମୁଁ ପରିଷ୍କାର କରିଦେବୁ । ତୁ କିଛି ଚିନ୍ତା କରନା ।" ମୁଁ କହିଲି, "ମାଆଗୋ, ସେକଥା କହିବା ପାଇଁ ମୁଁ ଆସିନାହିଁ । ମୁଁ ଆସିଛି ମୋର ଦୋଷ ସ୍ୱୀକାର କରିବା ପାଇଁ । ଏଭଳି କ୍ରୋଧାନ୍ୱିତ ହେବା ମୋ ପକ୍ଷରେ କଦାପି ଉଚିତ ହୋଇନାହିଁ । ମାଆ ତୁ ମୋତେ କ୍ଷମା ନ କଲେ ମୁଁ ଶାନ୍ତି ଫେରିପାଇବି ନାହିଁ ।" ମାଆଙ୍କ ଆଖି ଦୁଇଟି ହୋଇଗଲା ଛଳଛଳ । ମୋତେ କୁଣ୍ଢାଇ ପକାଇ କହିଲେ - "ବାବୁ, ତୁ କାହାକୁ ରାଗିଛୁ ଆଉ ଗାଳି ଦେଇଛୁ ଯେ ଏତେ ମନ ଖରାପ କରୁଛୁ ? ମୋତେ ତ କରିଛୁ ଆଉ ତ କାହାକୁ ନୁହେଁ ! ଏଥିରେ ଦୁଃଖ କରିବାର କ'ଣ ଅଛି କହିଲୁ ? ମୋଟେ ସେକଥା ମନକୁ ଆଣନା । ମୋତେ କହିଛୁ ବୋଲି ଚିନ୍ତା ମଧ୍ୟ କରନା । ସବୁ କଥା ଏହିକ୍ଷଣି ଭୁଲିଯା । ମା'ଙ୍କ ଶବ୍ଦ ଏକ ଏକ ସ୍ନେହପୂର୍ଣ୍ଣ ଚୁମ୍ବନ ହୋଇ ଆଚ୍ଛନ୍ନ କରିଦେଲା ଅଶ୍ରୁସିକ୍ତ ମୋର ମୁଖମଣ୍ଡଳକୁ । ମୁଁ ଆଉ କିଛି କହିପାରିଲି ନାହିଁ । ବାଷ୍ପରୁଦ୍ଧ ହୋଇଗଲା କଣ୍ଠ ମୋର । ସବୁ ଅଶାନ୍ତି ନିମିଷକରେ ଲିଭିଗଲା । ଗ୍ରୀଷ୍ମରେ ଉତ୍ତପ୍ତ ମାଟି ଉପରେ ଯେମିତି ହୋଇଗଲା ଅସରାଏ ଦୀର୍ଘ ବର୍ଷା ଧାରା । ମନ ଭିତରେ ଜଳୁଥିଲା ଯେଉଁ ନିଆଁ, ତା' ଉପରେ ଢାଳି ହୋଇଗଲା ସତେକି ଗଙ୍ଗାଜଳର ସ୍ୱଚ୍ଛଧାରା ।

ଭାବନା ଭିତରେ ହଜିଯାଇଥିଲି ମୁଁ । ଆମ ବିଭାଗର ମଲ୍ଲବାବୁ ଯେତେବେଳେ କହନ୍ତି ସାର୍ ଏଥର ଯିବା, ସେତେବେଳେ ମୁଁ ପ୍ରସ୍ତୁତ ହୁଏ ମୋର ବ୍ୟାଗକୁ ହାତରେ ଧରି । ବେଳେବେଳେ ମୋର ପ୍ରିୟ ଛାତ୍ର ମାଧବ ଥାନ୍ତି ପାଖରେ ବ୍ୟାଗ ଧରି ଓହ୍ଲାଇ ପଡ଼ନ୍ତି ଉବେର ବା ଓଲା କାର୍ ପାଖକୁ । ଠିକ୍ ଏତିକିବେଳେ ମୋର ମୋବାଇଲ ଫୋନକୁ ଆସିଲା ଏକ ମେସେଜ୍ । ମେସେଜ୍ ବକ୍ସ ଖୋଲି ଦେଖିଲି ଓଡ଼ିଆରେ ଲେଖା ହୋଇଛି,

"ସାର୍‌ ମୁଁ ଉଚ୍ଚ ସ୍ୱରରେ ଆପଣଙ୍କ ଆଗରେ କଥା କହିଥିବାରୁ ଓ ଆପଣଙ୍କୁ ଆଘାତ ଦେଇଥିବାରୁ ଅତ୍ୟନ୍ତ ଦୁଃଖିତ । ମୋତେ ସାର୍‌ କ୍ଷମା କରିଦିଅନ୍ତୁ ।" ଆଜିକାର ପିଲାମାନେ ମୋବାଇଲ୍‌ ଫୋନ୍‌ରେ ଯେମିତି ତଡ଼ିତ୍‌ ବେଗରେ ମେସେଜ୍‌ ଟାଇପ୍‌ କରିଦିଅନ୍ତି ସେ କଳା ମୋତେ ଅଜଣା । ମୁଁ ସେହି ଅତିପ୍ରିୟ ଛାତ୍ରଟି ଉଦ୍ଦେଶ୍ୟରେ ମୋବାଇଲ ଫୋନ୍‌ରେ କଥା ହେବା ପାଇଁ ରିଂ କଲି । ସେପଟୁ ଭାସିଆସିଲା ଅଶ୍ରୁବିଗଳିତ କଣ୍ଠସ୍ୱର । ମୁଁ କହିଲି – "ଆରେ ରାଜେନ୍ଦ୍ର, ତୁମେ ଯାହା କହିଲ ସେସବୁ କାହାକୁ କହିଛ ଯେ ଏତେ ଚିନ୍ତିତ ! ତୁମେ ପରା ମୋ ଆଗରେ ଅର୍ଥାତ୍‌ ତୁମ ସାର୍‌ଙ୍କୁ କହିଛ । ସବୁକଥା ତୁମ ପ୍ରିୟ ସାର୍‌ଙ୍କୁ କହିବାରେ ଅଧିକାର ତୁମର ରହିଛି । ତୁମେ ଆଦୌ ଏଥିପାଇଁ ଅନୁତାପ କରନା । ଭୁଲିଯାଅ ଯେ ତୁମେ ମୋତେ ଉଚ୍ଚ ସ୍ୱରରେ କଥା କହି ଆଘାତ ଦେଇଛ ।" ସେପଟେ ରାଜେନ୍ଦ୍ରର କଣ୍ଠ ଶୁଭୁଥିଲା ବାଷ୍ପାକୁଳ ।

       ପାହାଚ ଦେଇ ମୁଁ ଓହ୍ଲାଇ ଆସୁଥିଲି ତଳକୁ ତଳକୁ । ମାଧବ କାରର ପଛପଟ ସିଟ୍‌ରେ ରଖିଦେଲେ ମୋର ବ୍ୟାଗ । ଆଗ ସିଟ୍‌ରେ ବସିରହି ପଛକୁ ଢଳିବା ପରି ପୋଜିସନ୍‌ରେ ସିଟ୍‌କୁ ରଖି ଶାନ୍ତିରେ ନିଃଶ୍ୱାସ ମାରିଲି । ଡ୍ରାଇଭର ଉଦ୍ଦେଶ୍ୟରେ କହିଲି – "ଏଥର ଚାଲ ।" ମୁଁ ଜାଣୁଥିଲି ରାଜେନ୍ଦ୍ରକୁ ମୁଁ ଯାହା କହିଲି, ତାହା ମୋର କଣ୍ଠସ୍ୱର ନୁହେଁ । ମୋ ଅନ୍ତର ଭିତରେ ମା' ହିଁ ଅବସ୍ଥାନ କରି ମୋର ପାଟିରେ ଉଚ୍ଚାରଣ କରିଗଲେ ସେହି ସାନ୍ତ୍ୱନାଦାୟକ ଭାଷା ।

ମୁକ୍ତାନାନୀ : ବ୍ୟଥା-ବିଧୂର-ସଂଗୀତ

ମୁକ୍ତାନାନୀଙ୍କ ରୋଷ ଓ ରୋଦନ ଭିତରେ କୌଣସି ପାର୍ଥକ୍ୟ ନଥିଲା ବୋଲି ମୁଁ ବୁଝି ପାରୁଥିଲି। ବଡ଼ ବଡ଼ବାପାଙ୍କ ଜ୍ୟେଷ୍ଠାକନ୍ୟା ହେଉଛନ୍ତି ମୁକ୍ତାଦେବୀ। ସେ ମୋ ମାଆଙ୍କ ବୟସର। ତାଙ୍କର ବିବାହ ଅନୁଷ୍ଠିତ ହୋଇଥିଲା 'ଝରି' ଗ୍ରାମରେ। ମା' ଆସିବା ପରେ। ସେ ସମୟର ଅନୁଭୂତି ଶୁଣିଛି ମାଆଙ୍କଠାରୁ। ବିବାହ କାର୍ଯ୍ୟରେ ତତ୍ପର ଥିବା ମାଆ କିପରି ପନିକି ଉପରେ ପାଦ ଥାପି ଦେଇଥିଲେ ଓ ରକ୍ତ ଧାରାରେ ଆପ୍ଲୁତ ହେଲେ ସେ ଘଟଣା ଏକାନ୍ତ ଅଭୁଲା। ମୋର ବଡ଼ ଭଣଜା ଅର୍ଥାତ୍ ମୁକ୍ତାନାନୀଙ୍କ ବଡ଼ପୁଅ ମୋ ବୟସର। ସବୁ ଭଣଜା ଭାଣିଜୀଙ୍କ ସାଥୀରେ ଛୋଟ ବେଳରୁ ମୋର ସ୍ନେହାକର୍ଷଣ ଥିଲା ଅତ୍ୟନ୍ତ ଗଭୀର। ମୁକ୍ତାନାନୀ ତାଙ୍କ ସନ୍ତାନ ସନ୍ତତିଙ୍କ ସହିତ ଯେତେବେଳେ ଆସନ୍ତି ଘରକୁ, ତାହା ପରିଣତ ହେଉଥିଲା ମୋ ପାଇଁ ଏକ ଉତ୍ସବରେ। ନାନୀ ମୋ ପାଇଁ ଉପବାସ କରୁଥିଲେ ପଶ୍ଚିମ ଓଡ଼ିଶାର ଭାଇ ଜିଉଁତିଆ ଓଷା ବେଳେ। ଦଶହରା ଛୁଟିରେ ଆସୁଥିଲେ ଘରକୁ। ଦୁର୍ଗାଷ୍ଟମୀ ଦିନ ଉପବାସରେ ରହି ପୂଜା କରୁଥିଲେ ମା' ଦୁର୍ଗାଙ୍କୁ ଭାଇମାନଙ୍କ ଦୀର୍ଘାୟୁଷ କାମନା କରି। ପରଦିନ ସକାଳୁ ଦୂବ ଅରୁଆ ଚାଉଳରେ ବନ୍ଦାପନା କରି ହାତରେ ବାନ୍ଧି ଦେଉଥିଲେ ଜିଉଁତିଆ ବା ବ୍ରତ। ସେଦିନଗୁଡ଼ିକର ସ୍ମୃତି କ'ଣ ପୋଛିଦେଇ ପାରିବି ? ପରବର୍ତ୍ତୀ ସମୟରେ ଯେଉଁ ଅନାକାଂକ୍ଷିତ ଘଟଣା ଘଟିଲା, ସେଥିପାଇଁ ମୁକ୍ତାନାନୀଙ୍କ ସ୍ନେହକୁ ହୃଦୟରୁ କ'ଣ ପୋଛି ଦେଇ ହେବ ?

ଚାଲିଗଲେ ବଡ଼ବାପା। ଚାଲିଗଲେ ମଧ୍ୟ ବଡ଼ମାମା। ବଡ଼ବବାଙ୍କ ଦୁଇଟି ଝିଅ - ମୁକ୍ତା ଓ ଇନ୍ଦିରା। ଦୁହେଁ ସେମାନଙ୍କ ଅଧିକାର ସାବ୍ୟସ୍ତ କରିବା ପାଇଁ ନିଜ ଅକ୍ତିଆରକୁ ନେଇଗଲେ ବଡ଼ବାପା ଆଉ ବଡ଼ମାମା ରହୁଥିବା ପ୍ରକୋଷ୍ଠଟିକୁ। ଏକଥା ଚାହୁଁନଥିଲେ ଆମ ପରିବାରର କେହି। ବଡ଼ବାପା, ବଡ଼ମାମା ମଧ୍ୟ ଏପରି ଆଶଙ୍କା କେବେ ବି କରିନଥିଲେ। ସେମାନଙ୍କ ଉଦ୍ଦେଶ୍ୟ ଥିଲା ଆମ ଭାଇମାନଙ୍କ ସହିତ

ନାନୀମାନଙ୍କ ସମ୍ପର୍କ ଚିରକାଳ ରହୁ ସ୍ନେହାତ୍ମକ। କିନ୍ତୁ କାହାର ସଦିଚ୍ଛାରେ କ'ଣ ସବୁ ଘଟଣା ପରିଚାଳିତ ହୁଏ ! ବଡ଼ବାପା, ବଡ଼ମାମାଙ୍କ ସ୍ୱର୍ଗୀୟ ଆତ୍ମା ଜାଣିପାରିଥିବେ କି ନା - ଏହା ଆମର ଜ୍ଞାନ ବାହାରେ। ଇନ୍ଦିରା ନାନୀ ନିଜକୁ ପ୍ରତ୍ୟାହାର କରିନେଇଥିଲେ ଏହି ଅଧିକାର ସାବ୍ୟସ୍ତ କରିବାର ନାଟକରୁ। ମୁକ୍ତାନାନୀ ସପରିବାର ଯେପରି ପ୍ରବେଶ କଲେ ଆମ ଘରକୁ, ନାନୀ, ଭିଣୋଇ ଦୁଇ ଭଣଜା ଯେପରି ଅପ୍ରତ୍ୟାଶିତ ଭାବରେ ଆକ୍ରମଣାତ୍ମକ ବ୍ୟବହାର ପ୍ରଦର୍ଶନ କଲେ ଭୁବନେଶ୍ୱର ବବା ଓ ମିହିରଦାଦାଙ୍କ ପ୍ରତି, ସେଦିନ ସେଇ କାର୍ଯ୍ୟରୁ କ୍ଷାନ୍ତ ରହିବା ପାଇଁ ହାତ ଯୋଡ଼ି ମୁଁ ଅନୁରୋଧ କରିଥିଲି ସେମାନଙ୍କୁ। ମୋର ବା ଅନୁରୋଧର କ'ଣ ମୂଲ୍ୟ ଥିଲା ? ଯାହା ଘଟିଗଲା ସେଥିରେ ସେଇଦିନ ସାରା କ୍ରନ୍ଦନ କରିଥିଲି ବିକଳ ଭାବରେ ଓ ସେଦିନଠୁ ପରିବାରରେ ଛାଇଗଲା ଅଶାନ୍ତିର ବାତାବରଣ।

ମୁକ୍ତାନାନୀ ଓ ତାଙ୍କ ପରିବାରବର୍ଗଙ୍କ ଧାରଣା ଥିଲା ଯେ ସେମାନଙ୍କୁ ନିଜ ଅଧିକାରରୁ ବଂଚିତ କରି ରଖିବା ସକାଶେ ଭୁବନେଶ୍ୱରର ବବା ନେଇଥିଲେ ଖଳନାୟକର ଭୂମିକା। ଏକଥା ହୁଏତ ସମ୍ପୂର୍ଣ୍ଣ ମିଥ୍ୟା ହୋଇନପାରେ। କିନ୍ତୁ ଅଚାନକ ହିଂସ୍ର ବ୍ୟବହାର ଦ୍ୱାରା ଆମ ପରିବାରର ସଂସ୍କୃତିକୁ ଏପରି ଧୂଳିସାତ୍ କରିଦିଆଯିବ ତାହା ଥିଲା ମୋ କଳ୍ପନାର ବାହାରେ। ସେଦିନଠାରୁ ଆମେ ଭୟଭୀତ ହୋଇ ରହିଲୁ ଓ ରହିଛୁ ଆଜି ପର୍ଯ୍ୟନ୍ତ।

ଏ ସବୁ ସତ୍ତ୍ୱେ ଅତୀତ ଦିନର ମଧୁର ସ୍ମୃତି ମୁଁ ଆଦୌ ଭୁଲିପାରେ ନାହିଁ। ଭଣଜା ରାଜେନ୍ଦ୍ର, ରବୀନ୍ଦ୍ର, ଭାଣିଜୀ ରାଜଶ୍ରୀ, ଜୟଶ୍ରୀ - ସମସ୍ତଙ୍କ ସ୍ନେହାପ୍ଳୁତ ମୁଖମଣ୍ଡଳ ଉଜ୍ଜୀବିତ ହୋଇ ରହେ ଅନ୍ତର ମଧ୍ୟରେ। ବର୍ଷ ବର୍ଷ ଧରି କେତେ ଆନନ୍ଦଦାୟକ ଖେଳରେ ଆମେ କଟାଇଛୁ ସୁନ୍ଦର ମୁହୂର୍ତ୍ତ ସବୁ ତାହାକୁ ମୋ ପ୍ରାଣ ଭୁଲିଯିବାକୁ ଆଦୌ ପ୍ରସ୍ତୁତ ନୁହେଁ।

ନାନୀଙ୍କର ସ୍ନେହ ଥିଲା କି ଅକୃତ୍ରିମ ! ସେ ଦେଇଥିବା ଚିଠିଗୁଡ଼ିକ ଆଜି ବି ସାଇତି ରଖିଛି ସଯତ୍ନରେ। ସେଇ ଅକ୍ଷର ସବୁରୁ ଏବେ ବି ଝରିଆସେ ଆନ୍ତରିକ ସ୍ନେହର ଆଲୋକ। ବାପା, ମାଆ ଓ ମୁଁ ବଡ଼ବାପାଙ୍କ ନିର୍ଦ୍ଦେଶରେ ଏକ ବରପାଲି ପାଇଖାନା ଜିପ୍ ଗାଡ଼ିରେ ଧରି କିପରି ଯାଇଥିଲୁ ଝର ଗ୍ରାମକୁ, ତାହାର ସ୍ମୃତି ଏବେ ବି ସଜଳ କରିଦିଏ ଆଖିପତାକୁ। ମୁକ୍ତାନାନୀଙ୍କ ସେଦିନର ଆଗ୍ରହ ଥିଲା ସ୍ୱର୍ଗୀୟ। ତାଙ୍କ ବାପା ମାଆ କାକା କାକୀ, ସାନଭାଇ ଆସିଛନ୍ତି ବୋଲି ତାଙ୍କର ପାଦ ତଳେ ପଡୁନଥିଲା। ସମଗ୍ର ମୁଖମଣ୍ଡଳରେ ଗୌରବାନ୍ୱିତ ହେବାର ଅନୁଭବ ଉକୁଟି ଉଠୁଥିଲା ସୂର୍ଯ୍ୟୋଦୟ କାଳୀନ ବର୍ଣ୍ଣବିଭା ଧାରଣ କରି। ଆଗରୁ ଶୁଣିଥିଲି ଝର ଗ୍ରାମର ଜାଙ୍ଗଲିକ ସୁଷମା ବିଷୟରେ।

ସେଦିନ ଜଙ୍ଗଲ ମଧ୍ୟକୁ ପ୍ରବେଶ କରିବା ପାଇଁ ନଥିଲା ସମୟ। ଏବେ ଜଙ୍ଗଲର ଅଜସ୍ର ସବୁଜ ପତ୍ରର ସତେଜତା ଓ ନାନା ଜାତିର ବଣଫୁଲର ମହକ ଭାସିଆସୁଥିଲା ମୁକ୍ତାନାନୀ, ଭିଣୋଇ ତଥା ଭଣଜା ଭାଣିଜୀଙ୍କ ମୁହଁରୁ।

ସେହି ଅମୃତ କିରଣ ବିଚ୍ଛୁରଣ କରୁଥିବା ମୁହଁଗୁଡ଼ିକ ଏତେ କଠୋର ଓ କର୍କଶ ହୋଇଗଲେ କିପରି ? ଏକଥା ମୁଁ ଜାଣିଛି ଯେ ମୁକ୍ତାନାନୀ ଥିଲେ ଚିରଦୁଃଖୀ। ସେ ବଡ଼ବାପାଙ୍କ ନିକଟକୁ ଯେଉଁ ସବୁ ପତ୍ର ଲେଖୁଥିଲେ ସେଥିରେ ଫୁଟି ଉଠୁଥିଲା ତାଙ୍କ ହୃଦୟର ଅବାରିତ ଅଶ୍ରୁ। ସେହି ଅଶ୍ରୁଧାରା ଯଦି କିଏ ଅତି ସନ୍ନିକଟରୁ ସ୍ପର୍ଶ କରିଥିଲା ସେ ହେଉଛି ମୁକ୍ତାନାନୀର ଏହି ଅଧମ ସାନଭାଇ। କାରଣ ବଡ଼ବାପାଙ୍କ ନିକଟବର୍ତ୍ତୀ ହୋଇ ସେଇ ପତ୍ରଗୁଡ଼ିକ ପଢ଼ିବାର ସୁଯୋଗ ବା ଦୁର୍ଯୋଗ ମୋ ଭାଗ୍ୟରେ ଲେଖା ହୋଇଥିଲା। ଆଜି ପର୍ଯ୍ୟନ୍ତ ସେହି ପତ୍ରରୁ ଅନେକ ସଂଖ୍ୟା ସଂରକ୍ଷିତ ରହିଛି ମୋ ପାଖରେ। ମୁକ୍ତାନାନୀଙ୍କ ସେହି କାରୁଣ୍ୟମୟ ଜୀବନ ସହ କୈଶୋର କାଳରୁ ମୋର ଆତ୍ମା ଜଡ଼ିତ ହୋଇ ରହିଥିଲା। ପରବର୍ତ୍ତୀ ସମୟରେ ସେମାନେ ସମସ୍ତେ ବରପାଲିରେ ଆସି ଅବସ୍ଥାନ କରିବା ମୋ ପାଇଁ ଥିଲା ଅତ୍ୟନ୍ତ ଆନନ୍ଦଦାୟକ। କିନ୍ତୁ ସେମାନେ ଯେ ତାଙ୍କ ପିତାଙ୍କ ଉତ୍ତରାଧିକାରୀ ହେବା ପାଇଁ ଯୋଜନାବଦ୍ଧ ଭାବରେ ଆସି ରହିଥିଲେ ବରପାଲିରେ ଏକଥା ଉପଲବ୍ଧି କରିବାର ବୁଦ୍ଧି ମୋର ଉଦ୍ରେକ ହୋଇଥିଲା ବହୁ ସମୟ ଅତିବାହିତ ହୋଇଯିବା ପରେ। ବଡ଼ବାପା ଯେତେବେଳେ ମୋତେ ପାଖକୁ ଡାକି ପଚାରିଲେ – 'ତୋତେ କ'ଣ ଦେବି କହ ?' ଏହାର ଉତ୍ତରରେ ସ୍ୱତଃସ୍ଫୂର୍ତ୍ତ ଭାବରେ ମୋ ପାଟିରୁ ବାହାରି ଆସିଲା – 'ଦୁଇ ନାନୀଙ୍କୁ ଯାହା ଦେବାର କଥା ତାହା ଦେଇଦିଅ। ମୋର କିଛି ଲୋଡ଼ା ନାହିଁ। ମୋର କେବଳ ଦରକାର ତୁମର, ମାମାଙ୍କର ଆଶୀର୍ବାଦ ଆଉ ନାନୀ ଦୁହିଁଙ୍କର ସ୍ନେହାଶିଷ।' ଏକଥା ମୁଁ କହିଲି ସିନା, ବଡ଼ବାପା ତାହାକୁ କାର୍ଯ୍ୟକାରୀ କରିପାରିବେ ନାହିଁ। କାରଣ ଆମର ଯୌଥ ପରିବାର ଏବଂ ତା' ମଧ୍ୟରେ ତାଙ୍କ ତିନି ଭାଇଙ୍କ ଆନ୍ତରିକ ଅସମ୍ମତି ହେତୁ ସେ ଥିଲେ ଭୟଭୀତ।

ଏ ସବୁର ଶେଷ ପରିଣତି ସେଥିପାଇଁ ହେଲା ଭୟାବହ। ମୁକ୍ତାନାନୀ ଆସି ଜୋର୍ ଜବରଦସ୍ତି ପ୍ରବେଶ କଲେ ସପରିବାର ଆମ ଗୃହରେ। ସେମାନଙ୍କର ହିଂସ୍ର ବ୍ୟବହାରରେ ଯେପରି ପୀଡ଼ିତ ହେଲି ମୁଁ, ଆମ ଭାଇମାନଙ୍କ ସେମାନଙ୍କ ପ୍ରତି ରୁକ୍ଷ ବ୍ୟବହାରରେ ମଧ୍ୟ ସେହି ସମାନ କଷ୍ଟ ଅନୁଭବ କରୁଥିଲି ଅନ୍ତର ମଧ୍ୟରେ। ନିରବି ଯାଇଥିଲା ମୋ ମନ, ଔଦାସ୍ୟ ଗ୍ରାସ କରିଥିଲା ମୋର ହୃଦୟକୁ। ଭୟ ଓ ଆତଙ୍କର ବାତାବରଣରେ ମୁଁ ଥିଲି ସଦା ମ୍ରିୟମାଣ। ଗୋଟିଏ ସଂସ୍କୃତି ସମ୍ପନ୍ନ ପରିବାରର ଏଭଳି ରୂପାନ୍ତର ମୋ ପାଇଁ ଥିଲା କଳ୍ପନାତୀତ।

ମୁକ୍ତାନାନୀ ପାଖକୁ ଆମେ କେହି ବା ଆମର ଯେତେ ସମ୍ପର୍କୀୟ ସମସ୍ତେ ଆଉ ଯାଉନଥିଲେ । ସେ ନିଜ ପରିବାର ଭିତରେ ଥାଇ ମଧ୍ୟ ହୋଇଯାଇଥିଲେ ନିଃସଙ୍ଗ ଓ ଏକାକୀ । ମୁଁ ଏକଥା ଆଦୌ ବିଶ୍ୱାସ କରିପାରୁନଥିଲି ଯେ ଏ ସବୁ ଘଟଣାରେ ମୁକ୍ତାନାନୀଙ୍କ ଆତ୍ମାର ସମର୍ଥନ ଥିଲା । ନିଜ ସ୍ୱାମୀ ଓ ସନ୍ତାନମାନଙ୍କ ଭବିଷ୍ୟତ ପାଇଁ ତାଙ୍କୁ ନେବାକୁ ପଡ଼ିଲା ଏହିପରି ଦୁର୍ଗାରୂପ । ନାନୀ କ୍ରୋଧଭରା କଣ୍ଠରେ ଯେତେବେଳେ ବର୍ଷଣ କରୁଥିଲେ ଉତ୍ତେଜନାପୂର୍ଣ୍ଣ ଶବ୍ଦ, ସେତେବେଳେ ତାଙ୍କ ଆଖି ଦୁଇଟି ପାଟି ସହିତ ସମତାଳ ଦେଇ ପାରୁନଥିଲା । ପାଟିରେ କ୍ରୋଧ ଆଉ ଦୁଇ ଆଖିରେ ଝରୁଥିଲା ଶ୍ରାବଣର ଅଶ୍ରୁଧାର । ସେଥିପାଇଁ ତ ପ୍ରଥମରୁ କହୁଥିଲି ମୁକ୍ତାନାନୀଙ୍କ ରୋଷ ଓ ରୋଦନ ଭିତରେ କୌଣସି ପ୍ରଭେଦ ମୁଁ ଜାଣିପାରୁନଥିଲି । ତାଙ୍କର ଏ ସମସ୍ତ ବିରୂପ ବ୍ୟବହାର ତାଙ୍କ କ୍ରନ୍ଦନର ଥିଲା ଏକ କରୁଣ ପ୍ରତିଫଳନ ମାତ୍ର । ଭଣଜାମାନଙ୍କ କ୍ରୋଧ ଭିତରେ ମୁଁ ଦେଖିପାରୁଥିଲି ସେମାନଙ୍କ ଅନ୍ତରର କ୍ରନ୍ଦନଶୀଳ ରୂପ । ସେହିପରି ମୋର ବଡ଼ଭାଇମାନଙ୍କ ହୃଦୟ ବି କାନ୍ଦୁଥିଲା । ଭୁବନେଶ୍ୱରର ବବା, ମଝିଆଁ ବବା, ବାପା ଏ ସମସ୍ତେ ଅର୍ଥାତ୍ ସାରା ପରିବାର ଭାସୁଥିଲେ କାରୁଣ୍ୟର ଲହରୀରେ । ଅଥଚ କେହି କାହାକୁ ବୁଝିପାରିବା ପାଇଁ ଆବଶ୍ୟକ ଯେଉଁ ସ୍ଥିରତା ଆଉ ସମ୍ବେଦନଶୀଳତା ତାହାକୁ ଉଖାରି ପାରୁନଥିଲେ ନିଜ ଭିତରୁ ।

ଯେଉଁ ଭୁବନେଶ୍ୱର ବବାଙ୍କୁ ମୁକ୍ତାନାନୀ ସପରିବାର ଭାବୁଥିଲେ ଖଳନାୟକ ବୋଲି ସେଇ ବଡ଼ବାପା ଏକାନ୍ତରେ ଦିନେ ମତେ ପାଖରେ ବସାଇ କହିଲେ - 'ମୁକ୍ତା ମୋ ପାଖକୁ ଆସିଥାନ୍ତା ଟିକିଏ । କହିଥାନ୍ତା ତା'ର କ'ଣ ଆବଶ୍ୟକ । ମୁଁ ତାହା ଦେବାରେ ଆଦୌ କୁଣ୍ଠିତ ବା ଅସମ୍ମତ ହୋଇନଥାନ୍ତି ।' ଅପର ପକ୍ଷରେ ମୁକ୍ତାନାନୀ ସେହିଭଳି ଏକ ନିରୋଳା ମୁହୂର୍ତ୍ତରେ ଘରର ବାହାର ବାରଣ୍ଡାରେ ମୁଁ ବସିଥିବାବେଳେ କହିଲେ 'ତୁମମାନଙ୍କର ଯଦି ସାମାନ୍ୟ ଦରଦ ଥାଆନ୍ତା ମୋ ପ୍ରତି, ତା'ହେଲେ ମୋତେ ଡାକିଆଣି ଦେଇଥାନ୍ତ ଆଶାନୁରୂପ ଅଂଶ । ତା' ସମ୍ଭବ ନ ହେବାରୁ ଘଟିଗଲା ଏହି ଦୁର୍ଘଟଣା ।' ମୁକ୍ତାନାନୀଙ୍କ କଣ୍ଠସ୍ୱର ମୂଳରୁ ଥିଲା ଏତେ ମଧୁର ଯେ ଉତ୍ତେଜନାମୟ ପରିସ୍ଥିତିରେ ସୁଦ୍ଧା ତାଙ୍କ ସ୍ୱର ମାଧୁର୍ଯ୍ୟ ବ୍ୟାହତ ହୋଇଯାଉନଥଲା । କାରଣ ସେ ପରା ଗଙ୍ଗାଧର ମେହେରଙ୍କ ପଣନାତୁଣୀ । ଆମମାନଙ୍କର ବଡ଼ନାନୀ । ସେ କିପରି ଅବା ସ୍ନେହ-ବିମୁଖ ହୋଇପାରନ୍ତେ ନିଜ ଅନ୍ତର ତଳୁ ? ମୁଁ ଅନୁଭବ କରୁଥିଲି ଯେ ବର୍ଷ ବର୍ଷ ବ୍ୟାପୀ ସେ ଯେଉଁ ଆନ୍ତରିକତାରୁ ବଞ୍ଚିତ ତାହାର ଦୁଃଖଦ ଓ ଦୁର୍ଭାଗ୍ୟପୂର୍ଣ୍ଣ ପରିପ୍ରକାଶ ହେଉଛି ଘଟିଯାଇଥିବା ଏସବୁ ଘଟଣା ।

ନାନୀ କେବେ ସୁସ୍ଥ ଶରୀରରେ କାଳଯାପନ କରିନଥିଲେ । ଯେତେବେଳେ

ତାଙ୍କର ସ୍ୱାସ୍ଥ୍ୟର ଅବସ୍ଥା ହେଲା ଗମ୍ଭୀରରୁ ଗମ୍ଭୀରତର ଓ ସେ ହୋଇପଡ଼ିଲେ ଶଯ୍ୟାଶାୟୀ, ସେତେବେଳେ ମାଆ ଆଉ ଥୟ ଧରି ରହିପାରିନଥିଲେ। ଉଭୟେ ସମବୟସ୍କା ହୋଇଥିଲେ ମଧ୍ୟ ମାଆ ଥିଲେ ମୁକ୍ତାନାନୀଙ୍କ ସାନମାଆ। ତେଣୁ ତାଙ୍କର ବଡ଼ଯାଆ ତାଙ୍କୁ ଦେଇଥିବା ମାତୃ ହୃଦୟ ବଳରେ ସେ ଧାଇଁଗଲେ ତାଙ୍କ ଝିଅଟି ପାଖକୁ। ତା'ପରେ ଆମେ ଆଉ କ'ଣ ରହିପାରିଥାନ୍ତୁ ତାଙ୍କୁ ଅନୁସରଣ ନ କରି ? ମହେନ୍ଦ୍ର ଦାଦା ଓ ମୁଁ ମଧ୍ୟ ପହଂଚିଲୁ ନାନୀଙ୍କ ଶଯ୍ୟା ପାଖରେ, ସେତେବେଳେ ନାନୀ ନିର୍ବାକ୍। ଆଖି ଦୁଇଟି କହୁଥିଲା ହୃଦୟର କଥା। ଦୁଇ ଆଖିରୁ ବୋହୁଥିଲା ଧାର ଧାର ଲୁହରେ ଲେଖା ହୋଇଥିବା ଭାଇ ଭଉଣୀର ସ୍ନେହାତ୍ମକ ସମ୍ବନ୍ଧର ଇତିହାସ। ମୁକ୍ତାନାନୀ ଗୋଟିଏ ହାତରେ ଧରି ପକାଇଲେ ମହେନ୍ଦ୍ର ଦାଦାଙ୍କ ହାତକୁ ଆଉ ଗୋଟିଏ ହାତରେ ଟାଣିନେଲେ ମୋ ହାତକୁ ତାଙ୍କ ପାଖକୁ। ସଜଳ ଦୃଷ୍ଟିରେ ଅନାଇ ଆମ ଉଭୟଙ୍କୁ କ'ଣ ସେ କହିବା ପାଇଁ ଇଚ୍ଛା କରୁଥିଲେ ଅଥଚ ତାହା ଉଚ୍ଚାରଣ କରିନପାରି ଦିଶୁଥିଲେ ଅସହାୟ। ସେଇ ଯେ ଲୁହଭରା ଆଖିରେ ଫୁଟି ଉଠୁଥିଲା ଯେଉଁ ଭାବ, ତାହା କ'ଣ ଆମ ସମସ୍ତଙ୍କ ମଧ୍ୟରୁ କିଏ ବା ଦେଖିପାରିଛୁ ? ଲୁହ ଧାର ମଧ୍ୟ ଦେଇ ବ୍ୟକ୍ତ ହେଉଥିବା ସଜଳ ଭାବର ଆଖିପତା ଦୁଇଟି ମୁଦ୍ରିତ ହୋଇଯିବା ପରେ ଆଉ କ'ଣ ବା ରହିଗଲା ବାକି ? ସ୍ୱର୍ଗଦ୍ୱାରରେ ନାନୀଙ୍କ ଶବାଧାରକୁ କାନ୍ଧରେ ବହନ କରି ପ୍ରଦକ୍ଷିଣ କରିଥିଲୁ ସଂସ୍କାର ନିମିତ୍ତ ସଜ୍ଜିତ ହୋଇ ରହିଥିବା ଶୁଷ୍କ କାଠ ଖଣ୍ଡ ସବୁକୁ। ସେହି ମୁହୂର୍ତ୍ତରେ ଅନୁଭବ କରିଥିଲି ନାନୀଙ୍କ ଭାର କେତେ ଉଶ୍ୱାସ, କେତେ ହାଲୁକା। ସାରା ଜୀବନ ସେଇ ଭାର ବହନ କରି ଆସିଥାନ୍ତି ଯଦି ତଥାପି ହୋଇନଥାନ୍ତି କ୍ଳାନ୍ତ, ବରଂ ହୋଇଥାନ୍ତି ଗୌରବାନ୍ୱିତ।

■

ଇନ୍ଦିରା ନାନୀ : ସରସ୍ୱତୀଙ୍କ ବୀଣା ଝଙ୍କାର

'ତପସ୍ୱିନୀ'ର ବାଲ୍ମିକୀ ଆଶ୍ରମର ଦୃଶ୍ୟ ମାନସପଟରେ ଅଙ୍କିତ ହୋଇଗଲା ମାତ୍ରକେ ଶୁଣାଯାଏ ଇନ୍ଦିରା ନାନୀଙ୍କ କଣ୍ଠସ୍ୱରର କାରୁଣ୍ୟ ଭିଜା ଲହରୀ।

ବଡ଼ବାପାଙ୍କ କନିଷ୍ଠା କନ୍ୟା ଇନ୍ଦିରା ନାନୀ। ମୋର ଜନ୍ମ ପରେ ପରେ ହିଁ ସେ ପାଳନ କରିବାକୁ ଲାଗିଥିଲେ ଭାଇ ଜିଉଁତିଆ ଓଷା। ସେଦିନଠରୁ ସେ ମୋର ସ୍ନେହମୟୀ ବଡ଼ ଭଉଣୀ। ବରପାଲି ବାଳିକା ବିଦ୍ୟାଳୟର ସେ ଥିଲେ ଛାତ୍ରୀ। ସେହି ସ୍କୁଲର ପ୍ରତିଷ୍ଠାତା ଥିଲେ ମୋର ପୂଜ୍ୟ ପିତାମହ। ଯେଉଁଦିନ ପିତାମହ ଇନ୍ଦିରା ନାନୀଙ୍କୁ କହିଲେ - ଆଜି ବାବୁର ଫଟୋଚିତ୍ର ଉତ୍ତୋଳନ ସକାଶେ ମୁଁ ତାକୁ ନେଇଯିବି ବାଳିକା ସ୍କୁଲ ପରିସରକୁ, ସେହି ମୁହୂର୍ତ୍ତରେ ଇନ୍ଦିରା ନାନୀଙ୍କ ପୁଲକ ଦେଖେ କିଏ ! ନିଜକୁ କେବେହେଲେ ଏତେ ଯତ୍ନରେ ସଜେଇ ନଥିବେ ନାନୀ। ଯେଉଁ ସ୍ନେହ ସ୍ପର୍ଶ ଦେଇ ସେ ମୋତେ ସେଦିନ କରିଦେଇଥିଲେ ରୂପବନ୍ତ, ଦେଖାଯାଉଥିଲି ମୁଁ କୃଷ୍ଣ ଛୁଆଟିଏ ପରି। ମୋ ଚୁଟିରେ ସୁନ୍ଦର ଫିତା ବାନ୍ଧି ଦେଇଥିଲେ ସେ। ମୁହଁରେ ମଖାଇ ଦେଇଥିଲେ ସୁବାସିତ ପାଉଡର। ଆଖି ଦୁଇଟିରେ ଲଗାଇ ଦେଇଥିଲେ କଳା ରଙ୍ଗର କଜ୍ଜ୍ୱଳ ଧାରେ ଧାରେ। ଦେଖିଲେ ଦିଶୁଥିଲି କୁନିଝିଅଟିଏ ପରି। ଏବେ ବି ଯେଉଁମାନେ ସେ ଫଟୋ ଦେଖନ୍ତି ସେମାନେ ସମସ୍ତେ ଭାବନ୍ତି ଠିକ୍ ଏଇଆ। ଦାଦାଙ୍କ ସହିତ ସ୍କୁଲକୁ ଗଲି ମୁଁ। କିନ୍ତୁ ଠିକ୍ ଫଟୋଚିତ୍ର ଉତ୍ତୋଳନ ସମୟରେ ଫଟୋଗ୍ରାଫରଙ୍କୁ ଦେଖି ଡରିଯାଇ ଫେଁ କିନା କାନ୍ଦି ପକାଇଥିଲି। ଚିତ୍ରଟିରେ ସେହି କ୍ରନ୍ଦନର ରୂପ ସୁସ୍ପଷ୍ଟ। ଆଖି ଦୁଇଟିରୁ ସତେ ଯେମିତି ବାହାରି ଆସୁଛି ଲୁହଧାରା। ମୁଁ କ'ଣ ଜାଣିଥିଲି ଯେ ତାହା ହିଁ ଥିଲା ମୋ ଜୀବନର ଏକ ଶ୍ରେଷ୍ଠ ଆନନ୍ଦମୟ ମୁହୂର୍ତ୍ତ ? ଇନ୍ଦିରା ନାନୀ ମୋତେ ସଜ୍ଜିତ କରିଦେଇଥିଲେ ଏହି ଭାବନା ସହିତ ସଂଯୁକ୍ତ

ହୋଇ ଉକ୍ତ ଫଟୋଟିକୁ ମୁଁ ବାରମ୍ବାର ଦେଖେ । କୁଅଢ଼େ ବାପା ଏହି ଫଟୋଟିକୁ ନିଜ ପକେଟରେ ଭର୍ତ୍ତିକରି ବୁଲୁଥିଲେ ଓ ପ୍ରିୟ ପରିଜନଙ୍କୁ ଦେଖାଉଥିଲେ ବାରମ୍ବାର । ସେଥିପାଇଁ ସେହି ଫଟୋରେ ରହିଯାଇଛି ବାପାଙ୍କ ଛାତି ତଳର ବର୍ଷବର୍ଷର ସ୍ନେହଶୀଳତାର ଦାଗ । ପୁରୁଣା ଫଟୋରୁ ଉତ୍ତୋଳନ କରାଯାଇଛି ପୁଣି ନୂଆ ଫଟୋ । ତାହା ଯେତେଥର ଦେଖିଲେ ସେତେଥର ସ୍ୱତଃ ମନେପଡ଼ନ୍ତି ଇନ୍ଦିରା ନାନୀ ।

ଆମ ଘରେ ବଡ଼ମାମା ପୋଷିଥିଲେ ଶୁଆଟିଏ । ସେ 'ଇନ୍ଦିରା' ବୋଲି ଡାକେ ନାନୀଙ୍କୁ ଦେଖିବା ମାତ୍ରକେ । ମାମା ତାକୁ ଅନେକ ଶ୍ଳୋକ ମୁଖସ୍ଥ କରିବାର ପ୍ରୟାସ କରିଥିଲେ । ସବୁ ବ୍ୟର୍ଥ ହୋଇଯାଇଥିଲା । କେବଳ 'ଇନ୍ଦିରା' ମନ୍ତ୍ର ଆଉ ସମ୍ବୋଧନ ବ୍ୟତୀତ ଆଉ କିଛି ଉଚ୍ଚାରଣ କରିପାରୁନଥିଲା ସେ । ଇନ୍ଦିରା ନାନୀଙ୍କ ବାହାଘର ପୂର୍ବରୁ ଯେଉଁଦିନ ହେଲା ନିର୍ବନ୍ଧ, ସେହି ଦିନ ହିଁ ଘଟିଗଲା ଅଘଟଣ । ମାମା ନିଜ ଝିଅର ନିର୍ବନ୍ଧ ସକାଶେ ବ୍ୟସ୍ତ ରହି ଭୁଲିଗଲେ ପ୍ରିୟ ଶୁଆଟିକି ଖାଇବାକୁ ଦେବା ପାଇଁ । ଘରୁ ଯେତେବେଳେ ସମସ୍ତ ଅତିଥି ହେଲେ ନିଷ୍କ୍ରାନ୍ତ, ସେତେବେଳେ ତାଙ୍କର ମନେପଡ଼ିଲା ଏହି ସବୁଜ ରଙ୍ଗର କୁନି କନ୍ୟାଟିର କଥା । ତା' ଆଗରେ ଖାଇବା ବାଢ଼ିଦେଇ କେତେ କ୍ଷମା ଯାଚନା କରି ଅଭିମାନ ତା'ର ଭାଙ୍ଗିବା ପାଇଁ ଉଦ୍ୟମ କଲେ ମାମା । ସବୁ ହୋଇଯାଇଥିଲା ବିଫଳ । ସାରା ରାତି କ୍ଷୀଣ କଣ୍ଠରେ ଇନ୍ଦିରା ଇନ୍ଦିରା ଉଚ୍ଚାରଣ କରି ରାତି ପାହିବା ବେଳକୁ ସେ ହୋଇଯାଇଥିଲା ନିସ୍ପନ୍ଦ । ଏ ଘଟଣାରେ ଇନ୍ଦିରା ନାନୀଙ୍କ ଆଖି ଦୁଇଟି ବହୁଦିନ ଧରି ଯେମିତି ଅଶ୍ରୁ ସଜଳ ହୋଇଉଠୁଥିଲା ତାହା ସେହି ଛୋଟ ବୟସରେ କିପରି ବା ମୁଁ ମନେରଖି ପାରିଥାନ୍ତି ?

ଇନ୍ଦିରା ନାନୀଙ୍କ ବିବାହ ଉତ୍ସବ ମୋ ସ୍ମୃତିରେ ରହିଛି ଝାପ୍‌ସା ଝାପ୍‌ସା । ନାନୀ ଶାଶୁଘର ଘେଁସକୁ ଚାଲିଯାଇଥିଲେ ନବବିବାହିତ ସ୍ୱାମୀ ଆମର ପ୍ରିୟ ଭିଣୋଇଙ୍କ ସହିତ । ସେହିଦିନଠାରୁ ମୋତେ କାଖ କରିବା ପାଇଁ, ବାହାରକୁ ବୁଲାଇନେବା ପାଇଁ ପ୍ରତି ମୁହୂର୍ତ୍ତରେ ମୋତେ ସୁନ୍ଦର ରୂପରେ ସଜାଇ ଦେବା ପାଇଁ ଆଉ କିଏ ବା ଥିଲା ? ବୟସ ମୋର କିଂଚିତ୍ ବଢ଼ିଯିବା ପରେ ମୁଁ ପୁଅଟିଏ ହୋଇ ବି ଇନ୍ଦିରା ନାନୀଙ୍କ ପ୍ରତିନିଧିତ୍ୱ କରୁଥିଲି ବିଭିନ୍ନ ସ୍ଥଳରେ । ଯେମିତି ଆମ ଘର ପାଖରେ ପଡ଼ୋଶୀ ଘର ଭିତରେ ପ୍ରଶସ୍ତ ଅଗଣା ଭରି ଉଠୁଥିଲା ଅବିବାହିତ ସୁକନ୍ୟାମାନଙ୍କ ଦ୍ୱାରା ହାଉଁ ଉଷା ପାଳନ କରିବା ପାଇଁ । ନାନୀ ଥିବାବେଳେ ଯେହେତୁ ଆମ ପରିବାରରୁ ପ୍ରେରିତ ହେଉଥିଲା ପୂଜାର୍ଘ୍ୟ, ସେହି ପରମ୍ପରା ରକ୍ଷା କରିବାକୁ ପଡ଼ିଲା ମୋତେ । ଅବିବାହିତା ସେହି ନାନୀମାନଙ୍କ ମଧ୍ୟରେ ମୁଁ ଥିଲି ଏକୁଟିଆ କୁନିପୁଅଟିଏ । ପୂଜା ଶେଷରେ ସମସ୍ତେ ଯେତେବେଳେ ମାରନ୍ତି ମୁଣ୍ଡିଆ, ମୁଁ ମଧ୍ୟ ତାହା ହିଁ କରୁଥିଲି । ଜାଣିପାରୁନଥିଲି ଯେ ମୋର ମୁଣ୍ଡିଆର ଦୃଶ୍ୟ

କାହିଁକି ନାନୀଙ୍କ ସାଙ୍ଗମାନଙ୍କର ମଧ୍ୟରେ ସୃଷ୍ଟି କରୁଥିଲା ହାସ୍ୟରୋଳ। ପରବର୍ତ୍ତୀ ସମୟରେ ଜାଣୁଛି ଯେ ଉତ୍ତମ ବରପାତ୍ର ଲାଭ କରିବା ସକାଶେ ଅବିବାହିତା ଝିଅମାନଙ୍କର ତାହା ଥିଲା ଏକ ପାରମ୍ପରିକ ଓଷା। ସେତିକିବେଳେ ନାନୀମାନଙ୍କର ହାସ୍ୟରୋଳର ରହସ୍ୟ ଉଦ୍‌ଘାଟିତ ହୋଇଯାଇଥିଲା ଅଚିରେ।

ମୋ ମାମୁଁଘର ପଦ୍ମପୁର। ସେହି ରାସ୍ତାରେ ପଡ଼େ ଘେଁସ ଗ୍ରାମ, ଯେଉଁ ଗ୍ରାମଟି ଇଂରେଜ ସରକାର ବିରୁଦ୍ଧରେ ସଂଗ୍ରାମ କରିଥିବା ମାଧୋ ସିଂ, ହଟେ ସିଂ, କୁଞ୍ଜଲ ସିଂ ଆଦିଙ୍କ ବୀରତ୍ୱପୂର୍ଣ୍ଣ ଗାଥାରେ ଗୌରାବାନ୍ୱିତ। ଗୋଟିଏ ପାଖରେ ଗଙ୍ଗାଧରଙ୍କ ପରିବାର ଆଉ ଗୋଟିଏ ପାଖରେ ପଶ୍ଚିମ ଓଡ଼ିଶାର ଭାରତ ବିଖ୍ୟାତ ସେହି ସହିଦ ପରିବାର। ଏମାନଙ୍କ ମଧ୍ୟରେ ସତେ ଯେମିତି ଏକ ଯୋଗସୂତ୍ର ନିର୍ମାଣ କରିବା ପାଇଁ ଯାତ୍ରା କରିଥିଲେ ଇନ୍ଦିରା ନାନୀ। ସେହି ଗାଆଁଟିରେ ତାଙ୍କ ପାଖକୁ ଆସିଛନ୍ତି କବି ଖଗେଶ୍ୱର ଶେଠ୍, କବି ଅଭିମନ୍ୟୁ ଦେବତା ପ୍ରମୁଖ ବିଶିଷ୍ଟ ସାଧକମାନେ। ବରପାଲିକୁ ଆସିଲେ ଇନ୍ଦିରା ନାନୀ କହନ୍ତି ତାଙ୍କ ଅନୁଭୂତିର ବିରଳ କାହାଣୀ।

ଆମେ ପୁରୁଣା ଘର ଛାଡ଼ି ଆସିଲୁ ନୂଆ ଘରକୁ। ସେତେବେଳେ ଭଣଜା ମନୋଜଙ୍କ ଜନ୍ମ। ତା'ପରେ ପରେ ଆସିଲେ ଭାଣିଜୀ ମୀନା ଓ ମାନସୀ। ଏ ସମସ୍ତଙ୍କର ଆଗମନ ହୁଏ ଯେତେବେଳେ ଦଶହରା ମାସରେ, ସେତେବେଳେ ମୋ ଆନନ୍ଦ ବର୍ଣ୍ଣନାତୀତ। ଏହି ପ୍ରିୟ ଭଣଜା ଭାଣିଜୀଙ୍କ ସହିତ ବିତିଯାଏ ଦିନ ଦିନ ରାତି ରାତି ଉତ୍ସବମୟ ପ୍ରୀତିପୂର୍ଣ୍ଣ ସ୍ୱପ୍ନାଚ୍ଛନ୍ନ ମୁହୂର୍ତ୍ତ ପରି। ଜଣାପଡ଼େ ନାହିଁ କିପରି ବିତିଗଲା ଦଶହରା ମାସ ବା ଶୀତଳଷଷ୍ଠୀ ଯାତ୍ରା। ନାନୀ ଗଲା ପରେ ଘର ହୋଇଯାଏ ସମ୍ପୂର୍ଣ୍ଣ ନିଛାଟିଆ। ମୁଁ ଟିକିଏ ବଡ଼ ହେବା ପରେ ଯେତେବେଳେ ହେଲି ହାଇସ୍କୁଲର ଛାତ୍ର, ପରେ କଲେଜ ଓ ବିଶ୍ୱବିଦ୍ୟାଳୟର ଛାତ୍ର, ସେତେବେଳେ ନାନୀଙ୍କୁ ଆବିଷ୍କାର କରିଥିଲି ନୂତନ ରୂପରେ।

ଘରକୁ ବାପା କିଣିନେଇ ଆସିଥାନ୍ତି ଏକ ପୁରୁଣା ଟେପ୍ ରେକର୍ଡର। ସେତେବେଳ ପର୍ଯ୍ୟନ୍ତ ମୁଁ ସଚେତନ ଥିଲି ଯେ ଇନ୍ଦିରା ନାନୀଙ୍କ କଣ୍ଠ ସଂଗୀତ କି ମାଧୁର୍ଯ୍ୟମୟ ! ତାଙ୍କ ସ୍ୱରକୁ ଯନ୍ତ୍ରାବଦ୍ଧ କରିବା ପାଇଁ ଯେତେବେଳେ ରଖିଦେଲି ଟେପ୍ ରେକର୍ଡଟି ତାଙ୍କ ଆଗରେ, ସେତେବେଳେ ମୋ ଆଖି ଆଗରେ ଉନ୍ମୋଚିତ ହୋଇଯାଇଥିଲା 'ତପସ୍ୱିନୀ'ର ବାଲ୍ମିକୀ ଆଶ୍ରମ। ଇନ୍ଦିରା ନାନୀ ସଖୀଙ୍କ ସହିତ ସୀତା ରୂପରେ ବସିଥିଲେ ଅଶ୍ରୁସଜଳ ଦୃଷ୍ଟି ନେଇ। ମୁଁ ଟିକି ପୁଅଟି ହୋଇଥିବା ବେଳେ ନାନୀ ମତେ କୃଷ୍ଣ ପରି ସଜାଇ ଦେଇଥିଲେ। ଆଉ ଏବେ ନାନୀଙ୍କୁ ମୋର ଅନ୍ତରାତ୍ମା ସଜ୍ଜିତ କରିନେଇ ଦେଖିଲା ସତୀ ସୀତାଙ୍କ କାରୁଣ୍ୟସିକ୍ତ ରୂପରେ। ନାନୀ ଗାନ କରୁଥିଲେ "ବୋଇଲେ ସତୀ ସଖୀ ମୋ ଦୁର୍ବିପାକ /ଘଟାଇ ଅଛି ଏକା ମୋ ଦୁଃଖ ଯାକ / ମୋ କର୍ମ ପାଇଁ ଦୋଷୀ ନୁହନ୍ତି ବିଧି

/ କାନ୍ତ ତ ସ୍ୱଭାବେ ମୁଁ କରୁଣା ନିଧି ଗୋ।" 'ତପସ୍ୱିନୀ' ମହାକାବ୍ୟର ଏହି କରୁଣ ବର୍ଣ୍ଣନା ଇନ୍ଦିରା ନାନୀଙ୍କ କଣ୍ଠରୁ ଝରିଆସୁଥିଲା ଯେତେବେଳେ, ସେତେବେଳେ ହିଁ ଦେଖିପାରିଥିଲି ତାଙ୍କ ଛଳଛଳ ଆଖିପତା। ସେହି ସ୍ୱରଲହରୀ ମଧ୍ୟରେ ଭରି ରହିଥିଲା ଶ୍ରୋତାର ଛାତିକୁ ଭିଜାଇ ଦେବାର ଏତେ କ୍ଷମତା ଯେ ତାହା ବହୁବର୍ଷ ପରେ ଆକଳନ କରିପାରୁଛି ବର୍ତ୍ତମାନ। ସ୍ୱଭାବକବିଙ୍କ ପରିବାରରେ ଏହିସବୁ ହୃଦୟସ୍ପର୍ଶୀ ରାଗିଣୀ ବିଭିନ୍ନ ଚରିତ୍ର ରୂପରେ କିପରି ଆବିର୍ଭୂତ ତାହାର ଏକ ସମୁଜ୍ଜ୍ୱଳ ଦୃଷ୍ଟାନ୍ତ ଇନ୍ଦିରା ନାନୀ। ଏତେ ସୁନ୍ଦର ସୁଲଳିତ କଣ୍ଠରେ କାରୁଣ୍ୟ ସୃଜନ କରିପାରୁଥିବା ନାନୀ ନିଜ ପ୍ରତିଭାର ପରିଚୟ ଦେବା ପାଇଁ କେବେହେଲେ ଇଚ୍ଛା ପ୍ରକାଶ ନ କରି ରହିଥିଲେ ଘୋର ବନସ୍ତ ଭିତରେ ଠିକ୍ ସତୀ ସୀତାଙ୍କ ପରି ଏକାନ୍ତ ଓ ନିର୍ଜନ ବାତାବରଣରେ। ଚାହିଁଥିଲେ ସେ ହୋଇପାରି ଥାଆନ୍ତେ ଜଣେ ଶ୍ରେଷ୍ଠ ଗାୟିକା, ଆହରଣ କରିପାରିଥାନ୍ତେ କେତେ ପୁରସ୍କାର ଶ୍ରଦ୍ଧା ଆଉ ସମ୍ମାନ। ମାତ୍ର ସେ ସବୁକୁ ଅତି ତୁଚ୍ଛ ମଣି ନିଜ ଅନ୍ତର ମଧ୍ୟରେ ସେ ଗାନ କରୁଥିଲେ ଏହିପରି ସଂଗୀତ, ଯାହାର ଧ୍ୱନିକୁ ଟେପ୍ ରେକର୍ଡର ମଧ୍ୟରେ ସଂରକ୍ଷିତ କରି ରଖିବାର ଏକ ଦୁର୍ବଳ ଉଦ୍ୟମ କରିଥିଲି ମୁଁ। କିନ୍ତୁ ତାହା ବି କ'ଣ ରହିପାରିଲା ମୋ ପାଖରେ ? ଥରେ କୌଣସି ଜଣେ ଛାତ୍ରଙ୍କୁ କବିତା ପାଠୋତ୍ସବର ରେକର୍ଡିଂ କରିବା ପାଇଁ ନିର୍ଦ୍ଦେଶ ଦେଇଥିବାରୁ ସେହି କ୍ୟାସେଟ ଉପରେ ସେ ନିଷ୍ଠାର ସହିତ କରିଦେଇଥିଲେ କବିତା ପାଠୋତ୍ସବର ସ୍ୱର ସଂରକ୍ଷଣ। ସେଠୁ ନାନୀ ହୋଇଯାଇଥିଲେ ଅନ୍ତର୍ନିହିତ ଆଉ ମୁଁ ହୋଇଯାଇଥିଲି ଭୀଷଣ ଭାବରେ ଅନୁତପ୍ତ।

ମାମୁଘର ଗଲାବେଳେ ବାପା ମାଆ ଓ ମୁଁ ଯେତେବେଳେ ଓହ୍ଲାଉ ଘେଁସ ଓ ନାନୀଙ୍କ ଘରକୁ ଯାଉ, ସେତେବେଳେ ନାନୀ ଆଉ ଅଶ୍ରୁ ସମ୍ବରଣ କରିପାରୁନଥିଲେ। ତାଙ୍କର ଉଲ୍ଲାସ ନୁହେଁ ଗଭୀର ଆତ୍ମୀୟତାବୋଧ ଏବଂ ଆମଠାରୁ ବିଚ୍ଛିନ୍ନ ହୋଇ ରହିଥିବାର ଦୁଃଖ ଅଶ୍ରୁ ରୂପରେ ଝରି ଆସୁଥିଲା ଅନର୍ଗଳ। ଆମେ ଅଧିକ ସମୟ ରହି ଝିଅଘର ସମ୍ପର୍କୀୟମାନଙ୍କୁ ବ୍ୟସ୍ତ କରିବା ସପକ୍ଷରେ ନଥାଉ। ସେଥିପାଇଁ ବାପା ଅତିଶୀଘ୍ର ସେଠୁ ବିଦାୟ ନେଇ ଚାଲିଆସନ୍ତି ଓ ତାଙ୍କ ପଛେ ପଛେ ଆମେ। ଆସିବାବେଳେ ମଧ୍ୟ ପଛକୁ ଲେଉଟି ଲେଉଟି ଯେତେବେଳେ ମୁଁ ଦେଖେ ନାନୀ ଅଶ୍ରୁପୂର୍ଣ୍ଣ ନୟନରେ ଆମ ଫେରିଆସିବାର ରାସ୍ତାକୁ ଦେଖୁଛନ୍ତି ନିର୍ନିମେଷ ଦୃଷ୍ଟିରେ। ତେଣୁ ତାଙ୍କର ସେହି ଛବିଟି ମୋ ପ୍ରାଣରେ ଚିର ଉଜ୍ଜୀବିତ। ବାପାଙ୍କ ପରି ମୁଁ ତରବର ହେବାକୁ ଭଲପାଉନଥିଲି। ତେଣୁ ବଡ଼ ହେବା ପରେ ଯେତେବେଳେ ଯାଏ ଏକୁଟିଆ, ସେତେବେଳେ ନାନୀଙ୍କ ସହିତ ବସି ବିତାଉଥିଲି ଅନେକ ବେଳ। ନାନୀ ଯେଉଁ ସୁନ୍ଦର ତାଙ୍କର ନୂଆ ଘରଟିରେ ରହୁଥିଲେ, ସେଠି ସର୍ବଦା ବିଚରଣ କରୁଥିଲା ଉଦ୍ୟାନ ଭିତରେ ଏକ ଆକର୍ଷଣୀୟ

ମୟୂର। ଆମେ ତା'ର ପାଖକୁ ଯାଉ। ନାନୀ ତାକୁ ଆହୁରି ପାଖକୁ ଡାକିଆଣି ଅଜାଡ଼ି ଦିଅନ୍ତି ଅଜସ୍ର ସ୍ନେହ। ମୁଁ ଭାବେ ବୋଧହୁଏ ସତୀ ସୀତା ଠିକ୍ ଏହିପରି ଭାବରେ ମୟୂର ମୟୂରୀମାନଙ୍କ ନିକଟତର ହେଉଥିବେ ପଞ୍ଚବଟୀ ଆଶ୍ରମରେ। ବାପାଙ୍କ ସହିତ ନାନୀଙ୍କ ସମ୍ପର୍କ ଅତ୍ୟନ୍ତ ଆବେଗାତ୍ମକ। କାରଣ ମାଆଙ୍କ ଆସିବା ପୂର୍ବରୁ ବାପାଙ୍କ ସବୁ କାମ ନାନୀ ହିଁ କରୁଥିଲେ ଉଲ୍ଲସିତ ଚିତ୍ତରେ। ସେଥିପାଇଁ ବାପାଙ୍କୁ ବାପା ବ୍ୟତୀତ ଆଉ କିଛି ଭାବିପାରୁନଥିଲେ ନାନୀ। ଆଉ ସେଇଥିପାଇଁ ବାପା ତାଙ୍କ ପାଖକୁ ପହଂଚିଯିବା ମାତ୍ରକେ କୁନି କନ୍ୟାଟିଏ ପରି ସେ କାନ୍ଦି ଉଠୁଥିଲେ ପରିବେଶ ପରିସ୍ଥିତିକୁ ନଜର ଅନ୍ଦାଜ କରି। ବାପାଙ୍କ ଭିତରେ ବି ନାନୀଙ୍କ ପ୍ରତି ସ୍ନେହ ଥିଲା ଅତ୍ୟନ୍ତ ଗଭୀର। ବଡ଼ବାପା ବଡ଼ମାମା ଅସୁସ୍ଥ ଥିବାବେଳେ ବାପା ମାଆ ସେମାନଙ୍କ ସେବା ଯତ୍ନ କରନ୍ତି ଆଉ ମଝିରେ ମଝିରେ ଯେତେବେଳେ ପହଞ୍ଚି ଆସନ୍ତି ଇନ୍ଦିରା ନାନୀ, ସେତେବେଳେ ବଡ଼ବାପା ମାମାଙ୍କ ଛାତିରେ ଯେମିତି କିଏ ଖଞ୍ଜିଦିଏ ନୂତନ ପ୍ରାକୃତିକ ଯନ୍ତ୍ରାଂଶ। ରାତି ହେଉ, ଦିନ ହେଉ ଯେକୌଣସି ସମୟରେ ତାଙ୍କ ପିତାମାତା ତାଙ୍କୁ ସ୍ମରଣ କରିବା ମାତ୍ରକେ ଭିଣୋଇଙ୍କ ସହିତ ଗାଡ଼ିନେଇ ଅବିଳମ୍ବେ ପହଂଚିଯାଆନ୍ତି ସେମାନେ। ଏସବୁ ସତ୍ତ୍ୱେ ଯେଉଁ ମୁହୂର୍ତ୍ତରେ ବଡ଼ବାପା କଲେ ସ୍ୱର୍ଗାରୋହଣ ନାନୀ ପାଖରେ ରହିପାରିନଥିଲେ। ଅତି ଶୀଘ୍ର ଦୁଃସମ୍ବାଦ ପହଂଚିଲା ତାଙ୍କ ପାଖରେ। ସେ ବରପାଲି ପହଂଚିବା ବେଳକୁ ଆମେ ବଡ଼ବାପାଙ୍କୁ ବରପାଲି ସ୍ୱର୍ଗଦ୍ୱାରରେ ସଜ୍ଜିତ ଚିତା ଉପରେ ବିଧି ଅନୁସାରେ ରଖିସାରିଥାଉ। ଶ୍ମଶାନକୁ ଆସିବା ପାଇଁ ମାଆ ଭଉଣୀଙ୍କୁ ନିଷେଧ କରାଯାଇଥିଲେ ମଧ୍ୟ ନାନୀ କ'ଣ ସେହି ନିଷେଧାଜ୍ଞା ପାଳନ କରିପାରିଥାନ୍ତେ ? ପାରିଲେ ନାହିଁ ସେ। ବକ୍ଷ ବିଦୀର୍ଣ୍ଣ କରି କ୍ରନ୍ଦନ କରିକରି ପହଂଚିଥିଲେ ସେ ତାଙ୍କର ଦେବ ପ୍ରତିମ ପିତାଙ୍କୁ ଅଶ୍ରୁଳ ଶ୍ରଦ୍ଧାଞ୍ଜଳି ଦେବା ପାଇଁ।

ଆମେ କେବେ ବି ଭାବିନଥିଲୁ ଯେ ନାନୀ ତାଙ୍କ ପିତାମାତାଙ୍କ ନିକଟକୁ, ସେହି ସୂକ୍ଷ୍ମ ଜଗତକୁ ଚାଲିଯିବା ପାଇଁ ଭିତରେ ଭିତରେ କରୁଥଲେ ପ୍ରସ୍ତୁତି। ହାର୍ଟ ଡିଜିଜ୍ ସମ୍ବନ୍ଧୀୟ ଯନ୍ତ୍ରଣାରେ ସେ ହୋଇଉଠନ୍ତି ଅସ୍ଥିର। ମାତ୍ର ସ୍ୱାମୀ ବା ପୁତ୍ର କନ୍ୟାଙ୍କୁ କଷ୍ଟ ଦେବାର ଅଭିପ୍ରାୟ ତାଙ୍କର କେବେ ନଥିଲା। ଏହିଭଳି ନିରବ ନୀରନ୍ଧ୍ର ରାତ୍ରି ଭିତରେ ତାଙ୍କୁ ଦିଶିଗଲା ତାଙ୍କ ପିତା ମାତା ଚାଲିଯାଇଥିବା ରାସ୍ତାର ସୁସ୍ପଷ୍ଟ ଚିତ୍ର।

ବରପାଲିରେ ପହଞ୍ଚିଥିଲା ଏହି ଦୁଃସମ୍ବାଦ କ୍ଷଣିକ ମଧ୍ୟରେ। ମାଆଙ୍କ ସହିତ ମହେନ୍ଦ୍ର ଦାଦା ଓ ମୁଁ ପହଂଚିଲୁ ବୀରମାଟି ଘେଁସରେ। ସେଠି ଅନ୍ୟ ସମସ୍ତଙ୍କ ପାଇଁ ସମ୍ପୂର୍ଣ୍ଣ ଅଜଣା ବୀରାଙ୍ଗନା ମୋ ପ୍ରିୟ ଇନ୍ଦିରା ନାନୀ ଶୋଇ ରହିଥିଲେ ନିଶବ୍ଦ ଭାବରେ। ମାଆ ଯାଇ ପ୍ରଦକ୍ଷିଣ କଲେ ତାଙ୍କ ଆଦରର ଏହି ସୁକନ୍ୟାଙ୍କୁ। ମା' ଆଗରେ ଝିଅ ଯଦି ଏପରି ନିସ୍ପନ୍ଦ ହୋଇଯାଏ ତା'ହେଲେ ମା' ହୁଅନ୍ତି ଯେପରି ନିର୍ବାକ୍ ମୋର ମାଆ

ହୋଇଯାଇଥିଲେ ସେପରି ମୂର୍ତ୍ତିଟିଏ ପରି। ଚିତାନଳ ଉଠୁଥିଲା ଆକାଶ ଉପରକୁ। ଶୁଣାଯାଉଥିଲା ସତୀ ସୀତାଙ୍କ ହୃଦୟଭରା ବିଳାପ ଧ୍ୱନି, ଯାହା ଇନ୍ଦିରା ନାନୀଙ୍କ କଣ୍ଠସ୍ୱରକୁ କରିଦେଉଥିଲା ଆର୍ଦ୍ର। ଏହା ସହିତ 'ତପସ୍ୱିନୀ'ର ଚତୁର୍ଥ ସର୍ଗର ଆଉ ଏକ ପଦ ହୃଦୟ ଭିତରେ ଝଂକୃତ ହୋଇ ଉଠୁଥିଲା "ମୁନିମୁଖ ବେଦସ୍ୱନ, ପୂର୍ଣ୍ଣ କଲା ଶ୍ୟାମବନ, ଉଠିଲା ଭେଦି ଗଗନ, ଉଚ୍ଚ ଓଁକାର ବୈକୁଣ୍ଠେ ଦେଇ ଦୃପତି ଅନନ୍ତ ଶ୍ରୁତିତି ଗତି ବିହିଲା କି ସରସ୍ୱତୀ ବୀଣା ଝଂକାର...।"

ସତକୁ ସତ ଘେଁସ ଗ୍ରାମ ସନ୍ନିକଟରେ ସ୍ଥାପିତ ଆର୍ଯ୍ୟ ସମାଜର ମୁନିକୁମାରମାନେ ଆସି ଇନ୍ଦିରା ନାନୀଙ୍କ ଚିତାନଳକୁ ବେଢ଼ିଯାଇ ଉଚ୍ଚାରଣ କଲେ ବୈଦିକ ଶ୍ଳୋକ। 'ତପସ୍ୱିନୀ'ର ସେହି ଆଶ୍ରମ ଦୃଶ୍ୟ ମୋ ଆଖିରେ ହୋଇଉଠୁଥିଲା ଉଜ୍ଜ୍ୱଳରୁ ଉଜ୍ଜ୍ୱଳତର। ଶୁଭୁଥିଲା ଇନ୍ଦିରା ନାନୀଙ୍କ କଣ୍ଠସ୍ୱର, ଯେଉଁଥିରେ ଝଂକୃତ ହୋଇଉଠୁଥିଲା ବୀଣାପାଣିଙ୍କର ଅମୃତମୟ କଣ୍ଠନିନାଦ। ଇନ୍ଦିରା ନାନୀଙ୍କ ହୃଦୟ ସୀତାଙ୍କ ଦୁଃଖରେ ହୋଇଯାଇଥିଲା ବିଦୀର୍ଣ୍ଣ। ମାତ୍ର ସେହିଦିନ ଆଉ ସେହି ମୁହୂର୍ତ୍ତରେ ଆମ ଦୁର୍ବଳ ଛାତିଟିମାନ ଭାଙ୍ଗି ପଡୁଥିଲା ଇନ୍ଦିରା ନାନୀଙ୍କ କଣ୍ଠସ୍ୱରର କାରୁଣ୍ୟ ଜର୍ଜର ଲହରୀରେ।

■

BLACK EAGLE BOOKS

www.blackeaglebooks.org
info@blackeaglebooks.org

Black Eagle Books, an independent publisher, was founded as a
nonprofit organization in April, 2019. It is our mission to
connect and engage the Indian diaspora and the world at large
with the best of works of world literature published on a
collaborative platform, with special emphasis on foregrounding
Contemporary Classics and New Writing.